A. M. Homes

Deine Mutter war ein Fisch

Für Katherine

Inhalt

Bruder am Sonntag

Sie telefoniert. Er kann sie im Badezimmerspiegel sehen, das Headset windet sich um ihr Ohr, als sei sie Fluglotsin oder Geheimdienstagentin. »Bist du sicher?«, flüstert sie. »Ich kann das nicht glauben. Ich will es nicht glauben. Wenn das wahr ist ... das wäre schrecklich. Natürlich weiß ich nichts! Wenn ich was wüsste, würde ich es dir erzählen ... Nein, er weiß auch nichts. Das würde er mir sagen. Wir haben uns geschworen, keine Geheimnisse voreinander zu haben.« Sie schweigt einen Augenblick und hört zu. »Ja, natürlich, kein einziges Wort.«

»Tom«, ruft sie. »Tom, bist du so weit?«

»Noch eine Minute«, sagt er.

Er betrachtet sich in ihrem Schminkspiegel. Er zieht die Augenbrauen hoch, bleckt die Zähne, lächelt. Dann lächelt er noch einmal, breiter, zeigt Zahnfleisch. Er legt den Kopf schräg, nach links und nach rechts, schaut, wie die Schatten fallen. Er schaltet das Licht ein und dreht den Spiegel auf die vergrößernde Seite. Eine dünne silberne Nadel bewegt sich in den Spiegelausschnitt; eine Nahaufnahme der Haut, die glitzernde Nadelspitze, umgeben von einem Lichtkranz. Er blinzelt. Die Nadel dringt in die Haut; seine ruhige Hand hält die Spritze still. Er injiziert hier ein wenig, dort ein wenig; bloß kleine Ausbesserungen, Nachpolsterung. Wenn später jemand sagt: »Du siehst toll aus«, wird er lächeln, sein Gesicht wird sich leicht verziehen, doch keine Falten werden entstehen. »Rein medizinisch«, wird er sagen. Er steckt die Kappe wieder auf die Nadel, steckt die Spritze in die Hemdtasche, klappt den Klodeckel hoch und pinkelt.

Als er aus dem Bad kommt, wartet seine Frau Sandy im Schlafzimmer. »Wer war am Telefon?«, fragt er.

»Sara«, antwortet sie.

Er wartet, denn er weiß, sein Schweigen wird sie zum Reden bringen.

»Susie hat Sara angerufen, weil sie befürchtet, dass Scott eine Affäre hat.«

Er sagt ganz ehrlich: »Scott ist wirklich der Letzte, dem ich eine Affäre zutrauen würde.«

»Sie weiß ja auch nicht, ob er eine hat – sie hat ihn bloß im Verdacht.« Sandy steckt ihren Abdeckstift in die Tragetasche und reicht ihm seine Kamera. »Kannst doch nicht ohne aus dem Haus«, sagt sie.

»Danke«, sagt er. »Bist du fertig, können wir los?«

»Such mal meinen Rücken ab«, sagt sie. »Ich habe da so was gespürt.« Sie dreht sich um und zieht die Bluse hoch.

»Du hast eine Zecke«, sagt er und zieht sie heraus.

Irgendwo im Sommerhaus piept es laut. »Die Handtücher sind fertig«, sagt sie. »Sollen wir Wein mitnehmen?«, fragt er.

»Ich habe eine Flasche Champagner und Orangensaft eingepackt. Schließlich ist Sonntag.«

»Schließlich kommt mein Bruder«, sagt er. Sein Bruder

Roger kommt einmal im Jahr zu Besuch an den Strand, wie ein Tropensturm, der alles auf den Kopf stellt.

»Es ist ein herrlicher Tag«, sagt sie. Und sie hat recht.

Tom sitzt auf einem niedrigen Stuhl, dem Wasser zugewandt, die Füße in den Sand gegraben. Direkt vor ihm, am Sitz der Rettungsschwimmer, flattert eine amerikanische Flagge sanft im Wind. Die Sonnenbrille ist sein Schild, die dick aufgetragene weiße Sonnencreme eine futuristische Rüstung, mit der er sich einbilden kann, unsichtbar zu sein. Er findet, am Strand darf man starren, so als würde man nicht die Person anschauen, sondern durch sie hindurch, an ihr vorbei aufs Wasser, übers Wasser hinweg auf den Horizont, über den Horizont hinaus in die Unendlichkeit.

Er sieht Dinge, die er sich sonst nicht zu sehen gestatten würde. Er starrt. Er ist voller Ehrfurcht, fasziniert vom Körper, von Anmut und fehlender Anmut. Er fotografiert – »Studien« nennt er die Bilder. Das ist seine Angewohnheit, sein Hobby. Wonach sucht er? Woran denkt er, während er das tut? So etwas fragt er sich und stellt dabei fest, dass er über sich selbst oft in der dritten Person nachdenkt – als unvoreingenommener Beobachter.

Der Strand füllt sich, Handtücher werden entrollt, Sonnenschirme entfalten sich wie Party-Deko, und als die Hitze zunimmt, werden auch Körper allmählich enthüllt. Er weiß natürlich am besten, was echt ist und was nicht. Manche haben sich das Fleisch von den Knochen gehungert, manche haben es chirurgisch entfernen oder umschichten lassen. Jeder Mensch trägt es anders – die Grübchen an den Schenkeln, die Rettungsringe, das unvermeidliche Erschlaffen. Er kann es nicht übersehen.

Um ihn herum unterhalten sich seine Freunde. Er hört nicht so aufmerksam zu, dass er genau mitbekäme, wer was sagt – nur den allgemeinen Eindruck, den Gesprächsverlauf. »Hast du gestern Abend den Fisch genommen? Ich habe Fisch gekocht. Wir haben einen Fisch gekauft. Sein Bruder geht gern fischen. Ich habe ein Halsband gekauft. Wir haben ein Haus gekauft. Ich habe mir noch eine Armbanduhr gekauft. Er überlegt, ein neues Auto zu kaufen. Habt ihr nicht letztes Jahr eins gekauft? Ich will renovieren. Euer Haus ist so schön. Seine Frau war mal so schön. Kannst du dich an sie erinnern? Könnte ich nie vergessen. Tom ist einmal mit ihr ausgegangen.«

»Nur einmal?«

»Er hat nicht die beste Sozialkompetenz«, sagt seine Frau.

Jetzt reden sie über ihn. Er weiß, er sollte sich verteidigen. Er lässt die Kamera sinken und wendet sich ihnen zu.

»Warum sagst du das immer?«

»Weil es stimmt«, sagt Sandy.

»Mag sein, aber deshalb bin ich nicht bloß einmal mit ihr ausgegangen.«

»Und warum hast du dich nicht wieder mit ihr verabredet?«, will sie wissen.

»Weil ich dich kennengelernt habe«, sagt er und hebt die Kamera, als wollte er einen Punkt ans Ende setzen.

Die Sonne strahlt so intensiv, dass er die Augen zusammenkneifen muss, und manchmal kann er gar nichts sehen – ein blendendes Übermaß an Licht und Reflexion. Er muss an ein blindes Mädchen denken, das in seiner Kindheit in der Nachbarschaft wohnte: Audra Stevenson. Sie war klug und sehr hübsch. Sie trug eine dunkle Brille und tappte mit ihrem langen Stock, an dessen Ende eine dicke weiße Kugel saß, über den Bürgersteig. Er beobachtete sie immer, wenn sie die Straße entlangging, und fragte sich, ob sie die Brille wohl auch zu Hause trug. Wie ihre Augen aussahen. Vielleicht waren sie sehr empfindlich; vielleicht sah sie zu viel – so stellte er es sich vor. Vielleicht war sie nicht blind in dem Sinne, dass alles schwarz war, sondern so, dass es zu viel Helligkeit gab, dass alles überbelichtet und zu einem milchigen Weiß wurde, durch das sich nur einzelne Farbflecke stanzten – ein rotes Hemd, ein brauner Zweig, die grauen Schemen von Menschen. Einmal hatte er sich mit ihr verabredet. Er hatte sie auf der Straße angehalten und sich vorgestellt.

»Ich weiß, wer du bist«, sagte sie. »Du bist der Junge, der mich auf dem Heimweg beobachtet.«

»Woher weißt du das?«, fragte er.

»Ich bin blind«, sagte sie. »Aber nicht blöd.«

Er holte sie bei ihr zu Hause ab, hakte sich bei ihr unter und führte sie zum Kino. Während des Films flüsterte er ihr eine fortlaufende Nacherzählung der Handlung ins Ohr, bis sie schließlich »Sschh« machte: »Ich kann gar nicht hören, was sie sagen, wenn du die ganze Zeit redest.«

Nach dem Date machte sich Roger, der zwei Jahre älter war, über ihn lustig, weil er zu schüchtern sei, sich mit einem »normalen Mädchen« zu verabreden, und zweifellos auch, weil er damit weit vor Roger sein erstes Date gehabt hatte. Für Roger war kein Mädchen gut genug: Augenbrauen waren zu dick, Grace' Kinn zu lang, Mollys Augen zu groß, Ruthies

Lachen zu schrill. Jedes Mädchen war bloß eine Windung der genetischen Doppelhelix von irgendeinem »Syndrom« entfernt. Roger verspottete »Tom den Jüngeren«, wie er ihn gern nannte, mit lauten Worten, als Audra wegging, und Tom war so peinlich berührt, so überzeugt, dass Audra jedes Wort gehört hatte, dass er nie wieder mit ihr sprach.

Hinter ihm reden sie immer noch. »Rotforelle, Goldbrasse, Schwarzer Seehecht, Schwertfisch, Gelbflossen-Thun. Mole-Sauce, Ancho-Chili, gerebelt, mariniert, ein Pesto, ein Ragout, eine Teriyaki-Reduktion.« Sie reden so gern über Essen und Sport – Laufen, Radfahren, Tennis, Pilates, Turnschuhe, Work-outs, Entschlackungsdiäten. Worüber sie nicht mehr viel reden, ist Sex; die welchen haben, können sich nicht vorstellen, keinen zu haben, und die keinen haben, erinnern sich nur zu gut daran, als sie noch welchen hatten und sagten, sie könnten sich nicht vorstellen, keinen zu haben. Darum ist das Thema tabu. Ebenso wenig wird darüber gesprochen, dass manche von ihnen Sex mit den Ehepartnern der anderen haben – heimlich und offensichtlich.

Er hört nur halb hin und denkt darüber nach, wie sich das Leben ändert. Würde er diese Menschen jetzt kennenlernen, er wäre nicht sicher, ob er sich mit ihnen anfreunden würde, ob er jeden Samstagabend mit ihnen essen, jeden Sonntag mit ihnen Tennis spielen, zweimal im Jahr mit ihnen in Urlaub fahren würde, die Filme anschauen, die sie sehen, in den Restaurants essen, die sie frequentieren, all das mit ihnen tun würde, was sie eben gemeinsam tun, weil sie so eine Art Klub sind – und sich dabei die ganze Zeit Gedanken machen, was passieren würde, wenn er ausschert, wenn er etwas anderes tut als das, was sie von ihm erwarten, und damit meint er nicht Sex, sondern etwas anderes, Größeres. Er schaut seine Freunde an; ihre Frauen tragen alle die gleichen Armbanduhren, wie Stammesabzeichen, Statussymbole. Das Gold glitzert in der Sonne.

Er schaut sie an, während sie abwesend Sand durch die Finger rieseln lassen, und stellt sie sich als Kinder mit Sonnenhütchen vor, die Sand von einem Eimer in den anderen schütten, während ihre Eltern über sie hinweg und um sie herum reden. Er denkt an ihre Eltern, inzwischen entweder tot oder Mitte achtzig und alleinstehend oder mit neuen »Gefährten« zusammen, die sich um sie kümmern und die sie bei der Physiotherapie oder einer Seniorenreise kennengelernt haben. Er schaut seine Freunde an und überlegt, was aus ihnen wohl werden wird, wenn sie es bis achtzig schaffen. Die Männer scheinen keinen Gedanken an das unvermeidliche Altern zu verschwenden, an die Tatsache, dass sie nicht mehr dreißig, dass sie keine Superhelden mit besonderen Kräften sind. Der Abend vor einem Jahr fällt ihm ein, als sie alle in einem örtlichen Restaurant aßen und einer von ihnen nach draußen ging, um etwas aus seinem Auto zu holen. Er rannte über die Straße, als ob er glaubte, im Dunkeln zu leuchten. Tat er aber nicht. Der Fahrer eines herannahenden Wagens sah ihn nicht. Er flog in die Luft und über die Kühlerhaube. Und als jemand ins Restaurant kam, um den Notfall zu melden, ging Tom nach draußen, nicht weil er an seinen Freund dachte, sondern weil er neugierig war, neugierig wie immer. Als er draußen merkte, was passiert war, rannte er zu seinem Freund und versuchte ihm zu helfen, doch er konnte nichts mehr tun. Am nächsten Tag fuhr er an der Stelle vorbei und sah einen der Schuhe seines

Freundes – sie hatten beide im Sommer zuvor das gleiche Paar gekauft – an einem Baum hängen.

»Um welche Zeit wollte Roger kommen?«, fragt jemand.

»Weiß nicht genau«, antwortet er.

Die Frau eines Freundes beugt sich vor und zeigt ihm einen roten Punkt tief zwischen ihren Brüsten. »Was glaubst du, was das ist?«

»Insektenstich«, sagt er.

»Kein Hautkrebs?«

»Kein Krebs«, sagt er.

»Keine Entzündung?«

»Insektenstich«, sagt er.

»Und was ist damit?« Sie zeigt ihm etwas anderes, als hoffe sie auf Bonuspunkte. Dieser rote Fleck liegt an der Stelle, die sein Vater scherzhaft »Lendenstück« genannt hat, innen weit oben am Oberschenkel.

»Ist es nicht witzig, dass dein Vater Schlachter war und du jetzt mit Menschenfleisch arbeitest?«, fragt ein anderer Freund.

»Alles Fleisch und Blut«, sagt er und drückt mit dem Finger auf die Stelle. »Pickel.«

»Bist du sicher?«

»Ja.«

»Nicht Hautkrebs? Sieht es entzündet aus?«

»Wenn du es in Ruhe lässt, geht es wieder weg«, sagt er.

Ständig wird er gebeten, mit ins Gästezimmer zu kommen, ins Bad, in die Küche, sogar in den begehbaren Kleiderschrank, weil ihm irgendjemand irgendwas zeigen will. Als wollten sie ihn beiseitenehmen, um zu beichten. Meistens fällt die Antwort leicht. Meistens ist es nichts. Aber ab und zu wird er überrascht; sie zeigen ihm irgendetwas Unerwartetes. »Wo hast du das denn her?«, fragt er.

»Das willst du nicht wissen«, sagen sie.

Aber natürlich erzählen sie ihm am Ende mehr, als er wissen will.

»War dein Vater wirklich Schlachter?«, fragt die Schwester eines Freundes, die zu Besuch ist.

»Ja. Und er hat tatsächlich über Frauenkörper geredet, als wären es Fleischstücke. ›Junge, die hat aber schöne Kalbsbacken! Aus dem Mädchen könnte man einen herrlichen Rippenbraten machen, gefüllt, gewickelt und geschnürt.‹ Und dann lachte er immer so komisch. Meine Mutter hielt sich für eine Künstlerin. Als ich elf war, hat sie sich zu einem Zeichenkurs angemeldet und mich mitgenommen, weil sie dachte, das würde mir gefallen. Ich habe bloß dagesessen und nicht gewusst, wo ich hingucken sollte. Schließlich sagte der Zeichenlehrer: ›Willst du mit uns zeichnen?‹ Ich hatte noch nie eine nackte Brust gesehen – sie zeichnen war wie sie berühren. Wieder und wieder habe ich diese Brust gezeichnet. Dann schaute ich auf die Staffelei meiner Mutter, und sie hatte alles außer der Frau gezeichnet. Den Tisch mit der Vase, die Blumen, das Fenster im Hintergrund, die Vorhänge, aber nicht das Modell. Der Zeichenlehrer fragte sie: ›Wo ist das Mädchen?‹ ›Ich mag lieber Stillleben‹, sagte meine Mutter. ›Aber sehen Sie mal meinen Sohn, wie schön er sie findet!‹«

»War das ein Seitenhieb von ihr?«

Er zuckt die Achseln.

»Sie hätte dich nicht zu dem Kurs mitnehmen sollen«, sagt Sandy. »Sie wollte dich bloß necken.«

»Ich dachte, ich nehme Roger heute Nachmittag im Boot mit raus, was meinst du?«, sagt einer der Freunde.

»Nur wenn ihr kentert«, sagt er kryptisch. Der Freund lacht und weiß, dass es kein Scherz war.

Vor ihm am Strand reibt ein Junge eine ältere Frau mit Sonnencreme ein. Er stellt sich vor, wie schmierig die sonnenwarme Lotion über ihre Haut gleitet – Reibung. Er stellt sich vor, wie der Junge die Frau mit Creme bemalt und dann mit dem Fingernagel seine Signatur hineinschabt. Er denkt an einen Urlaub auf St. Barts, als Sandy nackt am Strand lag, während er malte, und wie er den Pinsel genommen und Wirbel und Kreise auf ihre Haut gestrichen hatte. Er hatte ihren Körper bemalt und sie dann fotografiert, als sie von ihm weg und ins Wasser gegangen war. Im Meer liefen ihr wunderschöne Farbschlieren über die Haut. Später gestand ihm einer seiner Freunde, der mit dem Boot: »Ich habe nur vom Zuschauen einen Steifen gekriegt.«

»Du solltest es auch mal versuchen«, sagte er. »Mit deiner Frau.«

»Oh, das haben wir, gleich am selben Abend, aber ich hatte keine Farbe. Ich konnte bloß einen Kugelschreiber finden. Das war nicht das Gleiche.«

»Was trinken?« Sandy holt ihn in die Gegenwart zurück.

»Klar«, sagt er. Sie schenkt ihm ein Gemisch aus Orangensaft und Champagner in einen Plastikbecher und beugt sich zu ihm. Er kann sie riechen, ihr Parfüm, den salzigen Strand. Als er ihr den Becher abnimmt, schwappt etwas daraus auf seinen Arm. Er leckt es ab, und seine Zunge kribbelt von der Kohlensäure, vom Geschmack der Zitrusfrucht, des Champagners, gemischt mit Salz und Schweiß. Er findet es eigenartig, dass er sich nicht erinnern kann, seinen eigenen Geschmack schon einmal probiert zu haben. Mit der Zunge fährt er durch den Pelz seines Unterarms und schmeckt einen Hauch Blut von einem Kratzer, den er sich heute Morgen zugezogen hat. Das Aroma ist gut, voller Leben.

»Ist Roger immer noch mit dieser Frau zusammen?«, fragt eine der Ehefrauen.

»Seiner Zahnhygienikerin?«, fragt er zurück.

»Die war das?«, fragt der Freund.

»Ja, er hat seine Frau verlassen, um die Zahnhygienikerin zu vögeln.«

»Und er ist immer noch mit ihr zusammen«, sagt Sandy.

»Bestimmt spült sie nach und spuckt aus. Ich nehme nicht an, dass sie es runterschluckt«, sagt er.

»Hör auf, du wirst geschmacklos.«

Er überlegt, wann Roger wohl kommt. Einerseits graut ihm vor dem Eintreffen seines Bruders; andererseits findet er es allmählich unverschämt, dass Roger immer noch nicht hier ist und auch nicht angerufen hat, um seine Verspätung zu melden. Tom schließt die Augen. Die Sonne steht hoch. Er spürt, wie sie ihn röstet, und dann zieht plötzlich ein Schatten über ihn, wie eine Wolke. Eine der Frauen, Terri, steht vor ihm und hält ihm einen Teller mit Muffins hin. »Viel Protein, viele Ballaststoffe. Nimm dir einen.« Vor einem Jahr hatte sie Brustkrebs – eine Mastektomie – und sechs Wochen später brachen sie alle zu ihrem jährlichen St.-Barts-Abenteuer auf. Wenn alle anderen an den Strand gingen, blieb sie im Haus. Hinter ihrem Rücken redeten alle über sie, weil sie befürchteten, Dinge zu tun, die ihr unangenehm waren. Dann, am dritten Tag, kurz vor dem Mittagessen, kam sie heraus an den Strand und stellte sich vor sie hin. Er machte ein Foto. Sie knöpfte ihre Bluse auf. Er machte noch ein Foto. Ihr Mann wollte aufstehen und sie daran hindern, doch eine andere Frau packte ihn am Arm und hielt ihn zurück. Terri knöpfte ihre Bluse auf, zeigte ihre verbliebene Brust und das dicke rote Band der Narbe. Klick, klick, klick. Er fotografierte sie wieder und wieder. Das Erstaunliche an den Fotos war am Ende gar nicht die Narbe, sondern ihre Miene – ängstlich, trotzig, verletzlich, ihr Gesicht von einer Aufnahme zur nächsten ein Tanz der Gefühle. Er schenkte ihr einen Satz Abzüge – eine der wenigen Gelegenheiten, wo er jemanden beiseitenehmen und in sein Arbeitszimmer ziehen konnte. Als sie das Päckchen öffnete, weinte sie. »Aus einer Million Gründen«, sagte sie. »Um das, was verloren ging, um das, was bleibt, und weil du gesehen hast, was sonst keiner gesehen hat – sie hatten alle nichts Besseres zu tun, als mir auf die Brust zu starren.«

»Ein Muffin als vollständige Mahlzeit«, sagt er beim Reinbeißen. »Perfekt.«

Vor ihnen steigt eine Frau aus ihren Shorts. Eine Seite ihres Badeanzugs hat sich einfach in die Po-Ritze geklemmt; sie zieht den Gummizug heraus und lässt ihn laut auf die Haut klatschen. Ihr Hinterteil ist »geronnen«, wie Sandy das nennen würde, ein Hüttenkäse aus Zellulitis, und darunter breiten sich Krampfadern wie Feuerwerk die Beine herab aus.

»Überlegst du manchmal, wenn du so was siehst, wie du das richten könntest?«, fragt Terri.

»Das Interessante ist doch, dass es der Frau gar nichts auszumachen scheint. Die Leute, die zu mir kommen, sind von ihrem Körper genervt. Die gehen nicht an den Strand und ziehen sich in der Öffentlichkeit aus. Sie kommen mit einer Liste in meine Praxis, was sie alles korrigiert haben wollen – als wären wir eine Autowerkstatt.«

»Vielleicht ist ihr nicht bewusst, wie schlimm es aussieht?«

»Vielleicht«, sagt er. »Und vielleicht ist das auch in Ordnung.« Er denkt über Botox und Hyaluronsäure nach, über die Laserbehandlung von Besenreisern, über die Hauterneuerung im Gesicht, und manchmal fühlt er sich wie ein Restaurator, wie der Typ, neben dem er mal beim Abendessen gesessen hat, der im Metropolitan Museum arbeitete und Kunstwerke ausbesserte, wenn sie angekratzt waren oder einen Wasserschaden hatten.

Er denkt daran, wie er einmal mit einer Gruppe von Ärzten als Freiwillige in ein verarmtes Land gereist war, um fünf Tage lang Gutes zu tun – eine Art spiritueller Ausgleich für den Reichtum, den sie durch moderne kosmetische Behandlungen auf Wunsch erworben hatten. Er operierte Gaumenspalten, behandelte Hautausschläge, verteilte Routineimpfungen. »Davon habe ich gehört«, sagte seine Mutter. »Wie heißt das noch, Ärzte ohne Lizenzen? Vielleicht könntest du nächstes Mal Roger mitnehmen. Jeder braucht einen guten Zahnarzt, ob reich oder arm. Wäre doch nett, wenn ihr beide was zusammen machen würdet.«

»Meinst du, er würde lieber Tennis spielen?«, fragt der Freund. »Hätte Roger mehr Spaß an einem kleinen Tennisturnier oder an einer Bootsfahrt?«

»Ich habe keine Ahnung«, sagt er. »Ich bin nicht Roger.«

»So wird er immer, wenn sein Bruder kommt«, sagt Sandy.

»Seit ich fünf bin, hat Roger mir die Freunde ausgespannt.«

»Deine Freunde sind nett zu ihm, weil er dein Bruder ist. Roger kann sie dir nicht ausspannen.«

»Roger glaubt, sie sind seine Freunde. Er erzählt allen, dass er der Liebling war und ich bloß so ein Nachklapp, ein Unfall.«

»Und, warst du?«, fragt jemand.

»Du musst es bloß durchstehen«, sagt Sandy. »Es ist bald wieder vorbei.«

»Nicht bald genug«, sagt er.

»Du hast nette Freunde. Wer würde die nicht gern haben?«, sagt die Schwester, die zu Besuch ist. Als sie sich herumdreht, fällt ihr Oberteil ab. Seine Augen werden reflexartig angezogen – ihre Brustwarzen sind groß und braun, schöner, als er vermutet hätte.

»Hallo, ihr.« Eine dröhnende Stimme detoniert wie eine Bombe in seinem Kopf – Roger. »Habe ich mir doch gedacht, dass ich eure Hängehintern hier finde, ist ja schließlich Sonntag.« Roger lächelt sein Hunderttausend-Dollar-Lächeln. Klick. Tom hat die Mohnsamen am Zahnfleischrand festgehalten. Klick. Und Rogers rosa Shorts mit aufgestickten Martinigläsern. Klick. Roger trägt Slipper aus Krokodilleder mit Quasten. »Tommy, kannst du mal deine Scheißkamera runternehmen und mich richtig begrüßen?«

»Hallo. Bist du allein? Wir dachten, du bringst vielleicht Wieheißtsienoch mit, deine Zahnhygienikerin? Wir haben gerade über sie geredet.«

»Sie hat dieses Wochenende ihre Kinder. Zwillinge.«

»Roger, komm, setz dich zu mir.« Sandy bietet Roger ihren Stuhl an und schenkt ihm etwas zu trinken ein.

»Frühstück für Helden«, sagt Roger und nippt an seiner Champagner-Saft-Mischung.

»Wir haben uns schon gefragt, wann du wohl kommst«, sagt Tom.

»Ich habe noch mal angehalten und einen Eimer Bälle abgeschlagen. Oh Gott«, sagt Roger, »ist das nicht Blarney Stone?«

»Wer ist Blarney Stone?«, fragt die Schwester zu Besuch.

»Dieser Rockstar – heißt der wirklich so?«, fragt jemand.

»Ja, ich glaube schon«, sagt er, und jetzt blinzeln alle in Richtung einer außerordentlich bleichen, mageren Gestalt im eng anliegenden Schwimmanzug.

»Der Anzug ist bestimmt extra für ihn angefertigt worden«, sagt Terri.

»So dünn er auch ist, einen kleinen Bauch hat er trotzdem«, sagt Roger. »Weißt du noch, wie Dad jeden Morgen in Unterhose tausend Sit-ups gemacht hat?«

»Tausend waren das nicht, eher hundert.«

»Egal. Er hielt sich jedenfalls für ein Prachtexemplar.«

»Stimmt. Und Mom sagte immer: ›Euer Vater ist ein schöner Mann.‹ Das fand ich echt eklig.« Tom steckt die Kamera in die Tasche.

»Was hältst du von dem Typen?« Roger zeigt auf jemanden weiter unten am Strand.

»Zeig nicht auf Leute«, sagt Tom erschrocken.

»Poliosis«, sagt Roger.

»Nein, das ist Piebaldismus – dunkle und helle Flecken auf der Haut. Poliosis ist die weiße Stirnlocke.«

»Wie Susan Sontag«, sagt die Schwester des Freundes.

»Roger, was sagt dir mehr zu – Bootfahren oder Tennis?«, fragt der Freund.

»Ich weiß nicht. Tom-Tom, was meinst du?«

»Bootfahren«, sagt Tom.

»Wenn mein Bruder Boot sagt, nehme ich Tennis. Wenn ich euch einen guten Rat geben darf: Tut nie, was euer Bruder euch sagt.« Roger lacht als Einziger.

Tom steht auf. »Ich habe Kopfschmerzen. Ich muss nach Hause. Fahrt mit dem Boot raus – das Meer sieht rau aus, wird aufregend – wir sehen uns dann später.«

»Soll ich mit dir nach Hause kommen?«, fragt Sandy. »Alles okay?«

»Ich habe bloß Kopfschmerzen vom Champagner. Normalerweise trinke ich nicht zum Frühstück.«

»Ich komme mit«, sagt Sandy.

»Bleib hier«, sagt er bestimmt. Er hasst sie, weil er weiß, sie zweifelt an der Echtheit seiner Kopfschmerzen. »Wir sehen uns nachher. Alles klar fürs Abendessen?«

»Alles klar«, sagt Roger. »Ich habe selbst reserviert.«

Später streiten sich Tom und Sandy deswegen.

»Natürlich wusste ich, dass deine Kopfschmerzen echt sind. Ich habe dir doch angeboten, mitzukommen.«

»Das hast du nur gemacht, weil man das so macht vor anderen Leuten, aber du hast es nicht ernst gemeint.«

»Dazu habe ich jetzt gar keine Lust«, sagt Sandy. »Ich kann dir nicht beweisen, dass ich es so meinte, wie ich es gesagt habe. Du solltest mich beim Wort nehmen.«

»Du glaubst, ich täusche Kopfschmerzen vor, weil Roger da ist, dabei hast *du* den Champagner mit an den Strand gebracht. Wer macht denn so was? Wer schenkt morgens um elf Drinks aus, wenn alle in der Sonne braten?«

»Jetzt gibst du mir die Schuld an deinen Kopfschmerzen«, sagt Sandy. »Als Nächstes behauptest du noch, ich wollte dich vergiften.«

Roger klopft an ihre Schlafzimmertür. »Entschuldigung«, sagt er, dabei weiß er nur zu gut, dass sein Timing beschissen ist. »Ich habe meine Zahnseide vergessen. Könnt ihr euch das vorstellen, ein Zahnarzt, der die Zahnseide vergisst? Habt ihr welche, die ihr mir geben könnt?«

»Nein«, sagt Tom.

Sandy geht ins Bad und kommt mit Zahnseide zurück.

»Danke, Süße«, sagt Roger.

»Kein Problem«, sagt sie. Roger verlässt das Zimmer. »Können wir jetzt nicht aufhören? Komm, wir machen uns fürs Essen fertig.«

»Toll, dass Roger das beste Restaurant der Stadt ausgesucht hat. Zahlt er?«

»Ich habe keine Ahnung«, sagt Sandy.

»Tu mir einen Gefallen und bestell nicht wieder zwei Vorspeisen, bloß damit ich dann am Ende genauso viel zahlen muss, als wenn du das Lammkarree genommen hättest.«

»Soll ich etwas bestellen, was ich nicht will?«

»In diesem Fall ja. Bestell dir was Besonderes, gönn dir etwas. Nimm den Fisch.«

»Warum bestellst du nicht einfach zwei Hauptgerichte? Anstatt eine Vorspeise zu nehmen. Wieso gehst du nicht aufs Ganze und nimmst den Fisch und ein Steak?«

»Weil das den Leuten auffallen würde. Sie würden sagen:

›Oh, du solltest mehr bezahlen, du hast doppelt gegessen.‹
Wenn du weniger isst, merken sie es nie.«

»Das ist dein kleinstes Problem«, sagt sie und sprüht sich
mit Parfüm ein.

Tom sitzt auf der anderen Seite des Tisches und überlässt Roger seinen Freunden. Als der Kellner ihnen die
Weinkarte anbietet, greift Roger zu und studiert sie aufmerksam.

»Siehst du was Ansprechendes?«, fragt Sandy.

»Die Weinkarte ist bestenfalls mittelmäßig«, sagt Roger,
»aber ich werde schon was finden. Das ist die wahre Heraus-
forderung: Qualität dort zu finden, wo gar keine ist.«

Am Nebentisch isst ein älteres Ehepaar mit seinem erwachsenen Kind; das Paar ist Mitte achtzig, und sie reden
sich mit Mommy und Daddy an.

»Daddy, was nimmst du denn?«

»Ich weiß nicht, Mommy. Weißt du schon?«

»Ich nehme den Schnapper«, sagt der Sohn, der auch
schon sechzig sein muss.

»Ich werde wohl die Scholle bestellen, solange sie nicht in
Butter schwimmt – sie ist doch nicht zu buttrig, oder?«, fragt
sie den Kellner.

»Genau richtig für Sie«, sagt der Kellner.

Nach dem ersten Gang steht Tom auf und geht auf die
Herrentoilette; einer seiner Freunde folgt ihm. Geht das
wieder los, denkt er und stellt sich vor, wie sein Freund ihm
irgendetwas zeigt – einen Pilzbefall zwischen den Zehen, ein
Geschwür auf der Brust. Er dreht sich nicht um.

Als sie nebeneinander an den Urinalen stehen, sagt der Freund: »Ich verlasse Terri.«

»Was redest du denn da?«, sagt Tom ehrlich geschockt.

»Ich halte es nicht mehr aus. Ich bin unglücklich.«

»Liegt es am Krebs?«

Der Freund schüttelt den Kopf. »Das werden alle denken, aber es hat nichts damit zu tun. Ich wollte sie letztes Jahr schon verlassen, bevor sie krank wurde.«

»Hast du jemanden kennengelernt?«

»Ja, aber das ist nicht der Grund.«

»Das ist immer der Grund. Männer verlassen Frauen nicht, bevor sie jemand anderen kennengelernt haben.«

Er zuckt die Achseln. »Terri weiß es noch nicht.«

»Das mit der anderen Frau?«

»Überhaupt alles. Dir erzähle ich es als Erstem. Ich weiß nicht, was ich ihr sagen soll. Wir sind seit sechsundzwanzig Jahren verheiratet.«

»Das ist eine lange Zeit.«

»Sie kommt schon damit klar«, sagt er, »sobald sie über den ersten Schock hinweg ist.«

Am Waschbecken schaut Tom sein Gesicht im Spiegel an. »Wann wirst du es ihr sagen?«, fragt er und schaut sich beim Sprechen zu.

»Ich weiß nicht«, sagt der Freund. »Bitte erzähl Sandy nichts davon. Die Mädels können kein Geheimnis bewahren.«

»Kein Wort.«

Sie gehen an den Tisch zurück.

»Alles in Ordnung?«, fragt Sandy.

»Wunderbar«, sagt er und greift nach seinem Weinglas.

»Wenn du Kopfschmerzen hast, solltest du vielleicht nichts trinken«, sagt sie.

»Glaub mir, ich brauche jetzt was zu trinken.«

Am Ende des Essens ist Daddy am Nebentisch eingenickt.

Er ist mehr oder weniger in seine Jakobsmuscheln gesunken und hat saure Sahne am Schlips.

»Daddy«, sagt seine Frau, »willst du noch Nachtisch?«

Sein Kopf hebt sich, als hätte er nur unter dem Tisch nach seiner Serviette gesucht. »Haben sie hier Vanilleeis?«, fragt er seine Frau.

»Haben wir«, sagt der Kellner.

»Und was nehmen sie dafür?«, fragt Daddy.

»Sechs fünfzig«, sagt Mommy nach einem Blick auf die Speisekarte.

»Dann esse ich es zu Hause«, sagt Daddy.

Und der Sohn sagt zum Kellner: »Wir hätten dann gern die Rechnung.«

Roger zahlt das Essen, und alle danken ihm.

»Das hättest du nicht gemusst«, sagt Sandy.

»Das weiß ich.«

»Du kannst ihr Essen bezahlen, aber ihre Freundschaft kannst du nicht kaufen«, zischt Tom ihm ins Ohr.

»Soll ich fahren?«, fragt Sandy.

»Ich fahre«, sagt Tom.

»Du hast getrunken«, sagt sie.

»Nicht so viel.«

»Genug«, sagt sie und nimmt ihm die Schlüssel ab.

Zu Hause nehmen Tom und Roger noch einen Drink im Wohnzimmer, einen Schlummertrunk zur Zigarre. Sandy entschuldigt sich einen Augenblick, und als sie wiederkommt, prügeln die Brüder sich auf dem Sofa.

»Was ist denn hier passiert?«, fragt sie.

Keiner sagt ein Wort.

Passiert war, dass Roger so etwas gesagt hatte wie »Wirklich schade um Sandy. Sie sah mal so gut aus.«

Und weil Tom nicht sicher war, ob er richtig gehört hatte, fragte er: »Wie meinst du das?«

»Na, du weißt schon«, sagte Roger, »sie hat sich gehen lassen, und ich kann mir denken, dass das für jemanden wie dich deprimierend sein muss. Mir ging es nie so sehr um eine tolle Figur oder ein hübsches Gesicht. Du weißt ja, für mich zählt das Lächeln – sie müssen dieses Lächeln haben.«

»Ich glaube, du solltest gehen«, sagt Tom jetzt.

»Na, das wäre aber peinlich, oder?«, sagt Roger.

»Eigentlich nicht, nein.«

»Wenn ich jetzt gehe, dann komme ich nicht wieder – nie mehr«, sagt Roger.

Bei dieser Vorstellung wird Tom ganz schwindelig vor Freude, aber er sagt nichts.

»Wenn Mom davon hört, wird sie sehr wütend sein«, sagt Roger.

»Du bist dreiundfünfzig und drohst immer noch damit, es Mom zu erzählen?«, fragt Tom.

»Okay, du kleiner Scheißer, wie wär's, wenn ich deinen Freund Bobby anrufe und ihm erzähle, dass ich morgen nicht mit ihm aufs Boot kann, weil du mich aus dem Haus geschmissen hast? Und dann rufe ich deinen anderen Freund an und erzähle ihm, dass du seiner Frau auf die eine Brust gestarrt hast.«

In dem Augenblick sagt Sandy: »Gib's ihm«, und Tom schlägt Roger mit der Faust ins Gesicht. »Du undankbarer kleiner Sch...«

»Schlachtersohn. Und Künstlerinnensohn«, sagt Roger.

Wem gehört die Geschichte, und warum geht sie ihr nicht aus dem Kopf?

Sie geht jetzt zum Psychiater; das war eine Bedingung für ihre Entlassung.

»Die Dornen?«, fragt er.

»Ja«, sagt sie. Sie hat die Dornen von den Rosenstielen geknickt und sie sich dann tief in die Haut gedrückt, hat sie wie Haifischzähne hineingepresst, eine lange Reihe an ihren Armen entlang. Sie hat Dornen in die Haut gedrückt, bis die Haut nachgab und den Dorn in sich aufnahm. Dann hat sie die Schuhe ausgezogen und sich Dornen in die Füße getreten, ist von einem Park zum anderen gelaufen, um mehr Dornen einzusammeln – »Proben« nannte sie die. Die Wunden entzündeten sich, die Entzündung gelangte in ihr Blut.

»Fast hätten wir dich verloren«, sagte ihre Mutter.

»Ich war doch die ganze Zeit da, vor aller Augen.«

»Ich sehe, dass Sie humpeln«, sagt der Psychiater.

»Ich trete vorsichtig auf.«

»Warum Dornen?«

»Liegt in der Familie.«

Sie schaut über die Schulter, um zu sehen, ob der Psychiater ihr zuhört, und überrascht ihn.

Ihre Blicke begegnen sich, und sie schaut weg.

»Fahren Sie fort«, sagt der Psychiater.

Sie legt sich wieder hin; mit den Fingern streicht sie über den tiefblauen Stoff der Therapeutencouch.

»Meine Mutter gruppiert ständig die Möbel um. Sie versucht etwas nachzustellen, woran sie sich erinnert, aber ich bin nicht sicher, ob es wirklich passiert ist. Sie sagt, sie kommt der Sache näher. Sie ist nicht mehr jung, aber sie nimmt all ihre Kraft zusammen, um das Sofa durchs Zimmer zu schieben. Und wenn sie fertig ist, weint sie. Es wird nie wieder so sein, sagt sie. Es ist immer beinahe, aber nicht ganz. Sie kann es nicht greifen – das Licht, die Stille? Jeden Tag versucht sie eine neue Kombination und hofft, dass die Teile sich ineinanderfügen werden wie die Stifte eines Zylinderschlosses, sie hofft, dass es aufgeht und irgendwas enthüllt oder wiedergefunden wird. ›Wo willst du damit hin?‹, frage ich sie, als sie eine Lampe von einem Tisch auf den anderen stellt. ›Ich gehe dahin zurück, wo ich hergekommen bin‹, sagt sie. ›Aber das existiert nicht‹, sage ich. Sie erstellt Stillleben, Tableaus von damals, so wie sie es sich wünscht. ›Ist es dasselbe Sofa – das von vorher?‹, fragt sie mich, inzwischen verwirrt. ›Das hast du mir jedenfalls immer erzählt.‹ ›Ich weiß es nicht mehr‹, sagt sie. ›Vielleicht kam es erst nach der Sache.‹ Den Krieg nennt sie ›die Sache‹. Das Sofa meiner Mutter ist auch blau.«

Sie ist fertig für heute und steht vorsichtig auf.

Als sie den Psychiater beim nächsten Mal aufsucht, bemerkt sie ein Haar. Sie sieht es, als sie auf das Sofa zugeht, ein blondes Haar wie ein goldener Faden, das im Licht glitzert. Sie weiß nicht, was sie tun soll – es wegnehmen, zwischen den Fingern spannen und zupfen wie eine Harfensaite? Sie stellt sich vor, es um den Finger zu wickeln, immer fester rundherum, bis der Finger blau wird, oder es an den Hals zu drücken wie einen dünnen goldenen Draht. Was soll sie tun? Sie tut so, als würde sie es nicht sehen. Sie legt sich darauf – das blonde Haar unter ihrem eigenen braunen, das blonde Haar wird eine Zeit lang ein Teil von ihr. Doch sie erträgt es nicht. Wessen Haar ist es? Hat der Psychiater Sex auf dem Sofa?

»Meine Mutter wurde einen Tag vor dem Ende des Krieges geboren. Sie war ein Mädchen ohne Vater, ein Wunder. Das hat sie lange Zeit geglaubt – haben wir alle. Die Sache ist, während des Krieges wurde meine Großmutter in einem katholischen Internat zurückgelassen. Ihre Eltern brachten sie mitten in der Nacht dorthin, kehrten ihr den Rücken zu und gingen. Als sie nach ihnen schrie, hielten ihr die Nonnen den Mund zu. Die Geschichte geht so: Er tauchte im Garten hinter der Schule auf. Sie gab vor, nicht zu wissen, was passierte – aber es ist auch möglich, dass sie es wirklich nicht wusste. Es war Krieg. Sie hatte Angst, dass sie sterben würden. Das Einzige, was sie bei Verstand hielt, waren die Rosen, die weiterblühten. Dort fand man sie – in den Rosenbüschen verheddert, gefesselt von den dünnen Ärmchen der stacheligen Ranken. Er kam in den Garten, bückte sich, um an den Rosen zu riechen, und sah sie. Er drängte sie in die Rosen. Als er wieder weg war, blieb sie gefangen. Sie lag die ganze Nacht im Garten. Sie sah, wie der Himmel sich verdunkelte, wie die Sterne aufgingen. Sie schaute hinauf ins Blau, ins Ewige, Endlose und Unsagbare. Als man sie fand, schlief sie. Großmutter wachte auf, aber nur zum Teil, so als wäre sie verzaubert, im Nebel. Wir dachten, sie würde wieder zu sich kommen, aber sie wirkte meistens verblüfft, als ob das alles keinen Sinn ergäbe. Als Kind wusste meine Mutter, dass ihre Mutter sie hasste, aber sie wusste nicht, warum oder was sie falsch gemacht hatte. Meine Mutter hielt sich versteckt, in Kisten oder unter dem Tisch, in Schränken. Sie tat so, als wäre sie unsichtbar. Später verbarg sie sich im Wald, hinter Bäumen oder in Laubhaufen. Wenn andere Kinder kamen und spielen wollten, versteckte meine Mutter sich, und erst, wenn sie weggingen, rannte sie zum Fenster, drückte ihr Gesicht ans Glas und sah ihnen nach. Meine Mutter fand es heraus, als sie ungefähr dreizehn war; sie weiß nicht mehr wie, aber es erklärte vieles, sagte sie. Als sie es herausfand, wütete sie durch alle Parks in London und schnitt die Rosen ab. Sie brachte Hunderte Rosen mit nach Hause. Sie füllte das Haus meiner Großmutter mit Rosen, von knospenden über voll erblühte bis hin zu verwelkenden – Provence-Rosen, Wildrosen, Teerosen – alle mit zarten Blütenblättern wie Menschenhaut, alle mit einem Duft, einem herrlichen Geruch, der sich in Verwesung wandelte. Rosendiebstahl war ein Verbrechen; die Rosen gehörten der Stadt, sie waren nicht nur zum Wohl eines einzelnen Menschen gedacht. Die Geschichte vom Diebstahl stand in allen Zeitungen. Ihre Mutter war entsetzt und drohte, ihre Tochter der Polizei auszuliefern. ›Ich ertrage das nicht. Das ist zu viel. Du tust mir das wieder an. Du bist wie dein Vater. Du bist der Beweis, dass man seiner Geschichte nicht entrinnen kann.‹ Und gemeinsam schnitten sie die Rosen und ihre langen, dornigen Stiele in winzige Stücke und zerkochten sie.« Sie hält inne. »Hat überhaupt irgendjemand wirklich ein ganz eigenes Leben?«, fragt sie den Psychiater.

Er antwortet nicht.

Ihr dritter Besuch ist anders; etwas liegt auf dem Sofa – so etwas wie ein Deckchen oder eine Serviette bedeckt das kleine Kissen. Ist das Haar noch darunter? Wird es versteckt, geschützt? Sie legt sich hin und sagt nichts. Sie schaut das Zimmer an, das Licht, das durchs Fenster fällt, eine Lampe, ein Stück eines Gemäldes, einen freien Stuhl, einen Tisch mit einer Pflanze darauf. Sie denkt an ihre Mutter, wie sie Möbel verrückt, und an ihre Großmutter, in Rosen gefangen. Sie starrt die Pflanze an – eine wunderschöne lila-weiße Orchidee – und fragt sich, hat der Psychiater sie gekauft oder geschenkt bekommen?

»Ist die echt?«, fragt sie.

»Sieht sie echt aus?«, antwortet der Psychiater.

Als die Sitzung vorbei ist, richtet sie sich auf. Der Raum dreht sich, ein Kaleidoskop, alles verschwimmt. Sie fällt aufs Sofa zurück.

»Ihre Zeit für heute ist abgelaufen«, sagt der Psychiater. Aber sie kann nicht aufstehen. Der Doktor scheint perplex – das ist ihm noch nicht passiert. Er geht zu seinem Schreibtisch, wühlt in der Schublade herum und findet eine Dose mit Bonbons. Er bietet ihr einen an; er ist rot und wie eine

Rose geformt. Sie lutscht die Süßigkeit, und dieser Trost wirkt Wunder. Sie träumt, sie wandelt übers Wasser und es regnet Rosenblätter.

Tage der Umkehr

Er ist der Kriegsberichterstatter, sie ist die provokante Autorin. Sie sind zum Genozid(e)-Gipfel eingeflogen. Sie entdeckt ihn an der Gepäckausgabe des Flughafens und nickt in Richtung eines Studenten, der einen Collegeblock hochhält, auf den mit dickem Filzstift sein Name geschrieben steht – allerdings falsch.

»Willst du bei mir mitfahren?«, fragt er.

Die Frage trifft sie unvorbereitet, und sie schüttelt den Kopf.

Sie möchte nicht, dass irgendjemand sie abholt, möchte nicht verpflichtet sein, den Studenten/Fan/pensionierten Lehrer/Teilzeitimmobilienmakler für die Dreiviertelstunde zu unterhalten, die man zu ihrem Ziel unterwegs ist.

Sie sagt zu solchen Sachen – Konferenzen, Lesungen, Gastvorlesungen – immer nur Ja, weil sie nicht gelernt hat, Nein zu sagen. Und sie hat so eine fehlgeleitete Vorstellung, dass sie fern von zu Hause zum Nachdenken kommen wird, etwas schaffen kann. Sie hat sich Arbeit mitgebracht: die Kurzgeschichte, die sie nicht in den Griff kriegt, den Roman, den sie fertig schreiben soll, das Buch des Freundes, das noch einen Werbetext braucht, die Zeitung vom letzten Sonntag ...

»Schön, Sie zu sehen«, sagt der Mann bei der Autovermietung, obwohl sie sich überhaupt nicht kennen. Er gibt ihr die Schlüssel zu einem Wagen mit dem Kennzeichen von New Hampshire, mit dem Staatsmotto LIVE FREE OR DIE darauf. Sie fährt Richtung Norden auf die kleine Universitätsstadt zu, wo sich Experten für Folterpolitik und Mord mit Neurowissenschaftlern, Akademikern, Überlebenden und einigen »Ehrengästen« zusammenfinden werden, im inzwischen dauerhaften Versuch, einen Sinn in alldem zu finden, als wäre das überhaupt möglich.

Es ist September, und auch wenn sie die Universität schon vor Jahrzehnten hinter sich gelassen hat, übt der akademische Kalender doch immer noch seine Anziehungskraft aus: sie spürt das Verlangen nach Neuanfängen. Es ist die Jahreszeit der Fülle; die Apfelbäume sind schwer von Früchten, das Wildgras am Rand des Highways steht hoch. Wind streicht durch die Bäume. Alles atmet tief durch, das Seufzen der Natur zum Sommerende. In ein paar Stunden wird ein Nachmittagsgewitter durchziehen und die Luft reinwaschen.

Die Stadt hat sich am eigenen Schopf aus einer Wirtschaftskrise gezogen, indem sie sich zu »Amerikas Heimatstadt« erklärt hat. Flaggen flattern von Laternenmasten. Werbeschilder künden vom herbstlichen Erntefest, von einem Filmfestival, von einer Kammermusik-Reihe in der Presbyterianer-Kirche.

Sie parkt hinter dem Kongresszentrum und schlüpft durch den Dienstboteneingang hinein, geht einen langen

Gang bis zu einer Tür mit der Aufschrift HIER ENTLANG ZUM FOYER.

An der Wand hängt ein mannshoher Spiegel, auf den eine Botschaft geschrieben ist: »Prüf dein Lächeln und frag dich: Bin ich bereit zu bedienen?«

Der Kriegsberichterstatter tritt im gleichen Augenblick durch die Eingangstür des Hotels, als sie durch die unauffällige Tür neben dem Empfang schlüpft.

»Lustig, dass ich *dich* hier treffe«, sagt er.

»Wirklich?«

Er steht am Empfangstresen. Die dichten Locken, die er früher kurz hielt, gehen allmählich etwas zurück; zum Ausgleich sind sie jetzt länger und unbändiger.

In seiner Gegenwart fühlt sie sich unbehaglich, untypisch schüchtern.

Sie fragt sich, wie er es schafft, so gut auszusehen. Sie schaut an sich herunter. Ihre Leinenbluse ist zerknittert, während sein Hemd kaum eine Falte zeigt.

Die Empfangsdame überreicht ihm einen wichtig aussehenden Umschlag von FedEx.

Sie bekommt einen gründlich mit Paketband umwickelten braunen Karton und ein Exemplar des Konferenzprogramms.

»Was hast du gekriegt?«, fragt sie, als er den FedEx-Umschlag öffnet.

»Die Druckfahnen eines Zeitschriftenartikels«, sagt er. »Und du?«

Sie schüttelt den Karton. »Cracker?«

Er lacht. Sie schaut auf den Programmplan. »Wir sind bei der Eröffnung gleich hintereinander dran.«

»Wann ist die erste Veranstaltung?«

»Halb eins.« Sie betrachtet solche Kongresse wie einen Marathon: das Wichtigste ist, sich das Tempo gut einzuteilen. »Du hast noch eine Stunde.«

»Ich hatte gehofft, noch duschen zu können«, sagt er.

»Ihr Zimmer ist noch nicht ganz fertig«, informiert ihn die Empfangsdame.

»Bist du aus einem Kriegsgebiet eingeflogen?«, fragt sie.

»Washington«, antwortet er. »Da gab es gestern Abend ein Dinner des Presseklubs, am Tag davor war ich in Genf und davor im Krieg.«

»Ein ziemlicher Kontrast von dort nach hier«, sagt sie.

»Eigentlich gar nicht«, sagt er. »Egal, wie schön das Geschirr ist, das Hühnchen ist immer zäh.«

Die Empfangsdame tippt auf die Tasten, bis sie ein Zimmer gefunden hat, das bezugsfertig ist. »Ich habe ein sehr schönes Zimmer für Sie gefunden. Sie werden sehr zufrieden sein.« Sie reicht ihm die Schlüsselkarte. »Sie sind beide in der Chefetage.«

»Erster bei den Käsehäppchen«, sagt er.

Sie kannte ihn vor langer Zeit, bevor sie beide irgendwer waren. Sie gehörten zu einer Gruppe von Leuten, die gerade das Studium hinter sich hatten, in der Verlagsbranche arbeiteten und sich regelmäßig in einer Bar trafen. Er war ein tiefernster Mensch, die Stirn dauerhaft in Falten gelegt, und er war verheiratet – das war das Komische, und alle redeten hinter seinem Rücken darüber. Wer war mit dreiundzwanzig schon verheiratet? Niemand bekam die Gattin je zu sehen – so nannten die anderen sie, die Gattin. Sie kennt den Namen der Frau bis heute nicht.

Ein älterer Mann tritt auf den Kriegsberichterstatter zu. »Bin ein Riesenfan«, sagt der Mann und legt dem Kriegsberichterstatter die Hand auf die Schulter. »Ich will Ihnen eine Geschichte erzählen, von einer Reise, die ich mit meiner Frau gemacht habe.« Er macht eine Pause und räuspert sich. »Wir waren in Deutschland und beschlossen, uns ein Lager anzuschauen. Man sagt uns, wir sollen den Zug nehmen und dann einen Bus, und wenn wir ankommen, wird uns jemand eine Führung geben. Wir fahren hin, und es ist gruselig; während der Zug über die Schienen rattert, kann ich an nichts anderes denken, als dass auf genau diesen Schienen meine Familie weggebracht wurde. Wir kommen im Lager an, da gibt es ein Café und einen Laden, der Postkarten verkauft – wir wissen nicht, was wir davon halten sollen. Und als wir ins Hotel zurückkommen, schaut das junge Mädchen am Empfang uns mit breitem Lächeln an und fragt: ›Hat Ihnen der Besuch in Dachau gefallen?‹ Sollen wir lachen oder weinen?« Wieder macht der Mann eine Pause. »Also, was meinen Sie?«

Der Kriegsberichterstatter nickt. »Ist schwer zu entscheiden, nicht?«

»Wir haben beides gemacht«, sagt der Mann. »Wir haben gelacht, wir haben geweint, und wir fahren nie wieder hin.«

Der Reporter erhascht ihren Blick und lächelt. Um seine Augen zeigen sich reizende Fältchen, die vor Jahren noch nicht da waren.

Sie ist genervt. Wieso kommt sein Lächeln so schnell und ist so perfekt?

Auf dem Weg zum Fahrstuhl greift ihr ein freiwilliger Konferenzhelfer an den Arm. »Vergessen Sie nicht Ihre Begrüßungstasche.« Der Helfer reicht ihr eine Stofftasche voll mit Genozidgeschenken.

Sie geht geradewegs in ihr Zimmer, hängt das »Bitte nicht stören«-Schild an die Tür und schließt ab. Wie ist wohl sein Zimmer? Hat es die gleiche Größe und ein Fenster auf den Parkplatz hinaus? Oder ist es größer? Ist es eine Suite mit Meerblick? Sie sind Hunderte Kilometer vom Meer entfernt. Gibt es eine Hierarchie bei der Genozid(e)-Unterbringung?

»Machen Sie eigentlich überhaupt mal Pause?«, hört sie die Stimme ihrer Therapeutin fragen.

Eigentlich nicht.

Sie packt die Begrüßungstasche aus: ein Kaffeebecher von der örtlichen Uni, ein Notizblock mit Stift von einer berühmten Grußkartenfirma – »Wenn Sie keine Worte finden, lassen Sie uns für sich sprechen« – und eine Riesentafel Schokolade von einer Pharmafirma, die ein beliebtes Antidepressivum herstellt. Auf der Verpackung steht »*Manchmal sollte es einfach sein, glücklich zu werden*«.

Sie denkt an ihre Therapeutin. Sie erlebt genau das Gegenteil von Übertragung – sie wünscht sich nie, die Therapeutin wäre ihre Mutter oder ihre Geliebte. Wenn sie an die Therapeutin denkt, ist sie erleichtert, nicht mit ihr verheiratet oder verwandt zu sein. Schon so kleine Entscheidungen wie *Welches Restaurant?* oder *Was essen?* würden stundenlange Verhandlung und Bearbeitung erfordern. Irgendwann würde sie einknicken und alles tun, nur um die Sache zu beenden. Insgeheim hält sie ihre Therapeutin für eine passiv-aggressive Tyrannin, die vielleicht eher Anwältin hätte werden sollen.

»Sie haben ein außerordentlich starkes Buch verfasst, in dem die Wirkung des Holocaust-Traumas über mehrere Generationen hinweg beschrieben wird. Sie wussten doch, dass das Fragen aufwerfen würde.« Sie hört die Stimme der Therapeutin laut und deutlich im Kopf.

»Es ist ein Roman. Das habe ich mir ausgedacht.«

»Sie haben die Figuren erschaffen, aber die emotionalen Wahrheiten sind absolut real. Es gibt unterschiedliche Formen des Wissens.«

Schweigen.

»Sie haben sich jahrelang auf allen Ebenen in diese Erfahrung hineinversetzt – wissen Sie noch, wie Sie gehungert haben? Oder dass Sie verschmutztes Wasser getrunken haben? Sich dreißig Tage nicht gewaschen?«

»Ja, aber ich habe den Holocaust nicht durchlebt. Ich bin eine Hochstaplerin – das haben die Kritiker sehr deutlich gemacht.«

Die Therapeutin schnalzt verächtlich mit der Zunge und schüttelt den Kopf.

Die Autorin fragt sich: Lernen Therapeuten nicht in der Ausbildung, so etwas zu lassen?

»Kritiker sind nicht dasselbe wie Leser, und Ihre Leser hatten das Gefühl, dass Sie einen sehr problematischen Teil Ihrer Erfahrung in Worte gefasst und erleuchtet haben. Und Sie haben einen internationalen Literaturpreis gewonnen.« Die Therapeutin schweigt einen Moment. »Ich finde es interessant, dass Sie das tun müssen.«

»Was?«

»Sich selbst kleinreden.«

»Weil ich das besser kann als alle anderen?« Sie hebt den Blick und lächelt.

Die Therapeutin hat die traurige Miene aufgesetzt.

»Immerhin bin ich ehrlich«, sagt sie.

Immer noch die traurige Miene.

»Wirklich?«, fragt sie.

»Wirklich«, sagt die Therapeutin.

Sie hat die Genozid(e)-Konferenz zugesagt, nachdem sie gerade beschlossen hatte, zu allem Nein zu sagen, um endlich zum Arbeiten an ihrem neuen Buch zu kommen. Sie war den größten Teil des letzten Jahres unterwegs gewesen, hatte Lesungen und Interviews gegeben, Fragen beantwortet, die sich wie Verhöre anfühlten. So als meinten die Journalisten, wenn sie nur oft genug und in vielen Sprachen fragten, würde irgendwann irgendwas herausfallen, irgendein Geständnis, noch eine Geschichte – aber da war tatsächlich nichts mehr. Sie hatte alles in das Buch gesteckt.

Sie betrachtet sich im Hotelzimmerspiegel. »Prüf dein Lächeln und frag dich: Bin ich bereit zu bedienen?«

Sie wird rot. Sie hat an ihn gedacht – an den Kriegsberichterstatter.

Ihr Handy klingelt.

»Bist du schon da?«, fragt Lisa. »Ich wollte nur hören, ob du heil angekommen bist.«

»Mir geht es gut«, sagt sie.

»Hast du das Päckchen gekriegt?«

»Ich glaube schon«, sagt sie.

»Hast du es aufgemacht?«

»Nein.«

»Na, dann mach mal.«

Sie öffnet nicht das Kästchen, sondern den Brief, der obendrauf klebt: Tut mir leid, dass wir uns gestritten haben. Ein Versöhnungsgeschenk ...

»Aber wir haben uns nicht gestritten«, sagt sie.

»Ich weiß, tun wir aber normalerweise, und ich musste das zehn Tage im Voraus bestellen«, sagt Lisa.

»Da hättest du dir aber ein bisschen mehr Mühe geben können«, sagt sie.

»Wie meinst du das?«, fragt Lisa. »Ich habe das schon vor Wochen geplant.«

»Ich meine, wenn du schon wusstest, dass du ein Versöhnungsgeschenk schickst, hättest du wenigstens auch Streit anfangen können«, sagt sie.

»Ich verstehe dich nicht«, sagt Lisa. »Echt nicht.«

»Das war ein Witz. Du nimmst das viel zu wörtlich.«

»Und jetzt kritisierst du mich auch noch?«

»Schon gut«, sagt sie. »Vielen Dank. Du weißt ja, wie gern ich Schokolade mag.«

»Oh ja, das weiß ich«, sagt Lisa, die nicht ahnt, dass sie das Kästchen noch gar nicht geöffnet hat.

Sie kennt Lisa so gut, dass sie schon weiß, was drin ist. Stattdessen packt sie die von der Pharmafirma gesponserte Tafel Schokolade aus und nimmt einen großen Bissen. Das zähe Geräusch von Schokoladekauen hängt in der Luft.

»So ist es besser«, sagt Lisa.

»Ich muss Schluss machen«, sagt sie. »Ich bin gleich am

Empfang.« Sie schaut sich im Spiegel an; merkt Lisa, wann sie lügt?

»Was ist los mit dir?«, fragt Lisa. »Ich werde nicht schlau aus dir.«

»Beachte mich gar nicht«, sagt sie. »Ich bin in Gedanken versunken.«

»Da ziehe ich dich später raus«, sagt Lisa und legt auf.

Das Begrüßungsessen wird serviert: kalte Salate wie beim Imbiss nach einer Bar Mitzwa, ein Dreiklang von Portionen, Eiersalat, Thunfischsalat, Kartoffelsalat, dazu ein Brötchen mit Butter, Kaffee oder Tee.

Sie sitzt am Kopftisch unter den Akademikern, die zu Traumata und Tragödien forschen. Der Kriegsberichterstatter sitzt zwei Plätze weiter.

Der Mann, den sie gern kennenlernen möchte, der Flüchtigkeitsforscher Otto Hauser, ist nicht da. Sein Platz ist leer. Sein Teller ist als »vegan« markiert.

»Hat irgendjemand Otto Hauser gesehen?«, fragt sie mehrmals. Sie ist seit Jahren besessen von Otto Hauser, nachdem sie seine beiden einzigen Interviews gelesen und ihn kurz in einer Dokumentation gesehen hat. Später hat sie erfahren, dass er darum gebeten hatte, ihn aus dem Bild zu lassen.

Schließlich verrät ihr jemand, dass Otto sich verspäten wird; in seinem Lagerhaus in München hat es gebrannt.

Der Konferenzleiter, selbst Opfer eines Angriffs, der ihn die Hälfte seiner Zunge gekostet hat, bittet alle im Saal um Aufmerksamkeit. Seine Worte sind nur schwer zu verstehen.

Sie merkt, dass sie immer öfter zum Gebärdendolmetscher am anderen Ende der Bühne schaut, um Verständnishinweise zu erhaschen.

»Das Programm der diesjährigen Konferenz – *Von Genozid(en) zum Großmut: Wege zu neuem Verständnis* – bringt Vertreterinnen verschiedenster Gruppen zusammen, unter anderem aus Kambodscha, Osttimor, Ruanda, dem Sudan, dem ehemaligen Jugoslawien, Überlebende des Holocaust während des Zweiten Weltkriegs, der Geschichte der kolonialen Völkermorde und der frühen Kämpfer mit der Aids-Epidemie. An diesem Wochenende stellen wir die wichtige Frage: Warum? Warum kommt es immer noch und immer wieder zum Genozid?«

Danach dankt er den Sponsoren, einer Fluglinie, zwei weltweit genutzten Suchmaschinen, einer Versicherung, dem bereits genannten Pharmaunternehmen und einem mittelständischen Eisfabrikanten.

Bevor er das Mikrofon an eine Kollegin aus dem Leitungsteam überreicht, sagt er noch: »Die Bar in der Broadway Suite, wo Sie nur mit Bargeld bezahlen können, wird bis Mitternacht geöffnet sein und gratis Fruchtsäfte anbieten, eine freundliche Unterstützung durch ›Die frische Presse‹. Außerdem haben wir in diesem Jahr einen Raum zum spirituellen Kräftesammeln, in dem Sie als Bonus und ebenfalls gratis einen Massagestuhl nutzen können, der von der Firma ›Den Rücken drücken‹ zur Verfügung gestellt wird.«

Nach der Begrüßung durch den Konferenzleiter macht die Dekanin der örtlichen Englisch-Fakultät die Honneurs und stellt sie vor. Die Dekanin wählt dafür leidenschaftliche und seltsame Worte, die sie zugleich feiern und abwerten, und zwar sowohl persönlich als auch beruflich. In einem Atemzug erwähnt sie, dass die Autorin für ihr volles, dichtes schwarzes Haar berühmt sei, dass sie den französischen Nyssen-Preis für internationale Literatur gewonnen habe und dass sie schockiert gewesen sei, weil ihr Buch sich so gut verkauft habe.

Der Kriegsberichterstatter lehnt sich in ihre Richtung und flüstert laut über die Köpfe hinweg: »Ich glaube, sie will dich ficken.«

»Ich habe das Gefühl, das hat sie gerade schon«, flüstert sie zurück, bevor sie aufsteht und kurz zum Mikrofon greift. »Vielen Dank, Frau Professor.« Sie sagt absichtlich *Frau Professor* und nicht *Frau Dekanin*. »Sie wissen eindeutig mehr über mich als ich selbst.«

Das sorgt für Gelächter im Saal.

Der Kriegsberichterstatter wird vom Football-Trainer der Uni vorgestellt. »*In Blut und Dreck* ist Eric Bitterbergs sehr persönlicher Bericht über das Leben an der Front mit seinem besten Freund aus Schulzeiten, einem Sergeant der US-Armee.«

»Spricht man es *Biter*-berg oder *Bitter*-berg?«, flüstert sie laut in seine Richtung.

»Hängt von meiner Laune ab«, sagt er.

Das Nachmittagsprogramm beginnt direkt nach dem Mittagessen. Während andere zu Gesprächsrunden wie *Australiens gestohlene Generationen* und *Die Rückkehr zu den Killing Fields* eilen, geht sie zu ihrer ersten Veranstaltung – *Von wo ich spreche: Das heutige Deutschland und seine Geschichte(n)* – in die Amerika-Suite.

Mit ihr auf dem Podium sitzen ein junger deutscher Akademiker, der trotz seines hervorragenden Englischs darauf besteht, deutsch zu sprechen, und Gerda Hoff, eine ältere Frau aus der Gegend, die sowohl die Konzentrationslager als auch kürzlich Krebs überlebt und jetzt unter dem Titel *Leben, um zu leben* ihre Memoiren veröffentlicht hat.

»Sie sehen anders aus als auf dem Foto in Ihrem Buch«, sagt der Moderator, als sie sich setzt – sicher kein Kompliment.

Und völlig unvermittelt steigt er dann ins Gespräch ein: »Deutschland und Familiengeschichte – wo war Ihre Familie zur Zeit des Holocaust?«

Der Deutsche sagt, seine Großeltern hätten in der Lebensmittelbranche gearbeitet und schwere Zeiten durchgemacht.

»Sie waren Schlachter«, sagt der Moderator; das ist keine Frage, sondern eine Feststellung.

»Ja«, bestätigt der deutsche Teilnehmer und äußert sich nicht weiter.

Die KZ-Überlebende erzählt, dass ihr Vater Lehrer und ihre Mutter für ihre schöne Stimme bekannt war. Sie und ihre Geschwister schauten zu, wie ihre Eltern in den Rücken geschossen wurden und in offene Massengräber fielen. Sie ist die Einzige, die noch am Leben ist; ihre Schwestern starben im Lager, und vor zwei Jahren hat sich ihr Bruder vor einen Zug geworfen.

»Und Sie?«

Die Autorin würde gern einen Vokal kaufen. Sie würde die Frage gern weitergeben, sich in Luft auflösen oder zumindest von jemandem erklären lassen, dass bei der Zusammenstellung der Podien offensichtlich ein Fehler passiert sei, weil sie nicht hierhergehört.

Sie atmet ein und lässt die Luft wieder zur Ruhe kommen, ehe sie erklärt: Ihre Familie stammt nicht aus Deutschland, sondern aus Lettland. Sie sind schon vor dem Krieg nach Amerika gekommen und Milchbauern in New England geworden.

Sie kommt sich vor wie bei einer Quizshow, wo Punkte für die authentischsten Antworten vergeben werden. Sie ist ganz klar die Verliererin.

Sie lässt den Blick über das Publikum schweifen. Keine jungen Leute da. Das erinnert sie an die klassischen Konzerte, zu denen ihre Eltern sie mitgenommen haben; egal, wie alt sie geworden war, sie war immer die Jüngste.

Der Moderator macht weiter. Als sie mit den Gedanken irgendwann woanders ist, wendet sich das Gespräch mit einer Frage wieder zu ihr: »Kann es so etwas wie Holocaust-Literatur überhaupt geben? Gibt es Erfahrungen, bei denen die historischen Fakten schon so belastet sind, dass wir uns nicht trauen, sie zu fiktionalisieren?«

Sie wartet einen Augenblick, beugt sich dann vor, zieht das Mikrofon dicht heran, schätzt unnötigerweise die Größe des Raums ein. Diese Frage wird rund um die Welt gestellt, auf diesen Moment haben alle gewartet.

»Ja«, sagt sie bestimmt und macht eine Pause. »Ja, es gibt so etwas wie Holocaust-Literatur. Und ich habe sie nicht erfunden. Es gibt viele Romane, die während des Holocaust spielen oder dazu in Beziehung stehen, darunter Bücher von Elie Wiesel, Thomas Keneally, Bernhard Schlink und so weiter. Und was die Frage angeht, ob manche Themen historisch so heikel sind, dass wir im fiktionalen Schreiben die Finger davon lassen sollten – da würde ich sagen, die Aufgabe der Literatur ist das Illustrieren und das Erhellen. Wir sehen uns selbst viel klarer durch die Geschichten, die wir erzählen.«

»Aber wie ist denn Ihre Beziehung zum Holocaust?«, bohrt der Moderator hartnäckig weiter.

»Ich bin Jüdin, die Brüder meines Großvaters sind im KZ gestorben.«

»Was bedeutet es Ihnen, eine provokante Frau zu sein, die absichtlich schockierende Bücher schreibt?«

»Mit dem Begriff ›provokant‹ beschreiben nur Sie mich; Sie hängen mir ein Etikett um, damit ich anders werde als Sie. Gerade aus den historischen Ereignissen, über die wir hier reden wollen, können wir lernen, wie gefährlich es ist, Menschen mit Etiketten zu versehen und in Schubladen zu stecken.«

Überall im Publikum ist zustimmendes Murmeln zu hören. Auf diesen Podien sollen zwar eigentlich Diskussionen, Gespräche geführt werden, doch in Wirklichkeit sind es Wettbewerbe, bei denen das Publikum Preisrichter spielt. »Und was das absichtliche Schockieren angeht: Ich habe nichts geschrieben, was nicht vorher in der Morgenzeitung gestanden hätte«, sagt sie im Bewusstsein, jetzt gerade die

Zeitung von vor einer Woche in der Tasche zu haben. »Wirklich schockierend ist nur, wie wenig wir tun, um zu verhindern, dass solche Dinge wieder passieren, und –«

»Fiktion ist ein Luxus, den unsere Familien sich nicht leisten konnten«, unterbricht Gerda Hoff sie. »Wir haben nicht unsere Sommerlektüre eingepackt und sind frisch und fröhlich ins KZ gefahren. Das ist überhaupt nicht unsere Geschichte. Was haben Sie für ein Recht, sie zu erzählen? Das ist eine Beleidigung. Ich bin bloß eine kleine alte Frau, aber ich stehe hier für sechs Millionen Juden, die nicht für sich selbst sprechen können.«

Das Publikum applaudiert. Punkt für Gerda Hoff!

Am liebsten würde sie den häufigsten Ausspruch ihrer Mutter zitieren – »Jeder hat das Recht auf seine Meinung« –, doch sie lässt es. Stattdessen sagt sie: »Und genau darum habe ich mein Buch geschrieben: um zu beschreiben, welche Wirkung diese sechs Millionen Leben auf die folgenden Generationen hatten. Ich habe dieses Buch geschrieben, damit diejenigen von uns, die nicht dabei waren, die noch nicht geboren waren, die Erfahrung derjenigen, die dabei waren, besser verstehen können. Und«, fügt sie hinzu, »um zu verhindern, dass es jemals wieder geschieht. Nie wieder.«

»Es ist also alles eine große Lüge?«, fragt die alte Frau.

»Sie haben nicht viel für Deutschland übrig«, sagt der deutsche Akademiker, der sich offensichtlich ausgegrenzt fühlt.

»In meinem Roman geht es nicht um Deutschland. Es ist die Geschichte von vier Generationen einer Familie, die um ihre Geschichte und ihre Identität ringen.«

Die Diskussion ist zu Ende, und auch wenn das Publikum

keine Notenschilder hochhält, weiß sie doch, dass Gerda Erste geworden ist, sie selbst Zweite und der Deutsche mit weitem Abstand Dritter.

Nie wieder, sagt sie sich. Sag nie wieder Ja, wenn du eigentlich Nein sagen willst.

Nach dem Podium sitzt sie an einem kleinen Tisch, signiert Bücher und beantwortet Fragen.

»Sind Sie homo?«, flüstert eine alte Frau und klingt genau wie ihre Mutter, wenn sie fragt: *Sind sie Juden?* »Ich glaube, Sie sind homo. Ich glaube, mein Sohn ist auch homo. Er sagt es mir nicht, aber eine Mutter weiß so was.«

Als die Schlange zum Ende gekommen ist, kauft sie ihr eigenes Buch und gibt es Gerda Hoff, die gerade gehen will.

»Ich will das nicht«, sagt Gerda.

»Es ist ein Geschenk. Ich glaube, es könnte Sie interessieren.«

»Ich bin dreiundachtzig. Ich habe zugesehen, wie meine Eltern in den Rücken geschossen wurden. Ich habe meine eigenen Kinder begraben, und jetzt sterbe ich an Krebs. Ich habe nicht so lange gelebt, um jetzt irgendwas Höfliches über ein Stück Dreck zu sagen, von dem Sie glauben, es könnte mir ›gefallen‹.«

»Entschuldigung«, sagt sie.

Gerda beugt sich zu ihr. »Wollen Sie wissen, was mir gefällt? Schokoladeneis. Dafür lohnt es sich zu leben. Was Ihr Buch angeht: *schejnen dank dir im pupik.* Ich habe es erlebt, ich muss es nicht lesen«, sagt sie und watschelt durch den Flur davon.

Sie trifft den Kriegsberichterstatter am Fahrstuhl, wo er wartet. »Wie ist es gelaufen?«, fragt er.

»Abgeschlachtet«, sagt sie.

»Ich würde das nicht so persönlich nehmen.« Sie treten in den Aufzug, er drückt den Knopf für den vierten Stock.

»Es sind vielleicht alles Senioren, aber sie sind auch Kampfsportler«, sagt sie. »Die trainieren nicht bloß Zumba, sondern auch Boxen, und sie wissen, wo sie hinschlagen müssen. Wie war es bei dir?«

Sie schaut ihn an; seine beiden oberen Hemdknöpfe sind offen, dunkle Haare kräuseln sich zwischen den Knöpfen hervor. Es drängt sie, eins der Haare von seiner Brust zu reißen wie ein magisches Schnurrhaar.

»Abgesehen von dem Zwischenrufer, der mich ›Pussy‹ genannt hat, war es okay.«

Der Fahrstuhl öffnet sich zur Chefetage. »Sehen wir uns bei den Cocktails?«, fragt sie beim Aussteigen.

»Da passe ich. Habe einen Abgabetermin.« Er schweigt einen Augenblick. »Ich glaube, wir haben uns seit Jahren nicht gesehen, außer bei Buchpreisverleihungen. Herzlichen Glückwunsch übrigens. So ein Buch wie deins könnte ich niemals schreiben«, sagt er und geht in Richtung seines Zimmers.

»Inwiefern?«, ruft sie ihm nach.

»Fiktion«, sagt er und dreht sich wieder zu ihr um. »So was könnte ich mir nie ausdenken. Mir fehlt die Fantasie.«

Sie lächelt. »Ich weiß nicht genau, was du damit meinst, aber ich betrachte es mal als Kompliment.«

»Später was trinken?«

Sie nickt. »Im Kopf nenne ich dich immer den Kriegsberichterstatter. Vor Jahren habe ich dich Erike genannt, aber irgendwie passt das nicht mehr.«

»Du hast mich Erike genannt, weil meine Mutter mich so genannt hat.«

»Du warst verheiratet. Das hat uns alle beeindruckt; es wirkte so erwachsen. Wir haben hinter deinem Rücken über dich geredet.«

»Das ist ja witzig«, sagt er.

»Wieso?«

»Ich war unglücklich.«

»Oh«, sagt sie.

»Ich kam mir so schlau vor, hatte einen klaren Plan.« Er zuckt die Achseln.

»Und warum hingen wir eigentlich immer in diesem Laden ab, in der Cedar Bar?«, fragt sie. »Wofür hielten wir uns? Für Maler?«

»Für den nächsten heißen Scheiß«, sagt er. »Wir dachten, wir bringen es zu was.«

»Tja, und jetzt stehen wir hier.«

Eine unbehagliche Pause. »Also, was machst du jetzt? Ich weiß noch, früher bist du überall mit dem Fahrrad hingefahren. Du hast nie die U-Bahn genommen.«

»Stimmt«, sagt sie, »ich bin immer geradelt – bis es mir die Knie zerrissen hat.«

»Erinnerst du dich, dass ich dich mal in die U-Bahn gekriegt habe?«

»Ja«, sagt sie lächelnd. »Das war im Januar.«

»Am siebzehnten Januar 1991, an dem Abend, als die Bombardierung Bagdads anfing.«

Sie nickt überrascht, dass er sich daran erinnert.

»Ich habe dich gezwungen, die ganze Strecke bis Uptown mit der U-Bahn zu fahren.«

»Das war ein bemerkenswerter Abend«, sagt sie.

»Ja«, sagt er und wirkt gedankenverloren. Das Schweigen dehnt sich so lange, dass es unangenehm wird. »Also dann«, sagt er, dreht sich ganz plötzlich um und geht den Korridor hinunter, sodass sie sich fragt: Ist irgendwas passiert?

Sie geht in ihr Zimmer, setzt sich hin und meditiert. Gedanken an ihn unterbrechen ihre Meditation. Immer wieder holt sie sich zurück in ihren Körper, ihren Atem, ins Zählen, bis sie tief und fest einschläft. Sie hat schreckliche Träume und wacht vierzig Minuten später wieder auf, verschwitzt, verwirrt, wie aus einer Vollnarkose geweckt. Sie hat keine Ahnung, wo sie ist, und versucht zu begreifen, ob irgendwas in dem Traum real war.

Das Gegengift – ihre Mutter anrufen.

»Was machst du?«, fragt ihre Mutter, und ihr Tonfall bringt sie sofort in die Realität zurück.

»Ich habe ein bisschen geschlafen. Es war schrecklich, Albträume«, sagt sie. »Ich bin bei der Tagung.«

»Worum geht es diesmal?«

»Genozid(e). Als ich die Einladung angenommen habe, dachte ich an dich.«

»Warum an mich? Ich bin doch nicht Opfer eines Völkermords geworden.«

»Wegen des Holocaust und Opapas Brüdern.«

»Ach, das war aber sehr nett von dir«, sagt ihre Mutter.

»Es geht doch nicht ums Nettsein«, sagt sie, »sondern ums Erinnern.«

»Erinnern ist gut«, sagt ihre Mutter. »Ich hatte völlig vergessen, dass du weg bist. Wann kommst du nach Hause?«

»Sonntagabend?«

»Und wann kommst du mich das nächste Mal besuchen?«

»Vielleicht nächstes Wochenende.«

»Nächstes Wochenende passt nicht. Da habe ich Theaterkarten.«

»Okay, dann vielleicht das übernächste.«

»Es wäre schön, wenn du früher kommen könntest. Komm doch unter der Woche. Dann habe ich nicht so viel um die Ohren.«

»In der Woche arbeite ich.«

»So nennst du dein Schreiben – Arbeit?«

»Ja.«

»Wenn meine Freunde sagen, dass sie deine Sachen toll finden, antworte ich, dass jeder ein Recht auf seine Meinung hat.«

»Danke, Ma, ich bin froh, dass meine harte Arbeit dir so peinlich ist.« Sie klappt ihren Computer auf und schaltet ihre Mutter auf Lautsprecher.

»Tippst du etwa, während du mit mir redest?«

»Ja.«

»Ich hoffe, du schreibst nicht auf, was ich sage.«

»Nein, Mom, ich suche nach Synagogen und schreibe dem Organisator der Konferenz eine Nachricht, weil ich wissen möchte, ob es beim Abendessen heute eine Sitzordnung gibt.«

»Ich lege Wert auf meine Privatsphäre. Die Welt muss nicht so viel über mich wissen.«

»Aber Mom, das ist doch kein Buch über dich.«

»Das sagst du so, aber ich weiß es besser. Also, wann kommst du mich besuchen?«

»Ich muss jetzt Schluss machen, Ma. Ich habe dich lieb. Ich rufe morgen wieder an.«

Das Gespräch mit ihrer Mutter hat sie so aufgewühlt, dass sie aufsteht, sich das Gesicht wäscht, ihren Koffer öffnet und überlegt, was sie anziehen soll. An der Wand hängt ein Ganzkörperspiegel. Sie sieht anders aus als in ihrer Erinnerung, kürzer, runder. Passiert es schon – schrumpft sie?

Lisa schickt eine Nachricht: »Bist du tot? Passt gar nicht zu dir, dass du nicht anrufst oder schreibst.«

Was ist das Problem?, fragt sie sich. Ist Lisa das Problem? Oder etwas anderes?

»Wir haben erst vor zwei Stunden miteinander geredet. Ich habe inzwischen den Rosaroten gegessen«, antwortet sie. Zu Anfang, als sie noch ganz frisch zusammen waren, hatte es als Witz angefangen, doch inzwischen ist es ein wiederkehrendes Motiv geworden. »Ich habe ihn gelutscht. Die Schokolade ist in meinem Mund geschmolzen«, schreibt sie.

»Lol, und nicht in der Hand«, schreibt Lisa.

Sie zieht sich für die Synagoge an – schlichte schwarze Hose und Bluse. Auf dem Weg nach draußen kommt sie an der »Zusammenkunft« vorbei. Man hat es nicht Cocktailparty genannt, weil das zu festlich klingt, und angesichts all derer, die aus religiösen Gründen nichts trinken, die bei den Anonymen Alkoholikern sind oder deren Blutverdünner oder Schmerzmittel sich nicht mit Alkohol vertragen, gehen die alkoholfreien »Freiheit-und-Einheit-Fruchtcocktails« weg wie geschnitten Brot.

Einer der Organisatoren entdeckt sie und besteht darauf, dass sie sich unter die Gäste mischt. Beim Mischen sucht sie Otto Hauser, der immer noch nicht eingetroffen ist. Sie wird Dorit Berwin vorgestellt, einer Britin, die Hunderte von Kindern aus dem Sudan vor dem sicheren Tod gerettet hat. Dorit hat selbst vierundfünfzig Kinder adoptiert und hätte auch noch mehr genommen, doch ihre leiblichen Kinder distanzierten sich demonstrativ und öffentlich von ihr und lancierten eine Kampagne mit dem Slogan »Es sind Kinder, keine Kätzchen«.

Sie findet es eigenartig, dass Freitag ist und offenbar niemand von den zusammengekommenen Konferenzteilnehmern bemerkt, dass Sabbatabend ist.

Überall auf der Welt geht sie gewöhnlich in die Synagoge; sie ist die Einzige in der Familie, die ihre Religion ausübt.

»Was soll das heißen, ausüben?«, fragt ihre Mutter. »Wir sind Juden, was sollen wir da üben? Haben wir nicht genug durchgemacht?«

»Es gibt mir das Gefühl, Teil der Geschichte zu sein.«

Als sie auf einer Landstraße über die Hügel fährt, sinkt die Sonne bis auf den Horizont. Kühe sind auf dem Heimweg über die Weiden, und am Straßenrand stehen Selbstbedienungsstände mit frischen Eiern und Schnittblumen, und Zucchini als Zugabe für jeden Einkauf. Der Himmel ist von herrlichem, tiefdunklem Blau.

Kurz nach Sonnenuntergang kommt sie in das kleine Städtchen. Der erhabene hölzerne Davidsstern an der Fassade und die Mesusa am Türpfosten sind die einzigen äußeren Merkmale des alten, schmalen Gebäudes. Sie klopft dreimal an die schwere Holztür, wartet, klopft noch einmal, und endlich ...

»Kann ich Ihnen helfen?«, fragt ein Mann durch die Tür.

»Ich wollte zum Gottesdienst am Freitagabend«, sagt sie.

»Sind Sie sicher?«

»Bin ich zu spät?«

»Ein wenig.«

»Darf ich reinkommen?«

»Ich denke schon«, sagt der Mann und öffnet die Tür. »Wir müssen vorsichtig sein. Man weiß nie, wer anklopft.«

Die Synagoge ist klein und aus der Zeit gefallen. Mit ihr und dem Rabbi sind etwa dreißig Leute da.

»Was bedeutet es, Jude zu sein?«, fragt der Rabbi die Gruppe. »Hat es sich im Lauf der Zeit gewandelt? Wir gedenken unserer Vorfahren, die unfrei waren, die Ja sagen mussten, wenn sie Nein meinten. Wir sind alle Missetäter, alle im Exil; keiner ist unter uns, der nicht gesündigt hat. Es geht nicht um das Ausmaß der Sünde oder dass eine Sünde größer ist als die andere – sondern darum, dass wir alle Menschen und damit fehlerhaft sind, und nur wenn wir diese Fehler anerkennen, können wir uns selbst erkennen.«

Sie hört zu – eine Fremde in der letzten Bank, die auf Hinterköpfe schaut und nachdenkt. Würde Lisa mit ihr in die Synagoge gehen? Sie hat sie nie gefragt, weil es zwischen Lisa und ihr ein ständiges Hin und Her ist, ein Kampf um Raum, Platz, Zeit. Lisa meint, sie seien so viel zusammen, dass kaum noch zu merken sei, wo die eine aufhört und die andere anfängt. Aber sie weiß immer, wo sie aufhört – sie hört auf, bevor sie anfängt. Sie ist keine »klassische Lesbe«, wie sie selbst das nennt, die sofort verschmelzen will, die zum zweiten Date mit dem Umzugsanhänger kommt. Sie ist ständig frustriert und enttäuscht. Ist das was Jüdisches, fragt sie sich, oder typisch für Beziehungen, oder liegt es an ihr?

Das Weinen eines Babys holt sie zurück in die Gegenwart. Als die Frau mit dem schreienden Säugling hinausgeht, bemerkt sie, dass er dort vorne sitzt. Sie erkennt ihn an den Haaren und dem Nacken. Er sitzt vier Reihen vor ihr und ist voll bei der Sache, neigt den Kopf an den passenden Stellen.

Sie ist überrascht, aber angenehm. Sie hatte ihn immer für ernsthaft gehalten, aber geglaubt, der Erfolg habe seine Haltung aufgeweicht. Jetzt hält sie ihn eher für einen Kriegs-Playboy, der sich mit Leuten umgibt wie dieser furchtlosen Journalistin mit Augenklappe, die in Syrien getötet wurde. Sie stellt sich vor, dass er um hohe Einsätze pokert und zu sehr später Stunde betrunkenen Sex mit exotischen Frauen hat, die kein Englisch sprechen.

»Wer den Trauerkaddisch betet, möge sich erheben«, intoniert der Rabbi. Er steht auf und betet. Sie erkennt am Heben und Senken seiner Schultern, dass er anfängt zu weinen.

Und dann ist es vorbei. Schabbes hat begonnen, und die Gemeinde ist eingeladen, noch auf ein Stück Challa und einen Schluck Wein zu bleiben – der Wein wird in winzigen Plastikbechern serviert, wie Fingerhüte.

»Ich wusste gar nicht, dass du jüdisch bist«, sagt er und schüttet sich den Inhalt des Bechers in den Rachen, als wäre es Hustensaft. »Ich dachte immer, du wärst lesbisch.«

»Hat das was miteinander zu tun, jüdisch und lesbisch? Sind doch verschiedene Kategorien. Ich dachte, du wärst verheiratet.«

»Bin geschieden, lebe aber mit jemandem zusammen.«

»Ich auch«, sagt sie. »Ich wusste doch, dass wir was gemeinsam haben. Was ist mit dem Abgabetermin?«

Er zuckt die Achseln.

»Wie bist du hergekommen?«

»Taxi. Dreißig Dollar. Wusstest du, dass die Taxis hier Sammeltaxis sind? Man liest unterwegs noch Leute auf – eine zahnlose Frau mit Einkäufen, einen dicken Mann, der nicht mehr laufen konnte.«

»Gehst du oft in die Synagoge?«, fragt sie.

»Nein«, sagt er und wischt sich eine Träne aus dem Augenwinkel.

Sie tut so, als würde sie es nicht merken.

»Ich habe Riesenhunger«, sagt er. »Das Letzte, was ich gegessen habe, war der tödliche Thunfisch zum Mittagessen. Meinst du, hier gibt es irgendwo einen Chinesen? So haben wir das in meiner Familie immer gemacht, erst Gottesdienst, dann scharf-saure Suppe.«

Sie schüttelt den Kopf. »Nein, aber es gibt einen berühmten Eismacher hier in der Nähe, der immer alle Preise bei der Landwirtschaftsschau abräumt.«

Der Eisstand liegt abseits der Straße im Niemandsland. Sie finden ihn nur, weil eine lange Reihe von Autos, Transportern, Mini-Vans von der Straße abgefahren sind und am staubigen Straßenrand parken.

WIR MACHEN ES SELBER, WEIL WIR DAS MÖGEN steht mit freundlich runden Buchstaben in Filzstift auf Pappkarton geschrieben.

Die lange Sommersaison hat ihren Tribut gefordert: Gewitter und tropfende Eiscreme haben die Buchstaben verlaufen lassen. Die Pappen sehen aus, als hätten sie ordentlich geweint.

Ungeheuer ausladende Menschen hieven sich aus ihren Familienkutschen und watscheln zum Eisstand.

»Was ich an solchen Terminen mag, ist das Lokalkolorit«, sagt er und lässt es auf sich wirken.

Ein paar späte Bienen schwirren herum.

»Ja«, sagt sie. »Es ist oft richtig schwer, aus seinen üblichen Kreisen herauszukommen.«

»Ich nehme das Herbsttrio in mittelgroß«, sagt der Kriegsberichterstatter dem Jungen hinter dem Tresen.

»Kleine Portion Schokolade im Becher«, sagt sie.

Der Kriegsberichterstatter bezahlt.

»Ein Kavalier.«

»Taxigeld.«

Die Eiskugeln sehen aus wie in einem Kindertraum von

Eiswaffeln, die Größe ist zugleich märchenhaft und monströs.

»Hier sieht man, was in Amerika falsch läuft«, sagt er und leckt los.

»Ganz genau«, sagt sie.

Sie setzen sich an einen Picknicktisch in einem Dickicht von Picknicktischen.

»War deine Familie religiös?«, fragt er beim Lecken.

»Nein«, antwortet sie. »Deine?«

»Meine Großmutter und meine Tanten praktizieren, aber mein Vater nicht, er weigert sich eisern.«

»Woher stammen sie?«

»Aus einer Stadt, die es nicht mehr gibt.«

»Meine sind in einem Gurkenfass rübergekommen«, sagt sie. »Ich stelle mir immer so vor, das Meer wäre voller Großmütter, die auf Gurkenfässern von Lettland bis nach Ellis Island treiben.«

Beim Eisessen ist er wie ein Kind, wird mit jedem Mundvoll glücklicher. Sie streckt die Hand aus und wischt ihm Tropfen vom Kinn. Er lächelt und leckt weiter. Er hat drei Geschmacksrichtungen, die Spezialität des Hauses: Pekannuss-Butter, Ahorn-Walnuss und Café-Cognac.

»Mal probieren?«

Sie leckt mit geschlossenen Augen. »Ahorn«, sagt sie.

»Probier mal hier drüben«, sagt er und dreht die Waffel.

»Cognac«, sagt sie. Sie schiebt ihm einen Löffel von ihrem Eis in den Mund und bemerkt, dass Eiscreme etwas Unmittelbares hat, dass die Kälte zur Körpermitte wandert, während der Geschmack auf der Zunge bleibt.

»A schtick naches«, sagt er.

»*Naches.*« Sie lacht. »Das hat meine Großmutter immer gesagt, wenn sie mir die Haare gebürstet hat. Sie hat so heftig daran gezerrt, dass ich jahrelang dachte, *naches* hieße ›verknotete Haare‹.«

»Aber es heißt ›Vergnügen, Genuss‹.«

»Ein *jiddischer Kop*«, sagt sie. »Klugscheißer.«

Sie leckt noch einmal an seinem Eis, dann entsteht eine Pause, ein Augenblick der Erkenntnis.

»Alles okay?«, fragt er.

»Das Eis ist so lecker, und du siehst so glücklich aus«, sagt sie und hält inne. »Mich verfolgen die Überlebenden, die sich weigern, das Leben zu genießen, weil es respektlos gegenüber denen wäre, die sie verloren haben. Sie fühlen sich verpflichtet, weiter zu leiden, zu mahnen und zu erinnern.«

Sie erzählt ihm von Gerda und ihrem Schokoladeneis und fragt ihn dann: »Aber warum sind wir hier? Warum beschließen du und ich, im Schmerz anderer zu leben?«

»So sind wir«, sagt er. »*In di sumerdike teg sol er sizn schiwe, un in di winterdike necht sich rajsn af di zejn.* An Sommertagen soll er trauern, und in Winternächten soll er sich die Zähne ausreißen.«

»Aber warum?«

Er zuckt die Achseln. »Weil wir uns am wohlsten fühlen, wenn wir unglücklich sind?«

»Das muss ich mir merken, damit ich es am Mittwoch meiner Therapeutin erzählen kann.«

Er beißt in seine Waffel. »Ich war noch nie in Therapie.«

Sie schaut ihn an, als sei er verrückt. »Du bist Augenzeuge von Völkermord geworden, aber noch nie zu einem Therapeuten gegangen?«

»Nein.« Er kaut knirschend.

Sie muss einfach lachen. »Meschugge.«

»Das ist jetzt wirklich witzig. Du nennst mich verrückt, weil ich nicht zur Therapie gehe.«

Sie gehen zum Auto zurück. »Das bisschen Jiddisch, das ich kann, habe ich von meiner Großmutter. Sie war nicht unbedingt intellektuell«, sagt sie.

»*As dos mejdl ken nit tanzn, sogt sie, as di klezmorim kenen nit schpiln*«, sagt er. »Wenn das Mädchen nicht tanzen kann, sagt es, die Kapelle kann nicht spielen.«

Sie steigen ein und schnallen sich an. »Also, Rakel, du regelst doch immer alles so gut. Wo sind denn die Kinder heute Abend?«

Sie seufzt. »Ach, Erike, ich wollte ein Wochenende so wie früher, als wir jung waren und im Gurkenfass Verstecken gespielt haben, bevor wir so viel Verantwortung hatten«, sagt sie. »Darum habe ich die Kinder an deinen Bruder und meine Schwester ausgeliehen. Sie brauchte Hilfe mit ihren Kindern, er brauchte Hilfe bei der Ernte.« Sie biegt auf die zweispurige Landstraße.

»Stimmt schon«, sagt er. »Unser Junge ist ein kleiner Taugenichts, der nichts von harter Arbeit weiß, und unser Mädchen hat einen kleinen Dachschaden und muss unbedingt günstig heiraten.«

»Sag noch mal schnell, wie viele Kinder haben wir?«, fragt sie.

»Zehn«, sagt er.

»So viele!« Sie ist überrascht. »Und ich habe sie alle geboren?«

»Ja«, antwortet er. »Bei den letzten dreien war es gar

keine richtige Geburt, sie kamen eher grad rechtzeitig zum Abendessen an.«

»Das stimmt. Ich weiß noch, ich habe Suppe gemacht, als das achte kam, und als das neunte sich vorstellte, badete ich gerade das fünfte, und das zehnte kam im Morgengrauen, als ich einen ganz herrlichen Traum hatte.«

Sie sind still; ein Pick-up kommt ihnen entgegen, aus dem Heavy Metal brüllt.

»Weißt du«, sagt sie, »nach dem zehnten Kind bin ich zum Doktor gegangen und habe ihm gesagt: ›Ich weiß überhaupt nicht mehr, wer ich eigentlich bin, und da unten fühlt sich alles wie von innen nach außen gestülpt an.‹ Der Doktor hat mir den Kopf getätschelt und gesagt: ›Wenn die Kinder groß werden und verheiratet sind, wissen Sie wieder, wer Sie sind. Und bis dahin setze ich Ihnen so ein Ding ein.‹«

»Ein Ding?«

»Ein Pessar«, sagt sie, schweigt einen Moment und fügt dann mit normaler Stimme hinzu: »Das Wort habe ich noch nie benutzt, wollte ich aber immer mal.«

»Kann man mit einem Pessar Sex haben?«, fragt er.

»Hast du noch nichts gemerkt?«, sagt sie, jetzt wieder in ihrer Rolle.

»Als der Doktor das eingesetzt hat, wie hat er es da genannt?«

»Er hat es ›so ein Ding‹ genannt. Er hat gesagt: ›Ich setze da so ein Ding ein, und dann geht es Ihnen besser.‹ Und ich habe gefragt: ›Werde ich es tun können?‹ Und er hat geantwortet: ›Ja. Sie werden es tun, und alles wird wieder schön sein.‹ Die Frauen reden über ihn«, fährt sie fort, »ob es ihn erregt, wenn er uns sieht, oder nicht. Er hat Sylvie den Finger in den Hintern gesteckt.«

»Wir schweifen ab«, sagt er.

»Wir reden schmutziges Zeug«, sagt sie.

Und als sie in die Stadt einfahren, wirkt es so, als kämen sie zurück von dort, wo sie gewesen sind, aus der Zeit gefallen.

Im Hotel sind die Konferenzteilnehmer hitzig diskutierend aus der Bar gekommen. Auf der anderen Straßenseite findet in einem lokalen Tagungszentrum eine Waffenmesse statt, und einige Konferenzteilnehmer überlegen, ob sie einen Protest organisieren sollen. Die Meinungen gehen auseinander. Manche mahnen inständig, nicht auf die Straße zu gehen, andere haben das Gefühl, handeln zu müssen – nichts zu tun heißt, dass man akzeptiert und duldet, was geschieht.

»Wie stoppen wir die Gewalt? Ich kann es euch sagen: Wir gründen eine Gruppe mit dem Namen *Nichts zu verlieren*. Dann gehen wir da rein und schießen so lange, bis sie merken, dass eine Waffe nicht zum Verteidigen nützt«, sagt einer der Männer.

»So lange lebt er schon und ist doch bloß ein Volltrottel geworden?«, fragt jemand.

»Er hat vor Kurzem seine Frau verloren«, sagt jemand anderes. »Er ist stark depressiv.«

Ein anderer Mann entdeckt den Kriegsberichterstatter. »Darf ich Ihnen einen Drink ausgeben?«, fragt der schon sehr Betrunkene.

Ehe der Kriegsberichterstatter antworten kann, führt sie ihn weg, den Korridor entlang. »Willst du einen Schnaps?«, fragt sie.

»*Machn a schnepsl?*«

»Minibar«, sagt sie.

Als sie zu ihrer Tür kommen, dreht er das »Bitte nicht stören«-Schild um. »Meinst du, das ist sicher? Und wenn jetzt irgendwas gestört wird?«

»Zum Beispiel?«

Kurzes Schweigen.

»Wenn ich dich küsse, würdest du mich schlagen?«, fragt er.

»Ist das eine Frage oder eine Bitte? Wenn du mich küsst, würdest du gern von mir geschlagen werden?«

Er sagt nichts.

Sie tut es. Sie küsst ihn. Niemand schlägt irgendwen. Sie legt ihre Hand an sein Gesicht, spürt die Stoppeln seines Bartes.

Sie mag, wie er sich anfühlt. Lisa ist klein, ihre Haut glatt – sie ist ein schmaler, zarter Mensch, wie ein Mandelblatt.

Und dann ist die Tür auf. Er nimmt einen Scotch aus der Minibar, schluckt ihn wie Medizin.

»Hast du schon mal mit einem Mann geschlafen?«

»Ist das ein Angebot oder eine Frage?«

Er antwortet nicht.

»Ja«, sagt sie. »Hast du schon mal mit einer Lesbe geschlafen? Vielleicht ist das die eigentliche Frage?«

»Wer macht den ersten Schritt? Also, ist das immer die Gleiche, oder wechselt ihr euch ab?«

Sie zieht ihm das Hemd aus der Hose. Seine Haut ist

warm, der Pelz auf seinem Bauch lang. Sein Körper ist zugleich weich und hart, fit, aber nicht muskelbepackt.

»So was machen Lesben aber nicht«, sagt er.

»Du hast ja keine Ahnung, was Lesben machen«, sagt sie.

»Verrat es mir«, sag er.

»Wir blasen einander.«

»Was blast ihr denn da?«

»Riesendildos und Schokoladenschwänze«, sagt sie und zeigt auf das immer noch ungeöffnete Kästchen.

»Du machst mich scharf«, sagt er.

»Du hast mich schon immer scharf gemacht«, sagt sie. »Schon sehr lange ...«

»Wie lange?«

»Irgendwann an der Uni«, sagt sie.

»Ist es unheimlich?«

Sie lacht. »Ich dachte, du würdest ›befreiend‹ sagen.« Sie öffnet seine Hose und nimmt ihn in die Hand.

»Mir gefällt dein ...«

»Glied?«, schlägt er vor.

»Freund?«, sagt sie. »Aber im Ernst, er ist schön.«

»Danke. Aber willst du ihn nur anschauen oder ...«

»Ich kann nichts dagegen tun: Ich liebe Penisse.«

Er lacht. »Du bist so überhaupt nicht, wie ich erwartet habe.«

Sie erregt ihn mit Mund, Händen, Körper.

»Du bringst mich um«, sagt er.

»Wir sind doch auf einer Völkermord-Konferenz.«

»Das ist kein Witz«, sagt er.

»Benimm dich«, sagt sie. »Wäre es leichter, wenn ich dich fessele?«

Er schnaubt.

»Wie wär's, wenn du dich einfach hinlegst und still bist«, sagt sie.

Sein Körper ist das Andere, das Gegenteil, der Unterschied im Vergleich. Sein Gewicht, sein Moschusduft sind herrlich. Sein Mund schmeckt nach Scotch und Eiscreme.

»Ich wette, du kriegst viele ins Bett«, sagt sie. »Muss ich mir Sorgen machen?«

»Nein«, sagt er.

»Stimmt das oder willst du bloß nicht abgelenkt werden?«

»Möchtest du, dass ich ein Kondom benutze?«

»Nein«, sagt sie. »Ich möchte es fühlen.«

Der Sex ist saftig, fast kämpferisch, jede/r für sich und gegen alle. Als er sie umdreht und von hinten nimmt, wird sein Verlangen offensichtlich. Die Kraft des männlichen Körpers überwältigt und demütigt sie. Er will, was er will, und nimmt es sich, bis er befriedigt ist. Ein Penis, an dem ein Mann hängt, ist etwas ganz anderes als ein Strap-on oder der Hasenohren-Vibrator, den Lisa aus einer früheren Beziehung mitgebracht hatte. Das sind alles künstliche Gliedmaßen, Antifick-Prothesen, aber das hier, findet sie, ist unfassbar gut.

»Ist das Liebe machen?«, fragt sie, ohne zu merken, dass sie es laut ausspricht.

»Es ist ficken«, sagt er.

»Ist es okay?«, fragt er nach, auf einmal unsicher.

»Ja«, sagt sie und meint gar nicht ihn, sondern wie sehr sie es genießt.

Und dann, als sie den guten Momenten näher kommen, kann sie nicht anders, die Anspannung reißt sie aus dem Geschehen.

»Stimmt es, dass ein Mann, wenn er einmal angefangen hat, nicht mehr aufhört, bis er kommt?«

»Weiß ich nicht«, sagt er genervt.

Sein Ärger verstärkt ihre Anspannung. »Ich glaube, es stimmt«, sagt sie.

Er wird einen Moment langsamer. »Und was ist mit Lesben?«, fragt er. »Hören Lesben auf?«

»Manchmal«, sagt sie. »Manchmal geben sie einfach mittendrin auf und lassen es. Es steigert sich einfach nicht, oder irgendwer sagt irgendwas, und die Spannung nimmt ab.«

»Redet ihr normalerweise die ganze Zeit?«

»Ja«, sagt sie.

»Vielleicht ist das Teil des Problems.«

Sie kommen zum Ende, voneinander umhüllt.

Sabbatsex ist eine sehr gute Sache, ein Segen.

Es ist still, dann kommen Geräusche von der anderen Straßenseite. »Wenn ihr wen erschießen wollt, erschießt mich«, sagt Gerda Hoff, die auf der Straße steht.

»Ihr steht so auf Waffen«, sagt Gerda. »Ihr habt ja keine Ahnung. Die schützen niemanden. Wenn du dich groß und stark fühlen willst, dann erschieß mich doch.«

»Sie bettelt doch drum«, sagt ein junger Kerl von der Waffenmesse. »Erschieß sie.«

»Das ist nicht witzig, Karl«, sagt der andere Mann.

»Karl. Was für ein Name – wie Karl Brandt«, sagt Gerda.

»Wer ist das denn?«

»Genau«, sagt sie. »Ihr habt keine Ahnung, wer ihr seid oder woher ihr kommt. Karl Brandt war der Nazi, der die Idee hatte, die Juden zu vergasen.«

Der Typ von der Waffenmesse ist beeindruckt, findet Karl anscheinend cool.

»Er wurde für seine Verbrechen am 2. Juni 1948 gehängt. Er hätte sechs Millionen Mal gehängt werden sollen.«

Die Autorin steht am Fenster – der Kriegsberichterstatter hinter ihr.

»Wird das gut gehen mit Gerda?«, fragt sie.

»Ja«, sagt er.

»Das wird nicht so eine beschissene Nummer, wo am Ende eine kleine alte Frau tot auf der Main Street liegt?«

»Nein«, sagt er.

»Sie kommt rein und wird Schokoladeneis essen?« Sie fängt an zu weinen. »Wir sind fremdgegangen«, sagt sie.

»Hast du das schon mal gemacht?«

»Nein«, sagt sie. »Du?«

»Ja«, sagt er.

»Du Arschloch«, sagt sie und boxt ihn.

Er lacht. »Ich bin ein Arschloch, weil ich schon mal fremdgegangen bin?«

»Ja«, sagt sie. »Wenn du fremdgehst, sollte es etwas Besonderes sein und nichts, was du dauernd machst.«

»Ich habe ja nicht gesagt, dass ich es dauernd mache. *Noch di chupe is zu schpet di charote.* Nach der Hochzeit ist es zu spät für Reue.« Stille. »Jetzt bist du sauer auf mich.«

Sie lacht nicht. »Ich bin nicht sauer, ich bin enttäuscht. Ich sollte noch ein bisschen arbeiten«, sagt sie.

Sie kann sich nicht vorstellen, dass sie tatsächlich dort mit ihm geschlafen hat.

»Machst du das so?«, fragt er.

»Ich bin eine Nachteule«, sagt sie. »Und ›Machst du das so‹ geht gar nicht, weil ich so was nicht mache!«

Sie schaut wieder aus dem Fenster. Eine kleine Menge hat sich zusammengerottet.

Die Männer von der Waffenmesse haben keinen Schimmer, was los ist, außer dass ihnen eine Horde Rentner feindlich gegenübersteht. Ein Streifenwagen rollt heran, die Menge zerstreut sich, Gerda und ihre Gang kommen wieder über die Straße.

Er sammelt seine Sachen ein. »Bis morgen früh.«

Sie dreht sich um – er hat den Hotelbademantel an. »Willst du so rausgehen?« Sie klingt genau wie ihre Mutter.

»Ja«, sagt er.

»Und wenn dich jemand sieht?«

»Ich werde sagen, dass meine Dusche kaputt ist und ich deine benutzt habe. PS: Ich habe dich nackt gesehen.«

Er öffnet die Tür und bleibt einen Augenblick halb drinnen, halb draußen stehen. »Möchtest du morgen Nachmittag mit mir Äpfel pflücken kommen?«

»Was?«

Er macht die Geste des Äpfelpflückens. »Jetzt ist der Moment, die richtige Jahreszeit, der Typ, der mich vom Flughafen hergefahren hat, hat mir erzählt, es gebe eine schöne Obstplantage hier in der Nähe.«

Sie fängt beinahe wieder an zu weinen. »Ja, okay, nach unseren Podien gehen wir Äpfel pflücken, und dann spielen wir wieder Jude.«

»Jude spielen? Ist das wie bei einer Quizshow? ›Ich nehme Tora zweihundert‹?«, fragt er.

»Keine Ahnung«, sagt sie und macht die Tür zu.

Willst du mit mir Äpfel pflücken kommen? So was Nettes hat noch nie irgendwer zu ihr gesagt.

Sie schaltet den Fernseher an und ruft zu Hause an, nicht weil sie will, sondern weil sie das so macht.

»Warum so spät?«, fragt Lisa.

»Ich habe noch bei wem anders zugeguckt.«

»Deine Stimme klingt komisch. Wirst du krank?«

Ihre Stimme klingt komisch, weil sie gerade einen Schwanz im Mund hatte. »Ich bin bloß müde«, sagt sie. »Und du?«

»Alles gut«, sagt Lisa. »Ich sitze hier mit der Katze und schlage deine Mutter bei *Words with Friends*. Sie ist superstolz, weil sie dreizehn Punkte mit ›Tjost‹ gemacht hat, aber sie weiß nicht, dass ich noch das x und das y im Sack habe, und ich plane Großes.«

»Schön«, sagt sie und denkt ans Äpfelpflücken.

Sie schläft schlecht. Irgendwann kriecht etwas Kaltes und Schlüpfriges an ihrem Bein hinauf, aber dann merkt sie, es ist umgekehrt, das »Zeug« läuft hinab. Sie tupft mit den Fingern hinein, probiert es.

Beim Frühstück hängt ein handgeschriebenes Post-it über den Warmhalteschalen mit Rührei und grauen Würsten, die wie Kacke aussehen:

HINWEIS: NICHT KOSCHER

Es gibt Portionspackungen mit Frühstücksflocken und einen Teller mit Backwerk, das wie selbst gemachte und in Stücke geschnittene Babka aussieht.

Sie nimmt ein Stück Babka zum Kaffee. Ihre Augen schweifen durch den Raum, suchen ihn und sind froh, ihn nicht zu finden – solange er nicht woanders ist und ihr aus dem Weg geht. Auf eine Tafel hat jemand geschrieben: »Otto Hausers Vortrag *Verantwortung annehmen* ist auf heute Morgen, 9 Uhr 30 im Ballsaal B verlegt worden.«

Mit Kaffee und Babka in der Hand spürt sie Hauser auf, den – nach seinen eigenen Worten – obsessiven Zwangscharakter, dessen Schuldgefühle über die zivile Tatenlosigkeit während des Zweiten Weltkriegs ihn dazu brachten, hartnäckig die persönliche Habe der Verschwundenen zu sammeln und zu katalogisieren. Er ist »der« Spezialist für die Ephemera des Holocaust, der Mann, der unbekannt bleiben will.

»Mr. Hauser?«

Er schaut hoch. Seine Augen sind von wunderschönem Blau, getrübt vom wässrigen Milchweiß des Alters. »Entschuldigen Sie, dass ich Sie belästige ...«

»Setzen Sie sich.«

»Ich bin sicher, das werden Sie ständig gefragt, aber könnten Sie mir ein bisschen darüber verraten, wie Sie zum versehentlichen Archivar wurden?«

Er schenkt sich heißes Wasser aus einer Kanne in die Teetasse. »Meine Mutter war sehr ordentlich«, sagt er, während er seinen Teebeutel auf und ab bewegt. Er spricht das Englisch eines Deutschen, der die Sprache durchs Radiohören gelernt hat. »Sie war nicht intellektuell, aber sie wusste Richtig und Falsch zu unterscheiden. Sie war sehr deutsch, sehr organisiert. Als die Leute also abgeholt wurden, schlich sie sich in ihre Häuser und rettete Sachen, bevor die Plünderer, vor allem Soldaten, kamen. Allmählich sprach es sich in der jüdischen Gemeinde herum, und die Menschen brachten ihr Sachen zum Aufbewahren, weil sie wussten, bald würde man auch an ihre Tür klopfen. Meine Mutter war sehr schlau und gut im Verstecken – sie steckte die Sachen in Kisten, die als Weihnachtsschmuck beschriftet waren, oder als Nähzeug, oder als Papas Armeeuniform, und sie schaute nie hinein. Sie brachte Dinge zum Bauernhof ihres Vaters und vergrub sie auf dem Acker, wenn geerntet wurde. Sie hat nicht Buch geführt, sich aber einen Code ausgedacht. Sie behielt alles im Blick und wartete, dass die Leute zurückkamen. Gegen Ende des Krieges starb sie plötzlich. Ich war noch ein junger Mann. Ich führte die Arbeit meiner Mutter fort, damit sie stolz auf mich wäre. Der Krieg hat uns alle vernichtet.«

»Und sind Familien zurückgekommen?«

Er schüttelt den Kopf. Er fängt an zu weinen, und seine Tränen überraschen sie, als sollte er nach so vielen Jahren nicht mehr weinen. »Nein«, sagt er. »Und auf den Feldern meines großväterlichen Hofs finden wir immer noch Sachen – eine silberne Teekanne, einen Torazeiger, Kerzenleuchter. Jahrelang habe ich gewartet. Jetzt bin ich ein alter Mann. Ich habe nie geheiratet, ich habe keine Familie. Ich bin so alt, dass ich schon schrumpfe.« Er deutet auf seine

Hose, die von Hosenträgern gehalten wird. »Ich habe alles behalten, aber irgendwann gemerkt, dass diese Dinge in Umlauf gehören und nicht in irgendeiner Kiste stecken sollten, wo sie nicht atmen können. Ich habe angefangen, sie an Schulen zu geben, an Museen, Synagogen, an Menschen, die etwas zum Festhalten brauchten – ein Erinnerungsstück.«

»Und warum wollten Sie, dass man Sie aus dem Film schneidet?«

»Weil ich kein Held bin«, sagt er. »Ich bin bloß ein Mensch.« Otto steht auf und wirkt beinahe elfenhaft. »Ich habe begriffen, dass es weniger um das Objekt geht als vielmehr um den Kopf.« Er tippt sich an den Kopf, der Aha-Moment, und tappt schlurfend in Richtung Ballsaal B davon.

»Wie nett«, sagt eine Frau, die sie über eine Stunde später aus dem Raum gehen sieht. »Sie kommen nicht bloß zum Reden, sondern Sie hören auch zu.«

»Du bist spät dran«, sagt ihre Mutter. »Normalerweise rufst du um halb neun an. Wenn du nicht anrufst, stehe ich nicht auf. Ich putze mir nicht die Zähne. Du bringst meinen Tag in Gang. Also, was ist passiert, hat dein Wecker nicht geklingelt?«

»Ich liebe dich«, sagt sie. »Und du bringst meinen Tag auch in Gang.« Sie denkt an Ottos Satz über den Kopf, über die Wandlung des Herzens, und wie man durchs Leben geht.

»Also«, sagt ihre Mutter. »Wenn ich die Frau in deinem Leben bin, wofür brauchst du dann Lisa? Sie kann nicht mal buchstabieren. Du mit deiner Dyslexie brauchst jemanden, der richtig schreiben kann.«

Sie lacht.

»Das war kein Witz.«

Sie sucht den Kriegsberichterstatter, nachdem sein Podium vorbei ist, und findet ihn beim Signieren seines Buches. »Ja, wir hatten Westen mit der Aufschrift ›Presse‹ an, damit die Leute wussten, wer wir sind«, erzählt er einem Mann, »aber damit haben wir aufgehört, als wir dadurch wertvollere Ziele wurden.« Wie ist er, wenn ihm die Kugeln um die Ohren fliegen oder wenn mitten in der Nacht Männer mit Macheten auftauchen? Wie sind Aufregung und Schrecken gewichtet?

Als er fertig ist, fliehen sie in den Tag. Sie reicht ihm die Schlüssel. »Du fährst.«

»Rakel, ich lebe in New York«, gesteht er. »Ich bin ständiger Fahrgast. Ich habe keinen Führerschein.«

Sogar Lisa fährt Auto.

Die Obstplantage wimmelt von Familien und Kindern und summenden Hummeln. Sie überlegen, ob sie einen Halbscheffelkorb oder einen Scheffelkorb kaufen sollen, stimmen überein, dass ein Halber eine halbe Sache ist, kaufen also einen Scheffelkorb und ziehen los.

»Erike, wie war es heute in der Stadt?«, fragt sie, als sie zwischen den Baumreihen entlanggehen, an Schildern mit der Aufschrift HIER WIRD'S REIF vorbei.

»Ich habe das Pferd neu beschlagen lassen, und ich habe meinen Vetter Heschl getroffen. Er hat Sorgen, über die man nicht sprechen kann.«

»Seine Tochter?«

»Nein, sein Sohn.«

Sie schüttelt den Kopf, *ts, ts,* und denkt an ihre Therapeutin, die mit der Zunge schnalzt.

Sie pflücken die Äpfel vom Baum und suchen die richtig reifen, die ihnen mit ganz leichtem Ruck zufallen. Sie reiben die Früchte an ihren Hemden, bis sie glänzen, und beißen zugleich vom gleichen Apfel ab – die Schale ist fest, der Geschmack süß, das Fruchtfleisch saftig und jung. Ein paar Bissen, dann werfen sie ihn weg und jagen den nächsten. Er hebt sie hoch, damit sie den perfekten Apfel von der Baumspitze pflücken kann, bittet sie dann zu warten, als er zur Farm rennt, um ein Glas Honig zu kaufen.

Er gießt den Honig auf die Äpfel, die sie essen. Honig läuft ihm über die Hand; seine Finger sind in ihrem Mund – es ist klebrig.

Sie feiern ein frühes Neujahr. Nächste Woche ist Rosch ha-Schana, der Beginn der Tage der Umkehr.

»Ich will dich gleich hier in der Obstplantage«, sagt er, hebt ihren Rock, öffnet seinen Reißverschluss, wobei sein Hemd die Einzelheiten verbirgt.

Sieht sie jemand, wie sie sich an den Baum drücken, wie sein albernes Stoßen ihnen die reifen Früchte auf den Kopf purzeln lässt?

Sie stößt ihn lachend weg. »Erike, steck das weg. Du benimmst dich, als hättest du Gurken im *kepl*. Wir sind hier in der Öffentlichkeit.«

Widerwillig zieht er seinen Reißverschluss hoch. »Ich erzähle dir mal was über Völkermorde, worüber niemand spricht.«

Sie wartet.

»Sie haben richtig viel gefickt. Sie haben die ganze Zeit gefickt, weil sie ein Ventil brauchten, weil sie einen kurzen Augenblick mal nicht denken wollten, weil sie sich erinnern wollten, dass sie Menschen waren, und weil sie wussten, dass sie sterben würden.«

»Auch wenn die Welt nicht im Krieg ist, sterben wir alle«, sagt sie, pflückt noch einen Apfel und lässt ihn in den fast leeren Korb fallen. Man hört Apfel auf Apfel prallen – eine Druckstelle.

»Als wir früher zusammen rumhingen, hat keiner von den Jungs sich mit mir verabredet.«

Ein weiterer Apfel fällt in den Korb.

»Die wollten alle bloß in die Kiste«, sagt er. »Sie wollten sich nicht mit jemandem auseinandersetzen.«

»Und darum bin ich lesbisch geworden«, sagt sie und lässt einen sauren grünen Apfel fallen.

»Weil du keinen Sex gekriegt hast?«

»Es war gar nicht so, dass ich keinen Sex gekriegt habe. Bloß nicht mit einem Gleichrangigen, weil ein Mädchen sich immer unterordnen muss«, sagt sie und steigt auf eine kurze Leiter, die am Stamm lehnt. »Das Mädchen muss dir sagen, dass du wundervoll und stark und all so was bist, aber was ist mit ihr? Ist sie nicht auch wundervoll und stark, oder ist sie bloß das Mädchen, das du fickst? Und ich rede jetzt gar nicht unbedingt von dir – du warst mit deiner Frau verheiratet, wie hieß sie noch ...«

»Marcy.«

»Du warst mit Marcy verheiratet, und ich war damit beschäftigt, Saul Stravinsky zu ficken.«

»Du hast Saul Stravinsky gefickt? Wusste das irgendwer von uns? Er war mein Held.«

»Er war der Held von allen«, sagt sie. »Und er war ein Trottel. Ihm gefiel an mir, dass es mir egal war – ich habe ihn schlechter behandelt als er mich, und das mochte er anscheinend. Und er hat mir das eine oder andere beigebracht.«

»Sexuell?«

»Textuell.«

»Marcy und ich waren mal bei einer Lesung von ihm, mit Philip Roth im YMCA an der 92nd Street. Es war ein unfassbarer Schwanzvergleich. Er und Roth haben sich offensichtlich gehasst, und das war auch nachvollziehbar – sie waren praktisch der gleiche Mensch.«

»Ich weiß«, sagt sie. »Ich war dabei, ich habe ihm vor der Lesung im Bad hinter der Bühne einen geblasen.«

Er schüttelt den Kopf.

»Kennst du die Sache mit den Sackhaaren?«

Wieder schüttelt er den Kopf.

»Sauls zweite Frau hat ein Buch über ihre Ehe geschrieben, *Die Tür stand immer offen*. Darin hat sie geschildert, wie gern er seine Eier hatte, weil sie so groß waren – ›dicker als die von Brando‹, sagte er immer.«

»Stopp!«, ruft Erike plötzlich. »Ich kann das nicht mehr hören. Manche Sachen sollten ein Geheimnis bleiben.«

»Ich habe eines von seinen Sackhaaren«, fährt sie fort. »Das haben alle Frauen gemacht, die mit ihm geschlafen haben. Wir haben uns ein Haar geholt, haben es in eine Kugel aus klarem Glas eingeschlossen, so wie das andere Leute mit Löwenzahn-Samen machen, und an einer Kette um den Hals getragen. Haare von den Eiern. Zweimal im

Jahr treffen wir uns zum Tee, meist sind wir so acht oder zehn Frauen.«

Er starrt sie ungläubig an.

»Kannst du googeln«, sagt sie. »Eine von ihnen hat ziemlich aufsehenerregend darüber geschrieben.«

»Wir sitzen hier an einem wunderschönen Tag in einer Apfelplantage, sind einer Genozid-Konferenz entronnen, und du erzählst mir von Saul Stravinskys Eiern?« Er ist ehrlich bestürzt. »Im Ernst – es war doch alles unglaublich. Ich habe mich an dir gerieben, wir haben Granny Smiths gegessen und das kommende neue Jahr gefeiert. Gerade wollte ich dir einen Empire in den Mund stecken, dich an die Ranken fesseln, und da fängst du von Saul Stravinsky an.«

»Meinst du nicht, dass du ein bisschen überreagierst?«

»Nein«, sagt er. »Nein.« Er setzt sich auf den Boden wie ein schmollendes Kind.

»Echt?«

»Ich weiß nicht«, sagt er.

»Darf ich das Thema wechseln? Heute Morgen habe ich gehört, wie dich ein Mann nach der Presseweste gefragt hat, und du hast gesagt, dass die Presse inzwischen ein wertvolles Ziel ist.«

Er nickt.

»Wie dicht bist du dran, wenn es richtig zur Sache geht?«

»Ich stehe direkt daneben. Ich habe eine Splitterschutzweste, einen Helm, ein Aufnahmegerät, einen Block und einen Stift, und eine Kamera, obwohl ich ein lausiger Fotograf bin.«

»Und wenn du etwas Schlimmes passieren siehst, oder dass es gleich passieren wird, machst du da etwas, sagst du zum Beispiel ›Hey, ich glaube, die Bösen kommen‹ oder ›Moment, da ist noch ein Kind drin‹?«

»Ich bin Journalist, kein Soldat.«

»Aber was heißt das eigentlich?«

»Wie ich schon zu dem Typen gesagt habe, der mich Pussy genannt hat: Ich bin zum Beobachten da, nicht zum Eingreifen. Ich bin Zeuge.«

»Du stehst daneben und siehst zu, wie Menschen umgebracht werden?«

Er sagt nichts.

»Könntest du nicht mehr tun?«, fragt sie und merkt sofort, dass sie genau wie ihre Mutter klingt; sie wirft ihm vor, zu wenig zu tun.

»Selbst wenn ich mich einmischte, würde ich nichts ändern.«

»Du klingst, als wolltest du dich verteidigen.«

»Will ich auch«, sagt er. »Und übrigens mische ich mich tatsächlich ein. Ich versuche, Menschlichkeit in die Sache zu bringen. Ich habe die Taschen immer voll mit Naschereien für die Kinder, Kaubonbons, Weingummi, weil alle Süßigkeiten mögen und weil solche in der Hitze nicht schmelzen.«

»Du mischst dich ein, indem du Süßigkeiten verteilst? Hast du das gerade gesagt?«

Er steht auf und schaut sie an, wie ein Gorilla, der sich groß macht, um einzuschüchtern. »Ja, das tue ich. Ich ziehe mit Smarties in der Tasche durch Kriegsgebiete. Du hast keine Ahnung, wovon du redest«, sagt er. »Dein Kram ist nicht mal real, du denkst es dir aus.«

»Suchst du Streit?«

»Du suchst ihn doch.«

»Clever: Streit suchen und ihn dann der anderen in die Schuhe schieben. Bloß weil es fiktiv ist, ist es noch nicht unwahr. Du behauptest, deine Beobachtungen, dein Rumstehen und Nichtstun, während Leute umgebracht werden, ist wichtiger als die sieben Jahre, die ich mit der Entwicklung einer vielschichtigen, mehrere Generationen und Jahrzehnte umspannenden Erzählung verbracht habe, die all jenen eine Stimme gibt, die nicht mehr für sich selbst sprechen können.«

»Wahrheit ist stärker als Fiktion«, sagt er.

»Jeder hat das Recht auf seine Meinung«, sagt sie beinahe, hält sich aber gerade noch zurück. »Wahrheit ist nicht gleichbedeutend mit Geschichte. Sinn und Zweck von Literatur ist das Erschaffen einer Welt, die andere bewohnen können, um aufzuklären und eine Geschichte zu erzählen, die Empathie und Mitgefühl weckt. Und, Arschloch«, fügt sie hinzu, »Literatur hilft uns, das Unbegreifliche zu begreifen.«

»Ich wiederhole mich gern, du hast keine Ahnung, wovon du redest.« Seine Stimme klingt zugleich voller Gefühl und gepresst. »Ich habe eine Mine unter den Füßen einer Frau hochgehen sehen, die ihr Baby im Arm hat, habe zugeschaut, wie ihr der Körper unterhalb der Taille weggerissen wird, wie das Kind wie ein Geschoss durch die Luft fliegt, ein Anblick, der in anderem Zusammenhang magisch wirken könnte, aber hier verwandelt sich die Magie in Mord, als das Baby auf einem Auto landet, reglos, die Augen starr, das Herz stehen geblieben, ein zerstörtes Leben. Die sterbende Mutter fragt nach ihrem Kind, während andere Menschen ihre abgerissenen Körperteile zusammentragen. Ein Mann kommt mit einem Bein, trägt es wie eine Gabe, als könnte es womöglich wieder befestigt werden. Dunkles Blut befleckt den Boden. Am Abend wurden Mutter und Kind zusammen begraben. Das Gehirn ist nicht in der Lage, das zu verarbeiten, Körper, die nicht mehr ganz sind, Teile eines Menschen. Das Ich wird zersplittert. Ich habe geholfen, das Grab auszuheben«, sagt er. »Ich habe viele Gräber ausheben geholfen. Was macht das mit dem Unbegreiflichen? Hilft das? Ist das *etwas tun?*«

»Du hast gewonnen«, sagt sie und merkt, dass sie es mit Lisa genauso macht. Sie will den Streit, aber dann kommt sie nicht damit klar. »Du hast gesehen, wie es passiert. Du hast es aufgeschrieben. Du trägst es in dir – volle Punktzahl. Es ist so schön wie schrecklich.«

»Das ist kein Wettbewerb«, sagt er.

»Doch, ist es, das ist ja so jämmerlich. Vor einer Minute hast du zu mir gesagt, meine Arbeit habe nicht genug Gewicht oder sei nicht real genug. Ist dieser Wunsch nach Dominanz, nach Gewinnen ein grundlegender Bestandteil der menschlichen Natur? Ist die Grausamkeit zwischen den Menschen einfach die harte Wirklichkeit? Sind wir solche Tiere? Es gibt eine Hierarchie und eine Ordnung, die im Lauf der Zeit unausweichlich zur Ausrottung führen. Die große Frage lautet: Wozu verpflichtet uns das Bewusstsein? Können wir uns beibringen, anders zu handeln? Darum sind wir hier, Arschloch.«

»Du nennst mich dauernd ›Arschloch‹, als hättest du mir einen neuen Namen gegeben.«

»Wir sind nicht real«, sagt sie. »Die wahren Zeugen sind die Gestorbenen, die nackt ausgezogen und vergast wurden, die von den Nachbarn, mit denen sie aufwuchsen, in Stücke gehackt wurden, junge Männer, die mit schwärenden Sarkomen am ganzen Leib dahinsiechen, deren Eltern nicht mal zu ihnen kommen wollen, um Abschied zu nehmen. Wir sind die Zeugen der Zeugen. Ich komme zu solchen Kongressen, um sie zu würdigen; sie brauchen einander, aber sie brauchen vom Rest der Welt auch den Satz: ›Ich sehe dich.‹«

Schweigen.

»Mit mir stimmt was nicht«, sagt er. »Ich muss immer und immer wieder hin.«

»Geht mir genauso«, sagt sie.

»Ich reise um die Welt, an verschiedene Orte, um Sachen zu sehen, die niemand anders sehen sollte. Ich brauche die Wirkung, die es auf mich hat, dass es zu mir durchdringt und mich aufweckt.«

»Und was dann? Was wärst du, wenn du wach wärst? Würdest du merken, dass du ein Hochstapler bist, bloß ein Schmerzensmann, kein Held, sondern bloß menschlich? Und was würdest du dann tun?«

»Ich habe keine Ahnung«, sagt er. »Ich habe das Gefühl, ich brauche Strafe. Immer wieder gehe ich hin.«

»Dann lass es uns rausfinden. Du läufst von hier zurück«, sagt sie. Sie weiß nicht, wo dieser Gedanke herstammt; er ist ihr einfach über die Lippen gekommen.

»Ist ein Dibbuk über dich gekommen?«, fragt er. »Das ist meilenweit.«

Sie trägt den fast halb leeren Scheffelkorb mit Äpfeln und das Honigglas zum Auto und fährt weg. Sie hat keinen Schimmer, was sie da tut und warum, hat keinen Schimmer von allem, was in den letzten vierundzwanzig Stunden passiert ist. Besessen vom Dibbuk – hätte das vor Gericht Bestand? Sie fährt auf die Stadt zu, dreht nach fünf Minuten abrupt um und fährt zurück, rechnet damit, dass er am Straßenrand läuft. Er ist nirgendwo zu sehen. Sie hat ein furchtbar schlechtes Gewissen, weil sie ihn stehen lassen hat, und fährt suchend die Straße auf und ab – nichts. Als sie zurückfährt, sagt sie sich, dass er schon ein großer Junge ist, dass er in Kriegsgebieten war, da wird er es auch von einer Obstplantage zurück ins Hotel schaffen.

Was es auch war, was es auch hätte werden können – erledigt. Vorbei. Finis.

Beim Fahren denkt sie über das nach, was sie getan, wie sie miteinander gespielt haben, die Freiheit ihrer Gespräche als imaginäre andere. Ihre Gedanken wandern zurück zu Otto beim Frühstück.

»Die Spiele von Kindern – Krieg, Räuber und Gendarm –, immer geht es um Gut und Böse. Da ist etwas, irgendwas im menschlichen Verhalten?« Er machte eine Pause. »Als ich das letzte Mal in Amerika war, ist mir etwas Erschreckendes passiert. Ich habe einen Vortrag an einer Universität in Virginia gehalten und bin vorher durch die Stadt spaziert. Da war ein Antiquitätengeschäft. Ich habe mich gefragt, was wohl amerikanische Antiquitäten sind, welche Dinge sie aufbewahren. Darum bin ich hineingegangen. Da gab es alte Steingutschüsseln, schwere Holzbänke, einen dickwandigen schwarzen Wasserkessel, den man über offenes Feuer hängt, amerikanische Flaggen, ein Schild von einem Futtermittelgeschäft. Und weiter hinten im Laden sehe ich etwas hängen;

zuerst habe ich es für Dekoration gehalten, ein Geisterkostüm für Halloween, handgenäht aus weißem Musselin, und dann merke ich, es ist etwas anderes. Die Kopfbedeckung ist spitz wie ein Kegel ... es ist ein weißes Laken mit einer spitzen Kapuze.«

In ihrem Hotelzimmer wäscht sie die Äpfel im Waschbecken. Sie schreibt einen Zettel, schaut vorher die neue jüdische Jahreszahl nach: »*Frisch gepflückt. Frohes neues Jahr 5778.*«
Sie bringt Äpfel und Honigglas hinunter an die Bar und stellt sie auf den Tisch neben die Säfte von *Die frische Presse*. Philanthropie ist das Gegenteil von Misanthropie.

»Sie sehen doch, was passiert ist, oder?«, hat Otto heute früh beim Babka-Essen zu ihr gesagt. »Es wird von einer Generation zur nächsten weitergegeben. Trauern wird die Aufgabe des Kindes, weil die Eltern es nicht können. Sie haben überlebt, aber sie sind eingefroren, halten vierzig Jahre lang die Luft an, sind nicht richtig am Leben. Es ist die Aufgabe der Kinder, für die Toten zu sprechen.«
Als sie wieder in ihrem Zimmer ist, ruft sie noch einmal ihre Mutter an.
»Sie betrügt«, sagt ihre Mutter.
Ihr Herz hört es vor dem Hirn – Tachykardie. »Wie bitte?«
»Lisa hat betrogen.«
»Mom, wovon redest du?«
Ihre Mutter fängt erneut an, diesmal lauter. »Deine Freundin L-I-S-A ... und ich, wir haben gestern Abend auf

den Handys *Words* miteinander gespielt, und ich glaube, sie hat geschummelt. ›Xyston‹.«

»Ich muss dich zurückrufen«, sagt sie und legt auf.

Ein Bruch. Ein Augenblick. Was ist passiert? Sie kann nicht sagen, was sie getan hat, sie weiß es nicht; hat sie das Bewusstsein verloren? Hat sie mit irgendwas geschmissen, ihren Kopf gegen die Badezimmerwand gehauen? Sich übergeben? Sie hat keine Ahnung, weiß nur, dass Zeit vergangen ist.

Sie ruft Lisa an.

»Deine Mutter ist sauer auf mich, weil ich sie in *Words* geschlagen habe«, sagt Lisa.

Schweigen.

»Meine Mutter sagt, du hast geschummelt«, sagt sie zu ruhig.

»Bist du irre? Deine Mutter hat ständig gesagt, meine Wörter wären nicht echt. Sie meinte, ›Cybersex‹ wäre bloß so eine Interneterfindung und dürfe nicht zählen ... und dieser Tonfall. Du redest auch in diesem Tonfall mit mir, so herrisch, als wüsstest du alles und hättest immer recht.«

»Gut, dann sag mir doch, wo ich unrecht habe«, sagt sie.

»Das brauche ich dir nicht zu sagen, weil du selbst weißt, dass du im Unrecht bist. Und weißt du was, Fräulein Dauertrauer, so nenne ich dich nämlich in meiner Strickgruppe, die Dauertrauernde. Du bist die Frau, die zu Holocaust-Kongressen in aller Welt fährt und um andere trauert, weil sie in ihrem eigenen Leben nichts fühlt.«

»Bist du sicher, dass du das willst? Weißt du, wohin das führt?«, fragt sie verblüfft. Es sieht Lisa gar nicht ähnlich, gemein zu sein oder auszurasten.

»Weißt du was? Das kann nirgendwohin führen«, sagt Lisa. »Weil *du* ja ständig abhaust. Du rennst weg, du setzt dich nie wirklich mit irgendwas auseinander, du spielst nicht mal *Words* mit deiner eigenen Mutter. Scheiß auf dich«, sagt sie.

»Das ist jetzt der Streit«, sagt sie.

»Ja, verdammt«, sagt Lisa. »Das ist der Streit, von dem ich dachte, wir würden ihn haben, bevor du wegfährst, aber dann haben wir ihn wohl jetzt. Wir streiten, während du weg bist, denn wenn du wieder da bist, wäre es zu anstrengend, weil wir uns dann echt mit allen möglichen Dingen auseinandersetzen müssten.«

»Genau«, sagt sie.

»Genau was?«, fragt Lisa.

»Genau was du sagst. Du hast recht«, sagt sie. »Du hast gewonnen. Touché.«

»Ich will gar nicht gewinnen, ich versuche eigentlich, mit dir zu reden – aber das ist anscheinend nicht möglich.«

»Wieder richtig«, sagt sie.

»Hör auf«, sagt Lisa. »Hör einfach auf damit.«

»Ich mache doch nichts weiter, als dir recht zu geben. Alles, was du gesagt hast, ist absolut korrekt. Und jetzt?« Stille. »Was willst du jetzt tun?«, fragt sie.

»Weiß ich nicht«, sagt Lisa. »Sollten wir irgendwas tun? Ich wollte nur reden. Wollen wir nicht später weiterreden?«

»*Aroißlosn di kaz fun sak*«, sagt sie.

»Keinen Schimmer, was das heißen soll«, sagt Lisa.

»So heißt ›die Katze aus dem Sack lassen‹ auf Jiddisch.«

»Tut mir leid, dass wir gestritten haben«, sagt Lisa.

»Genau das steht ja auch auf der Karte«, unterstreicht sie. »Ich muss jetzt Schluss machen.«

»Das war's? So ein Hammerstreit, und dann legst du einfach auf?«

»Ich habe gleich ein Podium.«

»Nein, hast du nicht. Ich habe deinen Stundenplan direkt vor mir liegen. Dein letztes Podium war heute Morgen.«

»Es ist eine Spontanveranstaltung zu Gerda Hoff, dieser Überlebenden, die das Krebsbuch geschrieben hat, *Leben, um zu leben*«, sagt sie und überrascht sich selbst mit ihrer spontanen Lügengeschichte. »Gerda ist eine erstaunliche Frau, sehr resolut. Und sie liebt Schokolade.«

»Bring ihr doch eins von den Dingern mit«, sagt Lisa.

»Nicht witzig.« Pause. »Und mir tut es auch leid«, sagt sie. »Wirklich. Was du gesagt hast, stimmt alles. Ich bin total schlecht im Reden. Und ja, aus irgendeinem seltsamen Grund zieht mich der Schmerz anderer an. Mehr kann ich nicht sagen – außer dir zuzustimmen.«

»In Ordnung«, sagt Lisa. »Tust du mir einen Gefallen?«

»Was?«

»Sei netter zu deiner Mutter.«

Sie setzt sich hin, versucht zu meditieren, doch ihre Gedanken wirbeln in alle Richtungen. Sie denkt an Otto; wie kam es, dass sie sich, ohne ihn zu kennen, so stark zu ihm hingezogen fühlte, ihn unbedingt finden, seine Geschichte hören wollte? Und ohne sie zu kennen, kannte er sie so gut. Sie denkt an Lisa und erkennt, dass sie selbst das Kind ist. Sie erwartet von Lisa, dass sie etwas von ihr verlangt, was sie selbst von sich verlangen müsste. Sie kann es kaum abwarten, das ihrer Therapeutin zu erzählen, die beeindruckt sein wird, stellt sie sich vor, oder Schlimmeres. Womöglich würde die Therapeutin so etwas sagen wie: Dieser Gedanke scheint Ihnen ja gut zu gefallen, aber können Sie mir sagen, was er für Sie bedeutet?

Sie hört Ottos Stimme von heute früh: »Ich habe neulich ein übersetztes Buch gelesen, über eine Familie, in der die Onkel ins KZ gebracht worden waren. Die Kinder hatten die Onkel gar nicht gekannt, doch als sie klein waren, spielten sie immer Lager, so wie andere Familie oder Schule spielten. ›Tanz für mich‹, sagt die Wache, und der kleine Junge tanzt. ›Erzähl mir Geschichten‹, sagt die Wache, und das kleine Mädchen erzählt Geschichten. ›Macht mir Mittagessen‹, sagt die Wache, und die Kinder schleichen sich nach oben, machen Brote und bringen sie mit herunter. Die Wache teilt nicht. ›Wir sind auch hungrig‹, sagen die Kinder. ›Kein Essen für euch.‹ ›Aber für uns ist auch Mittag.‹ ›Esst Würmer‹, sagt die Wache. ›Jetzt bin ich müde‹, sagt die Wache dann. ›Passt ein bisschen selbst auf euch auf. Und während ich schlafe, geht mit meinem Hund Gassi und macht meine Hausaufgaben.‹«

»Das Nachspiel«, sagte sie zu Otto. »Das ist eine Szene aus meinem Buch.«

»Es war sehr schön«, sagte Otto. »Aber an der Art, wie die Kinder die Kiste behandelten, die so viele Jahre sorgsam und vorsichtig von einem Ort zum anderen mitgenommen worden war, und wie erschrocken sie wirkten, als sie aufbrach und der Inhalt zu Boden fiel, konnte man erkennen, dass es ein Mythos geworden war. Und als die Kiste dann aufgebrochen war, was haben sie mit den Schätzen gemacht, die einst ihren Onkeln gehörten? Sie haben sie in ihr Spiel einbezogen. Sie haben sie nicht zu Kostbarkeiten gemacht, sondern zum Leben erweckt.«

Sie hat es geschrieben. Sie hat es auch erlebt, im Keller ihres Cousins.

»Daran sieht man«, sagte Otto, »dass man Geschichte nicht einhegen, nicht in eine Kiste sperren kann. Sosehr wir die Geschichte auch in der Vergangenheit halten wollen, sie ist doch immer präsent. Wir tragen sie in uns, nicht bloß im Silberschmuck unserer Großmutter, sondern auch in unseren Körpern, in den Zellen unseres Herzens. Und darum bin ich hier. Ich bin der Mensch mit den Behältern, der es allen sagen will – gießt sie aus, verschüttet sie, lasst sie frei. Das ist es; *bisl lam*, aber das ist alles, was ihr kriegt. Und selbst für die, die an ein Jenseits glauben, an einen Ort, wo wir hingehen, wenn wir nicht mehr hier sind, möchte ich hinzufügen – es ist kein Witz, wenn man sagt, man kann nichts mitnehmen.«

Sie sitzt und versucht zu meditieren, doch stattdessen weint sie sehr lange, untröstlich. Sie weint, bis ihr die Tränen ausgehen, und dann sitzt sie stumm und trocken da.

Er klopft an ihre Tür, das Gesicht rot und erhitzt, von Schweiß triefend, das Hemd befleckt, und riecht wie ein Büffel.

»Worüber bist du so glücklich?«, fragt sie und tupft sich die Augen. »Du siehst ganz verzückt aus.«

»Zuerst war ich stinkwütend. Du hast mich einfach an der Straße stehen lassen. Ich kam mir vor, als hättest du mir was über den Kopf gezogen. Aber dann war der Fußmarsch großartig. Ich bin über ein Schlachtfeld des Revolutionskrieges gelaufen, im Hintergrund die wogenden Hügel, und habe zum ersten Mal körperlich gespürt, wofür unsere Vorfahren gekämpft haben. Als ich erschöpft war, bin ich getrampt. Ich bin auf der Ladefläche eines Pick-ups mitgefahren, zusammen mit zwei riesigen, sehr gut erzogenen Deutschen Schäferhunden.«

Sie berührt etwas Braunes auf seinem Hemd. »Was hast du da an dir, Scheiße?«

»Ich glaube, das ist Schokolade. Ich habe mir noch ein Eis geholt.«

»Der Fußmarsch sollte deine Strafe sein, und du hast dir Eis gekauft?«

Er nickt schuldbewusst, wie ein kleines Kind. »Ich hatte so ein Softeis, Vanille-Schoko, und dann in die Schokoladensoße getaucht, die sofort hart wird. Braune Kuh hieß das. War fantastisch. So eins habe ich zuletzt als Kind auf Cape Cod gegessen.«

»Bist du zum selben Laden gegangen wie wir gestern Abend – das war doch in der Gegenrichtung von da, wo ich dich stehen lassen habe?«, fragt sie ungläubig.

»Nein«, sagt er. »Ein anderer Laden. *The Farmer's Daughter.*«

Sie ist irritiert, beinahe neidisch; er hat Eis gegessen und ist mit einem Pick-up gefahren. »Für dich ist alles eine unvergleichliche Erfahrung.«

»Was hast du denn gemacht?«

»Ich?« Es reizt sie zu sagen, dass es ein Spontanpodium mit Gerda Hoff gab. »Ich habe mich gestritten«, sagt sie. »Mit meiner Mutter und dann mit Lisa.«

»Ah«, sagt er und nickt. »Weißt du, was unten los ist?«

Sie schüttelt den Kopf.

»Stand-up-Comedy«, sagt er.

»Holocaust-Humor?«

»Nein, ein Schwarzer aus Südafrika, und danach eine offene Kabarettbühne: ›Lieder und Geschichten aus fernen Ländern‹. Darf ich?«, fragt er und öffnet die Minibar. »Ich fühle mich nicht sonderlich. Mir tut alles weh.«

»Du bist zu weit gelaufen. Zu viel Sonne. Paracetamol oder Ibuprofen?«, fragt sie. »Hast du irgendwelche Allergien?«

»Bist du jetzt Ärztin?«

»Wenigstens hast du nicht Krankenschwester gesagt.«

Er spült die Ibuprofen mit Scotch herunter und zieht sie an sich.

»Du stinkst«, sagt sie und schiebt ihn ins Bad, dreht die Dusche auf. Er kann nicht erkennen, ob sie wirklich sauer ist, und sie selbst auch nicht.

»Weißt du, dass ich nach Harry Houdini benannt bin? Ich glaube, deshalb entkomme ich unbeschädigt all diesen brenzligen Situationen«, sagt er aus der Dusche.

»Was?«

»Harry Houdini hieß in Wirklichkeit Erich Weisz. Er war der Sohn eines Rabbis.«

Sie mustert sich selbst mit kaltem hartem Blick im Badezimmerspiegel. Sie denkt darüber nach, was sie beide tun; sie sind professionelle Zeugen, mahnen andere, hinzuschauen, halten die Erfahrung lebendig und hoffen, die

Erinnerung werde verhindern, dass es wieder geschieht. Sie fragt sich, wovor sie beide so viel Angst haben, dass es sie daran hindert, ihr eigenes Leben zu leben. Sie achtet nicht auf ihn. Er bespritzt sie mit Wasser. Ihre Bluse wird rasch durchsichtig. »Soll die ganze Welt sehen, was meine Privatsache ist?«

»Ja«, sagt er, »ich will dich sehen. Ich will dich so anschauen, wie du gestern mich angesehen hast.«

Er zerrt an ihrer Kleidung.

»Hör auf, du reißt es kaputt.«

»Ist mir egal. Morgen gehe ich in die Orchard Street und kaufe dir neue Unterwäsche.«

»Ich hasse dich. Hast du schon mal einen Schwanz gelutscht?«

»Nein.«

Sie holt Lisas Kästchen ins Bad und reißt es auf. Drei Schokoschwänze fallen heraus: Rosa, Milch und Zartbitter.

»Willst du mich damit ficken? Machen Lesben so was?«

»Du wirst ihn lutschen«, sagt sie.

Beide lachen beinahe, aber reißen sich zusammen.

»Hast du ein Safeword?«, fragt sie.

»Wie, mein Passwort?«

»Nein, ein Safeword für Sexspiele, das du rufen kannst, wenn du aufhören willst.«

»Roth1933«, sagt er. »Ist auch mein Passwort. Jetzt kannst du mich bis auf den letzten Cent ausnehmen. Wie lautet deins?«

»Ovum«, sagt sie und schiebt ihm den Zartbitterschwanz in den Mund.

Seine Hände fassen ihre weiblichen Formen ganz anders

als Lisas. Lisa mag ihre Arme, die Rundung des Bizeps, ihre Schultern. Seine Hände gleiten zur Kurve ihrer Hüften, packen ihren Hintern, heben sie auf ihn.

Sie stellen Dinge miteinander an, die sie beide bis an den Rand der Hysterie bringen – sie lachen, weinen. Sie sind außer sich und sind bei sich, und dann schlafen sie.

Am Morgen zeigt sich ein roter Ring auf seiner Brust, wie das Zentrum einer Zielscheibe.

»Du hast Borreliose.«

»So schnell passiert das nicht«, sagt er.

»Manchmal schon.«

Sie küssen sich. Der Kuss ist intensiv, tausend Jahre Sehnsucht liegen darin, tausend Jahre Trauer. Sie trennen sich zum Luftholen, lachen – sie wissen es beide. Sie beißt ihn fest in die Schulter, ihre Zähne erwischen den Muskel, hinterlassen Spuren.

Die Konferenz ist vorbei. Es gibt keinen Abschied, denn ein Abschied hieße, dass etwas zu Ende gegangen ist.

»Eines habe ich als Hüter der Trauer gelernt«, sagte Otto. »Loslassen heißt nicht vergessen, doch man findet Freiheit, den Raum zum Weitermachen. Es gibt die Angst vorm Vergessen, doch das geschieht nicht. Man lernt, mit der Vergangenheit zu leben und sich und den anderen eine Zukunft zu gestatten. Man vergisst nie.«

Sie fährt zum Flughafen, gibt ihren Wagen ab und steigt ins Flugzeug. Sie wünscht sich, das Flugzeug wäre eine Zeitmaschine, ein Tor zu einer anderen Welt. Sie wünscht, es würde sie irgendwo anders hinbringen.

Sie ist zu Hause, bevor Lisa von der Arbeit kommt.

»Wie war die Konferenz?«, fragt Lisa.

»Gut«, sagt sie, als sie Abendessen kochen. »Ich habe Otto Hauser kennengelernt.«

»Deinen Helden«, sagt Lisa.

Werden sie darüber reden? Werden sie sich trennen?

Lisa sagt kein Wort mehr über den Streit, und sie auch nicht. Sie hat zwei Schokoschwänze mit nach Hause gebracht. Nach dem Abendessen bietet sie die Lisa an. »Welchen willst du?«

»Ich will nur dich«, sagt Lisa und klopft neben sich auf das Sofa. Sie setzt sich neben Lisa. Die Katze springt auf, schnuppert ausgiebig an ihr, dreht sich ein paar Mal im Kreis und rollt sich dann auf Lisas Schoß zusammen.

Zeit vergeht. Sie schreibt den Kriegsberichterstatter in eine Kurzgeschichte. Er ist als buddhistischer Dichter getarnt, sie als Hirnchirurgin. Sie lernen sich kennen, als er sich den Kopf stößt. Sie haben nichts weiter gemeinsam als ein Koan.

Sie vergisst die Schokoschwänze, bis sie die beiden eines Tages hinten im Kühlschrank entdeckt. Sie schmilzt beide ein, rosa und Milchschokolade, und macht einen Hefezopf mit Schokofüllung daraus – eine Art Babka.

Sie denkt an Otto. »Wissen Sie, wer heutzutage zu meinen Vorträgen kommt? Menschen, die noch kämpfen. In Israel melden sie sich im Voraus in Gaza und sagen: ›Ihr habt fünf Minuten. Wir kommen, um euer Viertel zu bombardieren. Haut ab.‹ Sie nennen das ›aufs Dach klopfen‹. Es wirkt höflich, aber auch seltsam – dass man den Leuten im Voraus sagt, dass man kommt, um sie umzubringen. Mir macht das deutlich, dass wir es uns zur Gewohnheit gemacht haben, uns gegenseitig so zu behandeln. Alte Gewohnheiten lassen sich nur schwer abschütteln.«

Und dann nahm er ihren Kopf in die Hände und küsste sie auf den Scheitel. »*Schepsele*«, sagte er. »*Du bist schejn.*«

Hallo zusammen

Sie hört sein Auto, das sich den Hügel hinaufquält. Am Anfang der Auffahrt stottert der Motor, läuft noch ein paar Sekunden weiter und erstirbt dann.

Er klingelt am Tor; Esmeralda, die Haushälterin, lässt ihn ein. Das Tor fällt mit schwerem, metallischem Klicken zu.

»Wo bist du?«, ruft er.

»Versteckt!«, ruft Cheryl aus dem Garten.

Er kommt durch die Pool-Pforte herein.

»Sollte die nicht abgeschlossen sein?«, fragt sie.

»Ich wusste den Code noch«, sagt er.

»Den Code für den Poolreiniger, eins-zwei-drei-vier?«

Er nickt. »Manches ändert sich nie.«

»Ist das gut oder schlecht?«, will sie wissen.

»Schwierig«, sagt er.

Sie sitzt genau dort, wo er sie zuletzt gesehen hat – in einem Liegestuhl am Rand des Beckens.

»Du siehst blass aus«, sagt sie, nachdem sie ihre Sonnenbrille hochgeschoben und ihn mit zusammengekniffenen Augen gemustert hat.

Er schaut auf seine Arme. »Ganz normal«, sagt er.

»Wie kannst du überhaupt irgendwas sehen? Deine Brille ist so dunkel.«

»Die ist fürs Segeln«, sagt er. »Die Lichtreflexe vom Wasser, weißt du?«

»Die geht so richtig ums Auge herum; solche tragen alte Männer mit Grünem Star«, sagt sie.

»Mit Grauem Star«, sagt er. »Ich habe mich als Kind immer gefragt, was so schlimm daran ist, als alter Mann ein Grauer Star zu sein. Ich bin praktisch blind«, sagt er und nimmt die Brille ab. »Im Osten ist das Licht sanfter, weicher, es gibt mehr Schatten. Hier ist es scheinwerfergrell, als würde man auf einem Filmset leben. Und du?«, fragt er. »Wie geht es dir?«

»Bin auch blind«, sagt sie. »Aber nur, wenn ich reingehe. Wenn ich ins Haus gehe, wird alles schwarz und ich stoße überall an.«

Walter setzt sich auf den Liegestuhl neben ihr und setzt seine Brille wieder auf.

»Ich bin froh, dass du zu Hause bist«, sagt sie und merkt erst jetzt, wie sehr sie ihn vermisst hat. »Weißt du noch, wie wir uns kennengelernt haben?«

»Ja«, sagt er. »Ich habe dich angelächelt, und du hast gekotzt.«

»Ich habe gespuckt«, sagt sie. »Bei vier Monate alten Kindern nennt man das spucken. Dich angekotzt habe ich erst viel später.«

»So ist es überliefert«, sagt er.

»Es war in der Krabbelgruppe mit Musik«, sagt sie.

Er nickt. »Meine Mutter hat so eine Theorie, dass in zwanzig Jahren ein Raumschiff landet, die Türen werden aufgehen, das Lied ›Hallo zusammen‹ wird ertönen, und unsere gesamte Generation wird, ohne mit der Wimper zu zucken, ins Mutterschiff marschieren.«

»Würde mich nicht überraschen«, sagt sie. »Und, fühlst du dich anders? War es so, wie du dachtest?«

»Genauso und anders«, sagt er. Er war weg, studieren, und sie hat sich – auch wenn es ihr bis jetzt nicht klar war – total verlassen gefühlt.

»Ich habe mir mein Logo auf den Hintern brennen lassen«, sagt sie, rollt auf den Bauch und zieht die Bikinihose herunter; ihr »Monogramm« ist eine tiefe Narbe auf der Rundung ihrer Arschbacke. »Kannst du anfassen«, sagt sie.

Mit dem Finger fährt Walter die Schreibschrift-Initialen nach. »Tut das weh?«, fragt er.

»Nein«, sagt sie. Die Haut ist erstaunlich gefühllos. Sie hatte gedacht, sie wäre empfindlicher, doch statt mehr zu spüren, spürt sie weniger. Sie zieht die Bikinihose wieder hoch und dreht sich um.

Er streckt die Zunge heraus – in der Mitte glänzt ein Metallstecker; als er im Herbst zur Uni gegangen ist, war der noch nicht da.

»Fühlt sich das gut an?«, fragt sie.

»Weiß ich noch nicht«, sagt er grinsend. »Ich hatte gehofft, das würdest du mir sagen.«

Sie lacht. Ihre Zähne sind außerordentlich weiß.

»Dein Lächeln ist unglaublich«, sagt er.

»Oh.« Sie wird rot. »Letzte Woche habe ich mir die Zähne mit Perlmuttpulver polieren lassen.«

»Nice«, sagt er.

Sie legt den Kopf schräg. »Hast du Make-up drauf?«

»Ein bisschen«, sagt er. »Hat auch Sonnenschutzfaktor.« Seine Akne ist von einer dicken Schicht Grundierung überdeckt, wie sie Fernsehdarsteller auftragen; seine Haut liest sich wie eine topografische Karte des Heranwachsens. Zweimal täglich legt er heiße Lappen auf sein Gesicht und bringt die harten, heißen Pusteln zur Entladung. Er findet es grausam ironisch, dass so etwas einem jungen Mann passiert – den Eiter der Pubertät ins Gesicht gerieben zu bekommen. Er hat darüber an der Uni einen Essay geschrieben: »Akne als Ausdruck der zeitgenössischen amerikanischen Jugend«. Unablässig markieren sie ihre Körper und löschen es wieder aus, als wäre es ganz natürlich, sie zu beschreiben oder das Geschriebene auszuradieren, alle Entweihungen und Zeichen des Verfalls zu entfernen, so wie man sich Notizen auf die Handfläche kritzelt. Sie machen sich ihre Körper untertan – sie renovieren, gestalten um; der Körper nicht bloß als Korpus, sondern als Mittel des Selbstausdrucks, eine symbiotische Beziehung zwischen Vorstellung und Wirklichkeit.

Sie sind weder Geschwister noch Nachbarn, doch zusammen aufgewachsen – sind einander Zeugen und Vertraute gewesen. Er hat als Erster ihre Nasenkorrektur gesehen, ihre Brüste – sowohl die echten als auch die vergrößerten. Sie hat sein Kinn angeschaut, bevor er es selbst gesehen hat, ebenso sein Augenbrauen-Piercing.

»Wie geht es deinem Kopf?«, fragt er.

»Mittel«, sagt sie. »Und deiner?«

»Verbeult«, sagt er. »Veränderungen sind hart.«

»Bist du auf Medikamenten?«, fragt sie ihn.

»Nur ganz leichte«, sagt er. »Und du?«

»Mittel«, sagt sie.

»Schwierig, hier deprimiert zu sein«, sagt er. »Es ist das Paradies.«

»Darum müssen die Medikamente doppelt stark wirken.« Sie überlegt. »Ich denke die ganze Zeit darüber nach, wie Analyse wohl ist. Macht das eigentlich noch jemand?«

»Meinst du, ob noch jemand Psychoanalyse praktiziert oder ob sich noch jemand analysieren lässt?«

»Beides«, sagt sie.

»Ich glaube, dafür muss man älter sein und ein bisschen mehr persönliche Geschichte haben«, sagt er.

»Man muss fünf Mal die Woche hingehen. Das wird dein ganzes Leben«, sagt sie. »Ich glaube, ich würde lieber einfach hier liegen und mit mir selbst reden.«

»Ist wahrscheinlich genauso gut«, sagt er.

»Ich bin zum Psychiater meiner Mutter gegangen«, sagt sie.

Er ist ehrlich überrascht. Jahrelang haben sie darüber gesprochen, dass der Psychiater durchgedreht ist, jedenfalls nach den »Zitaten« ihrer Mutter zu urteilen. Außerdem vermuteten sie, dass ihre Mutter eine Affäre mit ihm hatte. Nachdem sie ihre Mutter so viele Jahre *Dr. Felt sagt* und *Nach Ansicht von Dr. Felt* hatte sagen hören, »musste ich mal mit eigenen Augen sehen, worum es eigentlich ging. Ich dachte, ich wäre so weit, dass ich damit umgehen kann.« Sie holt tief Luft. »Ehrlich gesagt weiß ich nicht, warum ich das gemacht habe. Es war eher wie ein Zwang. Ich musste einfach sehen, wer er ist.«

»Und?«

»Nicht gut«, sagt sie.

»Inwiefern?«

»Es war so eine echt komische Praxis, ganz und gar nicht L. A., gleichzeitig modern und altmodisch – ein schwarzes Ledersofa, Orientteppiche, seltsame afrikanische Statuen mit großen Genitalien, und es roch komisch.«

»Wonach?«

»Eine Mischung aus Fleisch, Schweiß und Traurigkeit.«

»Wie war er?«

»Aufgeblasen«, sagt sie. »Ich habe ihn gefragt, ob ich mich hinsetzen oder hinlegen soll. Er hat nicht geantwortet. Also habe ich mich einfach hingesetzt. Ich wusste nicht, ob er mich nicht gehört hat oder bloß nichts sagen wollte. Dann hat er sich mit seinem Stuhl herumgedreht, mich angestarrt und gefragt: ›Wünschst du dir einen Freund?‹« Sie fährt fort, den Dialog wiederzugeben, und imitiert dabei Dr. Felt.

»Ich habe ›Ja‹ gesagt.

›Du musst zehn Pfund abnehmen‹, sagt Dr. Felt.

›Nicht so einen Freund‹, sage ich.

›Vielleicht bist du lesbisch‹, sagt Dr. Felt.

›Vielleicht bin ich auch normal. Vielleicht will ich einen Freund, der mich so mag, wie ich bin, und nicht so, wie Sie es für richtig halten.‹

›Lesbisch‹, sagt Felt.

›Nicht‹, sage ich.

›Für deine Eltern muss es wirklich schwer sein. Du bist ganz schön trotzig. Gibt es irgendwas, was dir Spaß macht?‹

›Himmel, Erde, Wind, Meer‹, sage ich, ›und Essen. Ich liebe Essen.‹

›Lesbisch‹, sagt Felt.

›Ist das nicht interessant? Sie glauben, wenn eine Frau so akzeptiert und wertgeschätzt werden möchte, wie sie ist – dann macht sie das lesbisch? Wieso macht sie das nicht für einen Mann attraktiv?‹

›Männer wollen, dass Frauen aussehen wie in einer Zeitschrift. Sie wollen, dass die Frauen Titten haben und an ihrem Arm gut aussehen. Sie wollen nicht herausgefordert werden, sie wollen sich nicht um dich kümmern – für Männer geht es immer nur um sie selbst.‹

›Wenn das stimmt, wieso hält mein Vater es dann mit meiner Mutter aus?‹

›Ich bitte dich‹, sagt Felt.

›Was?‹

›Ihr gehört das ganze Geld.‹

›Okay, und warum hält sie es dann mit ihm aus?‹

›Was glaubst du?‹, sagt Felt so richtig psychiatermäßig.

›Was glauben Sie?‹, frage ich ihn. ›Sie kennen sie länger, als ich auf der Welt bin.‹

›So lange schon?‹, fragt Felt mich und wirkt auf einmal verletzlich.

›Ja‹, sage ich.

›Es ist sehr schwer, eine Ehe hinter sich zu lassen‹, sagt Felt, plötzlich wieder ganz Psychiater. ›Vor allem, wenn Kinder im Spiel sind.‹

›Wollen Sie damit sagen, es ist meine Schuld, dass meine Eltern noch verheiratet sind?‹

›Will ich das?‹, fragt Felt.

›Reden Sie mit mir oder mit sich selbst?‹, frage ich ihn. Da hat er ganz sauer und herablassend geguckt. Ich stehe auf. ›Und *Sie* müssen mindestens zwanzig Pfund abnehmen. Ich habe keine Ahnung, was sie an Ihnen findet‹, habe ich gesagt und bin gegangen.«

»Und was ist dann passiert?«, fragt Walt.

»Er hat meinen Eltern eine Rechnung über sechshundert Dollar für umfangreiche Konsultationen gestellt. Ich habe die Rechnung abgefangen, ›FICK DICH‹ draufgeschrieben und sie ihm zurückgeschickt. Seitdem ist Ruhe«, sagt sie. »Ich habe kein Problem damit, mich gelähmt zu fühlen. Ich glaube, ich habe mich daran gewöhnt. Ich weiß gar nicht mehr, ob das, was andere Leute gelähmt nennen würden, für mich nicht einfach normal ist. Ich bewege mich nicht viel.«

»Außer im Spinning-Kurs«, sagt Walter.

»Ja klar, beim Spinning oder Yoga oder Tanzen, aber wenn ich keinen Kurs mache, halte ich sehr still.«

»Glaubst du, du wirst immer hier sein?«, fragt er.

»Ich weiß nicht, wie ich irgendwo anders sein kann.«

Er schaut auf ihren Schenkel, so dünn wie bei anderen der Arm. »Weißt du noch, als sie dich ›Chunky‹ genannt haben?«

»Als ob ich das vergessen könnte.«

»War das wegen dieses dicken Schokoriegels?«

»Ja. Das einzig Gute am Tod meines Bruders war, dass mich danach niemand mehr Chunky genannt hat.«

»Wie kann man darüber hinwegkommen?«

»Kann man nicht«, sagt sie. »Du kannst dir sein Zimmer angucken, wenn du willst; ist alles noch so, als würde er jeden Moment nach Hause kommen.«

»Vielleicht sollte deine Familie umziehen«, sagt er.

»Wir gehen bloß alle schneller an seiner Tür vorbei.«

»Geht irgendwer mal rein?«

»Mein Vater hat sich früher manchmal für ein Nickerchen dort hingelegt, und Esmeralda füttert seine Fische.«

»Noch dieselben Fische?«

»Weiß ich nicht; ich weiß nur, dass Fische da sind.«

»Was ist mit deinen Großeltern?«

»Wir reden nicht mehr mit ihnen.«

»War er nicht bei ihnen, als er gestorben ist?«

»Ja«, sagt sie und zupft ihren Bikini zurecht.

»Kannst du dir vorstellen, wie sie sich fühlen müssen?«

»Er hat ihnen gesagt, dass ihn eine Giftschlange gebissen hat, und sie haben geantwortet: ›Das ist bloß ein Insektenstich, leg einen kalten Waschlappen drauf.‹ Und dann war er tot.«

»Wie lange ist das jetzt her?«, fragt Walter.

»Fast drei Jahre«, antwortet sie.

»Und was ist mit deinen anderen Großeltern?«

»Sind in so eine bewachte Wohnanlage in Phoenix gezogen, mit Schildern, auf denen steht ›Achtung Gehhilfen‹ und darüber Bilder von gebeugten alten Leuten mit Gehhilfen, untendran halbierte Tennisbälle, mitten auf einer Kreuzung.«

»Besuchst du sie?«

»Nicht so oft. Sie erkennen meine Mutter nicht mehr; sie sagen ihr, sie würde sie an irgendwen erinnern, sie wüssten aber nicht, an wen, und fragen, wie lange sie schon hier arbeitet.«

»Erkennen sie dich?«

»Sie glauben, ich sei die Schwester meiner Mutter, die vor Jahren gestorben ist. ›Wir haben uns solche Sorgen um dich gemacht‹, sagen sie. ›Fühlst du dich gut? Wie steht es um deine Gesundheit?‹ Ich weiß nicht, was ich machen soll, also tue ich einfach so, als wäre ich sie, und versuche ihnen was über meine Schwester zu erzählen, also meine Mutter, und dann gucken sie verwirrt und fragen: ›Haben wir noch ein Kind? Wie seltsam, dass wir uns daran gar nicht erinnern ...‹« Sie schweigt kurz. »Also, deine Großmutter habe ich immer gerngehabt. In Gedanken habe ich immer so getan, als wäre sie meine Großmutter. Weißt du noch, wir haben immer Kekse mit ihr gebacken, als wir klein waren. Ihre Kekse waren echt gut.«

»Sehr gute Kekse«, sagt er.

»In unserem Haus gab es nie Kekse. Meine Mutter meinte, die sind ›gefährlich‹.«

»Willst du schwimmen?«, fragt er.

»Ich werde nicht gern nass«, sagt sie.

»Seit wann das denn?«

»Seit ich diese Frisur habe. Wenn die Haare nass werden, muss ich sie wieder trocken föhnen, und es ist echt schwer hinzukriegen, dass es richtig aussieht. Ich muss mit dem Glätteisen ran. Ich hätte mir ein Brazilian Blowout machen lassen sollen.« Sie holt tief Luft und platzt dann mit dem Gedanken heraus, der sie am meisten beschäftigt hat. »Bist du mit irgendwem an der Uni zusammen?«

»So eine Uni ist das nicht«, sagt er.

»Was für eine dann?«

»Nur Jungs. Wollen wir Rad fahren?«

»Mit einem richtigen Fahrrad? Nicht so ein Fitness-Ding?«

»Mit einem Fahrrad«, sagt er. »So wie die Dinger, die in der Garage herumstehen und Staub fangen.«

Sie zieht die Nase kraus.

»Ich staune, dass du das noch kannst«, sagt er.

Worauf sie in Tränen ausbricht. »Bin ich überhaupt echt?«

Das Licht, die Sonne, der Widerschein des trockenen, sandigen Bodens, die Steinplatten, das Wasser im Pool – alles ist blendend hell.

»Schwer zu sagen, oder?« Er schaut nach oben. »Guck dir den Himmel an. Ist er nicht unglaublich? So blau, so offen.«

»Meine Tränen schmecken nach Sonnencreme«, sagt sie.

Er steht auf. »Ich muss mal aufs Klo«, sagt er.

Der Eingang ins Haus ist wie eine Luftschleuse. Über der Fliegengittertür sind dicke Plastikschürzen angebracht worden, wie an der Tür des Fleischkühlraums im Supermarkt, um den Verlust an gereinigter, gekühlter Luft zu minimieren, um das Außen draußen zu halten.

Im Haus ist alles weiß, alles neu. Cheryls Mutter ist »allergisch« gegen alte Sachen. Sie hat eine tief sitzende Furcht vor gebrauchten Dingen, also auch Antiquitäten, Secondhand-Kleidung oder gelesenen Büchern. Alles muss ganz frisch sein und fabrikneu riechen.

Er benutzt die Gästetoilette vorn im Flur, und die offenen Dosen mit bunter Knete sind nicht zu übersehen; sie wurden mit Absicht auf der Spülung stehen gelassen.

Die Hündin liegt auf den kühlen Fliesen des Eingangsflurs und hechelt heftig. Ihr Schwanz klopft auf den Boden, als er auf sie zugeht.

»Hey Rug, wie geht's?«, fragt er und bückt sich, um die zottelige weiße Hündin zu begrüßen. Sie heißt einfach Rug, weil ... na ja, weil sie eben wie ein Teppich aussieht.

»Ein ganz besonderer Teppich«, hat Cheryls Mutter mal gesagt. »Nicht haarend. Ihr Fell sind Haare wie beim Menschen, also muss sie gepflegt und frisiert werden, aber nicht gesaugt.«

»Ist dir heiß?«, fragt er den Hund. »Brauchst du einen Haarschnitt? Wird es Zeit, mal ans Licht zu kommen?«

»Bist du das?«, fragt Cheryls Mutter Sylvia. Sie liegt im Badeanzug auf dem weißen Wohnzimmersofa – ein dunkelblauer Einteiler, um die Beine hat sie locker einen Sarong gewickelt. Die gebräunte Haut ihrer Arme hängt ein wenig locker herab, als fehlte das Muskelfleisch und die verbleibenden Sehnen hätten sich etwas vom Knochen gelöst.

»Ja, ich bin's«, sagt er.

»Ich dachte mir, dass du bald wieder da bist. Ich kann mit diesem Kühlpack auf den Augen nichts sehen. Wie geht es dir?«

»Gut«, sagt er. »Und Ihnen?«

»Okay«, sagt sie. »Bloß dass ich nichts sehen kann.«

»Scheint grad in der Luft zu liegen«, sagt er. »Ich habe eine Spezialbrille verschrieben bekommen. Wollen Sie die mal ausprobieren?«

Sie hebt den Arm, und er reicht ihr seine Brille. Sie schiebt sie über ihr Kühlpack.

»Ah, danke, Walter, das hilft.« Sie ist die Einzige, die ihn Walter nennt; alle anderen sagen Walt oder W. W.

»Vielleicht sollten Sie das Kühlpack abnehmen«, sagt er.

»Das ist genau richtig so – es kam noch Licht durch – das hat die Sache schlimmer gemacht. Ich hatte einen kleinen Unfall«, sagt sie, und nichts weiter.

»Kann ich Ihnen irgendwas bringen?«, fragt er.

»Was denn?«, fragt sie zurück.

»Was zu trinken?«

»Das wäre herrlich. Was trinkst du denn?«

»Weiß nicht, eine Cola vielleicht?«

»Für mich bloß ein Sprudelwasser mit Zitrone«, sagt sie.

»Eis?«

»Nein, das macht die Blasen kaputt. Im kleinen Kühlschrank unter der Spüle steht eine abgedeckte Schale mit Zitronenspalten«, sagt sie. Und dann kommt der völlig zusammenhanglose Satz: »Bald kann man Nasen schon im Mutterleib korrigieren.«

Walter bringt ihr ein Glas Wasser ohne Eis mit Zitronenspalte. Cheryls ganze Familie – außer ihrem Vater – trägt den ganzen Tag Badekleidung, das ganze Jahr, sogar an Weihnachten.

»Sie sind eben Pool-Menschen«, hat Walter mal seiner Mutter erzählt. »Sie wollen immer bloß rein und wieder raus.«

»Es liegt daran, dass sie so weit oben am Berg wohnen«, sagte seine Mutter. »Da kann man ruhig halb nackt herumlaufen, weil einen keiner sehen kann.«

»Es ist ihnen egal, ob die Leute sie sehen.«

»Kannst du dir mich den ganzen Tag im Badeanzug vorstellen?«

»Nein«, sagte er.

Cheryl sagte immer, der Badeanzug zwinge sie zur Ehrlichkeit; im Bikini merke sie sofort, ob sie dick werde, grammweise.

»Und«, fährt Sylvia vom Sofa aus fort, »wusstest du, dass Fettabsaugung zum ersten Mal bei Frauen eingesetzt wurde, deren Oberschenkel pronieren?«

»Pronieren?«, fragt Walter.

»Einwärtsgedreht sind«, erklärt sie. »Ist eine komplizierte Sache. Ich weiß von mehreren Frauen, bei denen nichts Gutes herauskam. Mrs. Lipmann hat durch eine Entzündung nach Fettabsaugung ein Bein verloren.«

»Klingt schlimm«, sagt er.

»Und was ist mit dir, Walter?«, fragt die Mutter. »Wie ist es dir im Osten ergangen?« Sie stellt die Frage so, als sei er im Fernen Osten gewesen, als sei es lange her, als sei er in unerforschte Gebiete gezogen, in den fernen Gegenden von Hongkong oder Schanghai.

»Gut«, sagt er. »Ich habe zum ersten Mal überhaupt den Herbst erlebt. Das Laub hat sich verfärbt, die Luft wurde kühler, der Wind wehte – es war genauso, wie es in den Büchern immer beschrieben wird.«

»Ich habe den Herbst nie gemocht«, sagt sie. »Alles stirbt und fällt herunter, und dann die kalten, kalten Tage. Ich hasse es zu frieren.«

Er nickt, aber sie kann ihn nicht sehen. Schweigen.

»Bist du noch da?«, fragt sie.

»Ja«, sagt er. »Wollte gerade rausgehen.«

»Geh nur«, sagt sie, und das tut er.

Er schiebt sich wieder durch die schweren Plastikschürzen hinaus auf die Terrasse. Die Luft draußen, mindestens zehn Grad wärmer und randvoll mit Mikroschmutz, bleibt ihm im Hals stecken. Er hustet und nimmt einen Schluck von seiner Cola – die Dose ist schon beschlagen.

»Hast du meine Mutter gesehen?«, fragt Cheryl.

»Kurz«, sagt er. »Sie liegt auf dem Sofa.«

»Und?«

»Schwer zu sagen«, sagt er. »Ich habe nicht viel sehen können.«

»Sie hat versucht, ihre Augenfarbe ändern zu lassen. Es hat nicht funktioniert, sondern ihr die Hornhaut verbrannt.«

»Ist sie tatsächlich blind?«

»Vorübergehend unscharf«, sagt sie.

Als Walter drinnen war, hat sie die alten Soldatenfiguren ihres Bruders aus dem Pool-Schuppen geholt, die G. I. Joes, und sie ganz unkämpferisch unter ihrem Stuhl aufgestellt – sie geht nicht in sein Zimmer, aber sein Spielzeug schaut sie gern an.

»Euer Hund sieht anders aus«, sagt Walter, als er die G. I. Joes bemerkt.

»Sie hat Lipome herausoperiert bekommen. Die sind nicht gefährlich, bloß Fettgewebe, aber echt unattraktiv.«

»Hechelt sie deshalb so?«

»Sie erholt sich noch davon. Mum möchte, dass ihr Fell lang bleibt, bis alles abgeheilt ist, damit wir es nicht sehen müssen.«

»Und die Knete im Bad? Soll man als Besucher etwa daraus was ›basteln‹?«

Cheryl lacht. »Sie hat das Zeug im Haus einer Freundin gerochen, als deren Enkel zu Besuch waren, und fand das Aroma toll. Und sie dachte sich, gelb und braun wären ›witzig‹ für die Toilette. Du solltest mal sehen, was in ihrem Schlafzimmer steht. Sie ist süchtig danach.«

»Und der Kühlschrank?«, fragt er.

»Zu großer Druck. Sie meint, wir sind eher eine Fertiggerichte-Familie, keine Köche, darum haben wir Esmeralda den großen geschenkt und stattdessen zwei kleine Unterbauschränke besorgt.«

»Deine ganze Familie lebt aus einer Minibar?«

»Es sind zwei Kühlschränke, und dazu habe ich noch einen in meinem Zimmer, von dem niemand weiß. In meinem Wandschrank.«

»Wow«, spottet er. »Da bin ich mal ein paar Monate weg, und schon verändert sich alles.«

»Dabei hast du die Lappen da an der Tür noch gar nicht erwähnt.« »Das finde ich am besten«, sagt er. »Sehr vulvamäßig, oder wie der Kühlraum im Supermarkt.«

»Meine Idee«, sagt sie. »Ich wollte es mehr öko. Wie ist es bei euch zu Hause?«

»Genau wie immer. Du solltest mal vorbeikommen«, sagt er.

»Kann ich nicht«, sagt sie.

»Meine Mutter mag dich«, sagt er.

»Du hast ihr ein Nacktfoto von mir gezeigt.«

»Ich habe es ihr nicht gezeigt, sie hat es gefunden.«

»Auch egal«, sagt sie genervt. »Ich kann nicht zu euch kommen.«

Cheryl rutscht von ihrem Liegestuhl und kriecht darunter, um mit den G. I. Joes ihres Bruders zu spielen.

»Wir haben sie immer G. I. Jokes genannt«, sagt Walter.

»Ich habe ihnen Namen gegeben: Tommy, Paul und Pedro – die Zwillinge.« Sie hält zwei Figuren hoch, die genau gleich sind.

»Weißt du noch, als Abigail das Rezept für medizinisches Marihuana gekriegt hat und wir alle zum höchsten Punkt des Doheny Drive gefahren sind, die Marihuana-Lutscher geleckt und den Sonnenuntergang angeschaut haben?«, fragt er.

»Das war ein perfekter Tag«, sagt Cheryl entschieden.

»Und erinnerst du dich, wie ich immer im Bett gelegen und gelesen und dabei gewürzte Pistazien gegessen habe, und dann habe ich die rote Farbe auf alle Bücher geschmiert, buchstäblich Fingerabdrücke auf den Seiten hinterlassen?« Sie versteckt die Soldaten unter den Büschen am Pool.

»Aufklärungseinsatz«, sagt sie zu niemand Bestimmtem.

»Und auf die Bettlaken, und Esmeralda hat dich angeschrien und dich gezwungen, auf ungewürzte Nüsse umzusteigen?«

»Ich mochte die roten lieber«, sagt sie. »Und es ist eigentlich keine Farbe. Ich glaube, es ist einfach Rote-Bete-Saft«, sagt sie. »Oder auch nicht.«

»Weißt du noch, als wir jünger waren und so viel Fantasie hatten?«, fragt er.

»Und wir uns keine Gedanken darüber gemacht haben, was die anderen denken?«, fragt sie zurück.

»Wir haben uns selbst Tattoos gemacht«, sagt er.

»Mit Alleskleber und Filzstiften«, sagt sie.

»Wir haben uns in anderen Sprachen unterhalten«, sagt er. Und für einen magischen Moment fangen sie wieder an, seltsam zu reden, er in einem Mix aus Jiddisch und russischem Akzent. »Ejnmal wirr werrden gehen an den Orrt, wo ich bin geborrn. Et ess so kalt, dass du trägst ejn Mantl 's ganze Johr, kejner sorrgt sich ums Essn, kejner sieht je dejn Kerrper. Des wirrd dir gefalln.«

Sie antwortet in Fake-Französisch: »Wie sagt-ö man-ö en

français? Du und isch, wir werden promenieren in die sibirisch Sonnenuntergong.«

»Weißt du noch, wie deine Mutter uns als Kinder zum Pizza-Essen in Beverly Hills abgesetzt hat?«

»Sie wollte nicht, dass ich zu Hause Pizza esse. Das war zu schwierig für sie – der Duft war überwältigend, die Versuchung zu groß.«

»Du hast immer Pizza mit Salami und Schinken bestellt, und wenn sie dann kam, hast du den Belag abgezupft.«

»Ich mochte bloß den Saft der Salami.« Sie lässt sich wieder auf dem Liegestuhl nieder.

»Das Fett«, sagt er. »Du mochtest das glänzende rosa Fett.«

»Ist es seltsam, dass ich während eines der Irakkriege gezeugt wurde und meine Schwester in der Nacht, als das Spaceshuttle explodiert ist?«

»Meinst du, deine Eltern haben bloß in nationalen Krisenzeiten Sex?«, fragt er.

»Ich glaube, sie haben bloß Sex, wenn ihnen die Worte fehlen. Wollen wir in mein Zimmer gehen?«, fragt sie, ihr Code für: *Willst du Sex?*

»Nein«, sagt er, »da bin ich gerade drüber hinweg.«

»Was soll das denn heißen?«

»Ich habe nicht damit abgeschlossen, aber ich stehe auch nicht so drauf. Ich versuche, anders in mir selbst zu Hause zu sein.«

»Schwul?«, fragt sie.

Er antwortet nicht.

»Du kannst es mir erzählen«, sagt sie. »Wenn du es irgendwem erzählen kannst, dann mir.«

»Ich bin gerade erst wiedergekommen«, sagt er. »Ich brauche Zeit, mich wieder zurechtzufinden.«

»Er ist adoptiert«, hat sie vor langer Zeit zu Abigail gesagt, als sie versuchte, ihrer Schwester Walter zu erklären.

»Was soll das denn heißen?«, fragte Abigail.

»Ganz wörtlich adoptiert«, sagte sie. »Also, seine Eltern haben ihn weggegeben. Ich meine, findest du, dass er wie ein Walter aussieht? Ich finde eher wie Marc oder Adam.«

»Und deshalb ist er dauernd bei uns? Weil er einen falschen Namen hat?«

»Er ist bei uns, weil er sich hier wohlfühlt. Ich bin seine älteste Freundin auf der Welt, und er findet uns faszinierend, wie Proben, die er untersuchen kann. Er will Naturwissenschaftler werden.«

»Hat er keine Eltern?«

»Doch, er hat welche, aber die sind so brav und besorgt, ständig fragen sie ihn: ›Brauchst du irgendwas? Möchtest du reden?‹ Er braucht ein bisschen mehr echtes Leben.«

»Und dafür kommt er hierher?«

»So ungefähr.«

»Und nicht, weil ich euch so viel Gras gebe, wie ihr wollt?«, wollte Abigail wissen.

»Es geht nicht um Bestechung«, sagte sie. »Wir haben einen Swimmingpool.«

»Haben die keinen?«

»Nein.«

»Sind sie arm?«

»Ich glaube nicht. Sie sind einfach keine Pool-Menschen«, sagte sie.

»Verstehe ich nicht«, sagte Abigail.

Eine große weiße Wolke schiebt sich vor die Sonne, und plötzlich sinkt die Temperatur. Eine kühle Brise weht durch den Garten, und Mini-Tornados wirbeln am Rand der Steinplatten lehmigen Staub auf. Cheryl schaut auf ihre Haut. »Ich habe überall Gänsehaut.«

»Pilomotorischer Reflex«, sagt Walter. »Genau das Gleiche passiert bei einem Stachelschwein, wenn es die Stacheln aufstellt.« Er erwähnt nicht, dass er wegen seiner dicken Schminke keinerlei Luftzug im Gesicht spürt. Er fühlt sich nur dick angemalt und, wenn die Sonne hoch steht, als ob er schmilzt.

»Das Wetter ändert sich«, sagt sie.

»Nichts bleibt für immer perfekt«, sagt er.

»Du machst mich nervös«, sagt sie. »Bist du sicher, dass du nicht mit in mein Zimmer willst?«

»Ganz sicher.«

»Okay, kein Thema«, sagt sie. »Wollen wir ein bisschen in der Höhle abhängen?«

»Höhle« nennen sie das Durchgangszimmer zwischen Wohnzimmer und dem langen Flur, der zu den Schlafzimmern führt. Die Höhle erstreckt sich über die volle Breite des Hauses und wird durch einen Gang in der Mitte geteilt – der Weg, den alle nehmen müssen. Auf beiden Seiten dieses Pfades liegt eine Art Ausbuchtung, ein Raum ohne Türen, der keinem besonderen Zweck dient. Und obwohl dieses

Zimmer so dazwischenhängt, ist es im Grunde das gemütlichste und beliebteste im ganzen Haus. Auf einer Seite der Höhle hängt ein riesiger Flachbildfernseher an der Wand, immer angeschaltet, aber ohne Ton, und auf der anderen Seite stehen fest eingebaute Bücherregale und ein Schreibtisch. Es ist der einzig »menschliche« Teil des Hauses; in den Regalen stehen Familienfotos, alle vor Billys Tod aufgenommen, keine Fotos aus der Zeit danach. Walter weiß nicht, ob danach tatsächlich keine Fotos mehr gemacht wurden oder ob es einfach zu schmerzhaft ist, sie aufzustellen – die Familie minus eins.

»Ist das ein Foto von dir oder von deiner Mutter?«, fragt er.

»Von meiner Mutter, als sie jung war. Sie hat neulich all ihre Kindheitsfotos retuschieren lassen, sodass alles perfekt aussieht – kein schiefer Zahn, keine Narbe an der Wange, keine Akne –« An dieser Stelle unterbricht sie sich abrupt. Das Wort »Akne« wird nicht verwendet.

»Möchtest du etwas spielen?«, fragt sie.

»Was denn?«

»Keine Ahnung, eins von den Spielen, die wir früher gespielt haben, *Operation*, *Cluedo*, *Spiel des Lebens*, *Monopoly*, *Twister*?« Während er überlegt, blättert sie Hochglanzmagazine durch und atmet den Duft der parfümierten Seiten tief ein. »Ich schaue mir so gern Essensfotos an.«

Ihr Vater geht im leuchtend rosa Polohemd und hellgrüner Hose durchs Zimmer. Er hält sich einen Handspiegel vors Gesicht und starrt sich im Gehen an.

»Schaut mich an«, sagt er zu niemand Bestimmtem. »Ich sehe jämmerlich aus, meine Augen hängen. Wieso sagt mir das keiner? Wieso hat das keiner von euch angesprochen? Wenn einem die eigene Familie nicht die Wahrheit sagen kann, wer dann?«

Ihre Mutter folgt ihm. »Nimm durchsichtiges Klebeband«, sagt sie. »So machen das alle. In meinem Medizinschrank liegt welches.«

Als ihre Mutter durch die Höhle geht, schaltet der Fernseher auf einen anderen Sender, die Hintergrundmusik ändert sich, das Licht wird gedimmt, Carole King fängt an zu singen. So bleibt es, bis sie aus dem Zimmer und anderthalb Meter von der Tür entfernt ist, unterwegs in Richtung Schlafzimmer; dann sagt eine leise Automatenstimme »Rückgängig, rückgängig«, der Fernseher springt wieder auf den Wetterkanal, das Licht wird heller, die nicht identifizierbare, aber beruhigende atmosphärische Musik setzt wieder ein.

»Was war das?«, fragt Walter.

»Sie trägt ihren Sensor. Das ist so eine Art magisches Amulett, das sie um den Hals hat. Wir haben alle so ein Ding – der Unterhaltungscomputer ist darauf programmiert, Musik, Beleuchtung und Temperatur auf die eingegebenen Vorlieben des jeweiligen Sensorträgers zu regeln.«

»Und wenn ihr alle auf einmal im Zimmer seid?«

»Es gibt eine Hierarchie, wessen Einstellungen Vorrang haben – vom Ältesten hinab zur Jüngsten«, sagt sie. »Ich persönlich habe meinen Sensor nie um. Abigail war mal so sauer auf meine Eltern, dass sie ihren umprogrammiert und im Bücherregal versteckt hat. Sie hat aus der Höhle eine Heavy-Metal-Show gemacht, mit Sound und Licht und allem. Sie konnten es nur stoppen, indem entweder mein

Vater oder meine Mutter im Zimmer blieben, bis der Computertyp kam – mein Vater hat drei Tage hier auf dem Sofa geschlafen.«

»Meinst du, deine Familie war schon immer so, oder hat sich etwas verändert?«

»Ich glaube, ich weiß nicht genau, was du meinst?«, sagt sie verwundert.

Er lässt das Thema fallen.

Ihre Mutter entstammt einer langen Ahnenreihe von Göttinnen – Emma Goldman, Eleanor Roosevelt, Janice Dickinson, alle mächtig, einige langgliedrig – Supermodels. Ihr Vater ist ein Cousin dritten Grades von Twiggy. Auch Abigail ist Model; sie besitzt die einzigartige Fähigkeit, total abwesend zu wirken, aber zugleich so konzentriert zu sein, dass sie Anweisungen folgen kann – ein Naturtalent. Geschmeidig, gefügig, formbar – Abigail will gesehen werden, aber nicht als sie selbst. Ständig kostümiert und schminkt sie sich, spielt verschiedene Rollen, versucht die passende zu finden.

»Du solltest Schauspielerin werden«, haben viele zu Abigail gesagt.

»Du solltest du selbst sein«, sagt Cheryl.

»Keine Ahnung, wie ich das machen soll«, gesteht Abigail.

Die Mutter kommt wieder zurück, wieder der Wechsel von Musik, Licht, Sender. »Walter, willst du mit uns abendessen – wir gehen essen, um zu feiern.«

»Was feiern wir denn?«

»Abigails Bewährungszeit ist vorbei.«

»Toll«, sagt Walter.

Die Mutter verlässt das Zimmer – und die leise Stimme verkündet »Rückgängig, rückgängig«, und so geschieht es.

»Weshalb war sie denn auf Bewährung?«

»Erbrechen in der Öffentlichkeit«, sagt Cheryl. »Später hat sich herausgestellt, es war eine Lebensmittelvergiftung, verdorbenes Sushi, aber meine Eltern waren überzeugt, dass es Bulimie war. Darum haben sie die Strafanzeige zugelassen, und Abby musste bei so einem Abschreckungsprogramm für Menschen mit Borderline-Störungen mitmachen.«

»Ist deine Mutter immer noch sauer wegen unseres Unfalls?«

Sie schüttelt den Kopf. »Er hat ihnen bloß einen Riesenschrecken eingejagt. Das Timing war ganz schlecht.«

»Wir haben was für sie erledigt«, verteidigt sich Walter. »Sind zu Costco gefahren, um hundert Rollen Klopapier zu kaufen. Wer braucht hundert Rollen Klopapier?«

»Sie ist gern auf alles vorbereitet.«

»Wir waren schon fast zu Hause, ich hatte den Fuß auf dem Gas. Ein Hund lief über die Straße. Ich bin ausgewichen«, sagt er. »Ich konnte es nicht ertragen, ein Tier anzufahren.«

»Geht mir genauso«, sagt sie.

Sie überschlugen sich mehrmals und dann BAMM, lauter Knall, Staub, Schwärze. Stille.

»Bist du noch da?«

»Ja«, sagte sie.

»Ein Hund ist über die Straße gelaufen«, sagte er.

»Habe ich gesehen.«

»Kannst du dich bewegen?«

»Ja und nein. Und du?«

»Ich komme nicht raus.«

»Werden wir in Flammen aufgehen?«, fragte sie.

»Ich hoffe nicht.«

»Kommst du an dein Handy?«

Sirenen, Rettungsscheren, Halskrausen, Pflaster. Sie werden chirurgisch aus dem Auto entfernt.

»Es ist ein Wunder«, sagen seine Eltern. »Sie waren beide angeschnallt. Sie sind anständige Kinder.«

»Ihr Gesicht ist zerstört«, sagt ihre Mutter als Erstes, als sie ihre Tochter in der Notaufnahme sieht, immer noch auf die Trage geschnallt.

»Danke, Mom.«

»Ich habe nicht gesagt, du bist zerstört, aber dein Gesicht sieht schlimm aus. Ich rufe gleich Dr. Pecker an, meinen Schönheitschirurgen. Wenn er für irgendwen vom Golfplatz kommt, dann für mich.«

»Lass es«, flehte sie. »So werde ich aussehen, als hätte ich gelebt.«

»Wie empfehlen plastische Chirurgie«, sagte der Notarzt. »Besser, man repariert es gleich, solange es noch frisch ist.«

Trotz ihrer Proteste wurde ihr Gesicht repariert; für das ungeübte Auge ist der Schaden gar nicht zu erkennen.

»Kommst du mit zum Abendessen?«, fragt Cheryl Walter. »Abigail isst nur Sachen mit zehn oder weniger Kalorien, es wird also bestimmt toll.«

»Wird es wirklich«, mischt ihre Mutter sich aus dem Nebenzimmer ein. »Wir probieren ein neues Restaurant aus. Es

heißt *Micro-Macro*. Sie machen so winzige Portionen makro-
biotisches Designerfood.«

»Klar«, sagt er. Er kann nicht Nein sagen.

Am Spätnachmittag steht die Luft. Sie bewegt sich kein Stück
mehr und reichert sich mit Staub an. Sie wandern zwischen
Pool und Höhle hin und her. Kein Ort ist wirklich angenehm.

»Heiß draußen?«, fragt die Mutter vom Sofa.

»Glühend«, sagt Cheryl.

»Der Smog schmälert die Aussicht«, sagt die Mutter.

»Funktionieren die Luftfilter?«, ruft der Vater aus dem
Nebenzimmer. »Ohne die Luftfilter kann ich nicht atmen.«

Um vier Uhr entnimmt die Mutter dem kleinen Kühlschrank
ein eiskaltes Gebräu, das ihr Trainer herstellt, und schenkt
jedem ein Schnapsglas davon ein; seltsamerweise fühlen
sich alle besser danach. Sie duschen und ziehen sich zum
Abendessen an. Cheryl zieht ein Kleid über ihren Bikini. »So
lebe ich«, sagt sie. »Du kannst dir ein Hemd ausleihen.« Sie
öffnet ihren Kleiderschrank für Walter, der über seiner Ba-
dehose eine Jeans und ein T-Shirt trägt. »Kauf ein«, weist
sie ihn an.

Er wählt ein hellblaues Karomuster.

»Hübsch«, sagt sie. »Sehr sommerlich.«

In Los Angeles tragen Männer häufig Pastelltöne. Tatsächlich tragen sie fast nur Pastelltöne, oder Weiß oder
Schwarz – Pastelltöne passen gut zur Kulisse, nur ein Hauch
von Farbe, weder zu aufdringlich noch abweisend.

»Sind meine Augen offen oder zu?«, fragt Sylvia, als sie sich im Wohnzimmer versammeln.

»Ich bin nicht sicher«, sagt Cheryl. »Kannst du was sehen?«

»Irgendwie schon«, sagt die Mutter.

»Kannst du damit fahren?«, fragt Abigail.

»Ich glaube, sie sollten eher gefahren werden«, sagt die Mutter. »Sehe ich sinnlich aus?«

»Du siehst eher geschwollen aus, und als würdest du schlafwandeln«, sagt Abigail.

Sylvia wendet sich an alle. »Ihr wisst, dass ich sie nach Abigail Van Buren benannt habe – der Kummerkastentante, *Dear Abby* –, weil ich hoffte, meine Tochter würde eine Freundin sein, ein Mensch, mit dem ich meinen Kummer teilen könnte. Aber offensichtlich ist bei der Bestellung irgendwas schiefgegangen, und ich habe das hier bekommen – eine Tochter, die mir praktisch nichts als Kummer macht.«

»Sollen wir mit einem Auto fahren oder mit zweien?«, fragt der Vater.

»Zwei«, sagt Abigail. »Dann muss niemand auf dem Buckel hocken.«

»Habt ihr euch ein neues Auto gekauft?«, fragt die Mutter Walter.

»Ein neues altes Auto«, sagt Walter.

»Was ist das denn für eins?«

»Ein gebrauchtes«, sagt Walter. »Ein billiges.«

»Gut für euch«, sagt die Mutter. Das sagt sie immer, wenn sie nichts zu sagen weiß.

Sie teilen sich in Erwachsene und Jugendliche auf. Abigail

nimmt die beiden Jüngeren in ihrem kleinen Mercedes mit, der Vater folgt in seinem größeren.

»Ist das eine Mädchenbluse?«, fragt Abigail Walter auf dem Weg zum Restaurant.

»Wo ist das Problem?«, will Cheryl wissen.

»Es ist falsch rum geknöpft«, sagt Abigail.

»Was soll das heißen, falsch rum? Sie gehen auf und zu – was sollen Knöpfe denn sonst machen?«, fragt Cheryl.

»Bei Frauenblusen sitzen die Knöpfe auf der linken Seite, bei Männerhemden auf der rechten.«

»Wusste ich gar nicht«, sagt Walter.

Abigail zuckt die Achseln. »Alles cool. Sieht gut aus, das Hemd. Ich wusste nur nicht, ob du es weißt. Und dein Make-up gefällt mir. Sieht auch gut aus.«

»Das ist kein Make-up«, sagt Cheryl. »Sondern Sonnenschutz.«

»Was auch immer, es sieht hübsch aus. Du hast so hübsche Augen, du könntest tatsächlich ein bisschen Eyeliner tragen.«

Walter sagt nichts.

Sie halten vor dem Restaurant, ein Angestellter parkt ihre Autos ein, und der Oberkellner führt sie zu ihrem Tisch.

»Haben Sie eine Karte, auf der die Kalorien aufgeführt sind?«, fragt Abigail.

»Leider nicht, aber wenn Sie mir sagen, wo Ihr Kalorienlimit liegt, rede ich mit dem Koch, und er wird etwas vorschlagen«, sagt der Kellner.

»Zehn Kalorien«, sagt Abigail.

Der Kellner zuckt nicht mit der Wimper. »Insgesamt oder pro Portion?«

»Pro Portion«, sagt die Mutter.

»Verstanden«, sagt der Kellner. »Ich werde sehen, was der Koch anbietet – irgendwelche Allergien?«

»Keine.«

Als das Essen kommt, lässt die Mutter ihren Teller zurückgehen und bittet den Kellner, die Hälfte herunterzunehmen. »Es sieht erschlagend aus. Ich möchte gerade genug, aber nicht zu viel«, sagt sie.

Abigails Teller sieht herrlich aus – eine Ansammlung von Schäumen, Einschlüssen, Reduktionen, Cremes, Mousses, und in der Mitte ein dampfender Turm Trockeneis.

»Bravo«, sagt sie zum Kellner.

Sylvia probiert ihren sahnefreien Cremespinat, tupft sich die Mundwinkel mit der Serviette und schwenkt sofort die Arme, winkt den Kellner herbei.

»Ah-oh«, sagt sie. »Ich glaube, diese Servietten sind zum Teil aus Polyester. Ich habe eine starke Polyester-Allergie. Sind meine Lippen schon aufgequollen?«

»Frag ihn nicht so was. Er ist Kellner und kein Arzt«, sagt Abigail, die gar nicht erst von ihrem Handy und ihrem Essen aufschaut.

»Haben Sie Papierservietten?«, fragt die Mutter.

Der Kellner kehrt mit einem großen Stapel Papierservietten zurück. »Gracias«, sagt sie.

»Gerne«, sagt der Kellner.

Beim Essen sind sie alle mit ihren Geräten beschäftigt.

Der einzige Mensch, mit dem sie reden, ist der Kellner. Gelegentlich und unvermittelt sagt jemand etwas Willkürliches und Zusammenhangloses.

»Dinitia ist auf dem Freeway 101 von einem Anhänger gestreift worden«, sagt die Mutter.

»Roger geht pleite«, sagt der Vater kopfschüttelnd.

»Schon wieder?«

»Sagt er jedenfalls. ›Film um elf. Bundespolizei führt mich in Handschellen aus dem Büro.‹«

»Arme Alice«, sagt die Mutter.

Der Vater wirkt heftig erschüttert.

»Kannst du dich bitte beim Reden von mir abwenden, ich kann dich nicht direkt anschauen – dein Gesicht erzählt mir zu viel«, sagt die Mutter zum Vater. Dann wenden sie sich wieder ihren Handys zu.

»Du bist doch nicht an Roger gebunden, oder?«, fragt die Mutter. »Ich meine, finanziell?«

»Nein«, sagt er. »Wir sind bloß befreundet.«

»Mindy hat den *Vogue*-Titel gekriegt, *Fuck,* Wahnsinn«, sagt Abigail.

»Nicht solche Wörter«, sagt die Mutter.

»Aber das ist eine Riesensache – sie ist Amerikanerin. Die nehmen fast gar keine Amerikanerinnen mehr aufs Cover.«

»Wo wollen wir von hier aus hin?«, fragt Cheryl Walter. »Ich weiß nicht, ob das hier die ganze Welt ist oder bloß dieser Laden.«

»Inwiefern?«, fragt Walter.

»Also, ist das hier ein Ort, der nur an diesem Ort existiert und nirgendwo anders existieren könnte? Wie ein Bewusstseinszustand oder ein Zeitpunkt?«

»Vielleicht musst du das Land verlassen«, sagt Walter.

»Bin ich dafür gerüstet?«, fragt Cheryl.

Als sie gegessen haben, sehen die Teller kaum anders aus als beim Servieren. »War alles zu Ihrer Zufriedenheit?«

»Köstlich«, sagt die Mutter.

»Sollen wir Ihnen die Reste einpacken?«

»Ja, bitte.«

Die Teller werden abgeräumt, und der Kellner kehrt mit einer riesigen Essenstüte zurück – es ist im Grunde eine Einkaufstasche voller Essen. »Möchte jemand Nachtisch oder Kaffee?«

»Kein Platz mehr«, sagt die Mutter.

Und der Vater lässt sich die Rechnung bringen.

Als sie auf ihre Autos warten, sagt Abigail: »Wusstet ihr, dass es in Los Angeles einen Park gibt, einen ganz bekannten, gar nicht weit von hier, wo die Leute ihre Essenstüten loswerden? Es ist nämlich so, dass die meisten Menschen, die ihre Restaurantportionen nicht aufessen, sie gar nicht mit nach Hause nehmen wollen. Irgendwer hat einen Artikel darüber geschrieben – ›Gut essen ohne Wohnsitz‹. Jede Nacht lassen Hunderte von Leuten ihre Essenstüten dort. Man kann einfach vorfahren, dann kommt jemand direkt zum Auto und nimmt die Tüte entgegen.«

»Was für ein Jemand?«, fragt der Vater, der dem Einparker gerade das Trinkgeld hinzählt.

»So ein Obdachloser kommt an dein Wagenfenster und nimmt dir deine Essenstüte ab.«

»Und deine Cartier-Uhr«, sagt die Mutter.

»Ich glaube, du nimmst die andere Hand«, sagt die Schwester.

»Dann den Ehering?«

»Man könnte es auch einfach dem Hund geben«, sagt der Vater.

»Oh nein, an Rug würde ich das nie verfüttern. Sie bekommt nur Rohfutter – rohes Hühnerfleisch, Fasan, Rind, und biologisches Getreide in Fladen, die in der Kühltruhe liegen. Ich werde es Esmeralda geben. Die liebt Sachen aus zweiter Hand.«

Als sie nach Hause kommen, ist es immer noch hell draußen. Die Erwachsenen gehen hinein, Cheryl und Walter kehren an den Pool zurück, und Rug kommt mit ihnen heraus und legt sich auf die Platten am Beckenrand, lässt die Vorderpfoten hineinhängen. Cheryl zieht ihr Kleid über den Kopf. Er zieht Hemd und Hose aus. Sie sind beide wieder wie vorher, wie sie immer waren. Der Himmel ist anthrazit, ein pulvriges Schwarz, das sie an einen anderen Tag, eine andere Zeit erinnert.

Zwei Goldzeisige kommen geflogen und landen auf ihren Knien. »Horatio und Ray, das ist Walter«, stellt sie vor.

»Woher weißt du, dass es Männchen sind?«, fragt Walter.

»Sieht man an der Zeichnung«, sagt sie. Sie befiehlt den Vögeln, sich tot zu stellen, und beide legen sich auf den Rücken, strecken die Füße in die Luft.

»Abgefahren«, sagt Walter.

»Ich habe sie dressiert«, sagt Cheryl und gibt Horatio und Ray je einen Sonnenblumenkern; die Vögel bleiben sitzen und warten auf mehr. »Sie mögen außerdem Mohn-Bagel und Kresse-Toast«, sagt sie.

»Das sind also deine neuen besten Freunde?«, will Walter wissen.

»Bist du eifersüchtig?«, fragt sie.

Genervt steht Walter auf.

»Okay, dann verrat mir mal«, sagt sie. »Wo ist das Ausfahrtschild?«

»Das ist nicht wie auf dem Freeway«, sagt er. »Es gibt keine Schilder und keine Ausfahrten. Du musst einfach selbst entscheiden, wann du springen willst.« Und mit diesen Worten springt er ins Wasser. Als er wieder auftaucht, ist sie weg. Voller Panik klettert er aus dem Becken und hinterlässt nasse Fußabdrücke auf den Platten, die wie Tanzschritte aussehen, weil er sich suchend in alle Richtungen wendet und hektisch »Cheryl! Cheryl!« ruft.

»Was?«, sagt sie schließlich und zwängt sich wieder durch die Büsche, Rug im Schlepptau.

»Ich bin reingesprungen, und dann warst du nicht mehr da. Ich habe gedacht, du hast mich verlassen.«

»Vielleicht gehe ich eines Tages irgendwohin, aber ich werde dich nicht verlassen. Rug ist hinter irgendwas hergelaufen, und ich bin Rug hinterher«, sagt sie.

»Du blutest«, sagt er und zeigt auf einen Kratzer an ihrem Arm.

»Ich habe immer noch Hunger«, sagt sie und leckt das Blut ab. »Willst du auch was?« Sie hält ihm den Arm hin.

Walter nimmt Cheryl an der Hand und springt, zieht sie mit in den Pool. »Egal, was irgendwer sagt, das hier ist es«, sagt er.

»Hier, wo wir sind«, sagt sie.

»Das ist das Leben«, sagt er.

Alles gut bis auf den Regen

Sie hastet herein, schüttelt die Sintflut von Jacke und Schirm, will sie schnell loswerden. Der Oberkellner nimmt ihr den Schirm ab, senkt ihn mit schnellem Schütteln und schiebt ihn in einen Ständer, in dem schon weitere, entspanntere Schirme warten.

»Ihre Jacke«, sagt er.

»Bitte.« Sie dreht sich und schlüpft mit einer geübten Drehung aus der Jacke.

»Wie geht es uns heute Abend?«, fragt er.

»Es geht uns wie zu erwarten«, sagt sie. »Schauen Sie mal nach draußen.«

»Schön, Sie wieder bei uns zu sehen.«

»Sie sind schon zur Gewohnheit geworden«, sagt sie. »Ich sollte aufpassen – manche Gewohnheiten muss man wieder loswerden. Entschuldige«, sagt sie, als sie sich dem Tisch nähert, an dem Genevieve wartet. »Ich bin klitschnass.« Sie setzt sich und tupft sich mit der Serviette das Gesicht ab.

»Sieht aus, als würde es schlimmer werden«, sagt Genevieve und schaut von ihrem Handy hoch.

»Natürlich. Erwartest du was anderes?«

»Man kann ja hoffen«, sagt Genevieve, und einen Augenblick fliegen ihre Daumen, als sie eine Nachricht zu Ende schreibt, sendet und das Gerät dann in die Handtasche steckt.

»In diesen Zeiten kann man nur optimistisch bleiben, wenn man sich auf die Seite der Dunkelheit schlägt und sich dann angenehm überraschen lässt«, sagt sie.

»So ist es wohl.«

»Oh, das wird jetzt aber nicht so ein Leidens-Lunch, oder? Ich habe mich auf ein bisschen Spaß gefreut. Ich habe eine Woche Saftfasten hinter mir und muss unbedingt was essen.«

»Hühnchen in Schweinsblase?« Genevieve wird munter.

»Perfekt. Würde ich ja selbst zu Hause kochen, oder es jedenfalls versuchen, aber ich habe keine Ahnung, wo man Schweinsblase kriegt.«

»Beim Schlachter vielleicht?«, schlägt Genevieve vor.

»Und wie kriegt man das Hühnchen dann in die Blase?«

»Lippen spitzen und pusten.«

»*Touché.*« Sarah wirft einen Blick auf die Speisekarte. »Weißt du was, vielleicht nehme ich bloß den Salat, Rucola mit Parmesan. Also, erzähl mir alles«, sagt sie, »und zwar schnell.«

»Die große Neuigkeit: Nach tausend Nächten allein bin ich endlich wieder mit jemandem zusammen.«

»Weiß ich«, sagt sie. »Wissen wir alle. Aber niemand sieht dich je mit ihm.«

»Wir sind sehr öffentlichkeitsscheu.«

»Hast du Spaß?«

»Ich glaube schon.«

»Was ist mit deinem Plan, lesbisch zu werden?«

»Hab ich auf Eis gelegt.«

»Wasser?«, fragt der Kellner.

»Ja.«

»Still oder mit Kohlensäure?«, will der Kellner wissen.

»Still«, sagen sie.

»Wollt ihr nicht ausgehen? Euch zeigen? Sehen und gesehen werden? Er ist schließlich jemand. Dafür würdest du Pluspunkte kriegen.«

»Und wofür brauche ich die?«

»Die kannst du beim nächsten Mal verwenden.«

»Inwiefern? War mal die Bumse von?«

»Ihr haltet eure Liebe also halb geheim.«

»Ach, ich würde das nicht Liebe nennen.«

»Würdest du nicht?«

»Nicht unbedingt. Er ist viel, viel älter.«

»Ja, das weiß ich. Du tust so, als wüsste niemand, wer er ist. Im Museum läuft gerade eine Riesenausstellung seiner Werke.«

»Ich weiß«, sagt sie. »Er ist mit mir reingegangen.«

»Wenn es also keine Liebe ist, wie nennst du es dann?«

»Eine Erfahrung«, sagt Genevieve.

»Aha«, sagt Sarah. »Und wie ist die Erfahrung?«

»Seine Hände sind außerordentlich stark, Arbeiterhände – rau und schwielig –, aber die Handflächen sind wie Avocados – reif, weich, unberührt.«

»Wie kann er denn so unberührt sein?«

Genevieve zuckt die Achseln.

»Hast du das Gefühl, ihn kennenzulernen? Beklagen das nicht alle? Alle hatten sie ihn, aber sie haben ihn alle nicht wirklich gekannt?«

»Ich weiß nicht genau, was ›kennen‹ bedeuten soll. Wenn man darauf verzichtet, kennen und wissen zu müssen, ist es nicht mehr so ein großes Thema.«

»Offensichtlich hat er schon auf dich gewirkt«, sagt sie ziemlich höhnisch.

»Er sagt, die anderen Frauen haben mehr gewollt, als tatsächlich da ist.«

»Das ist möglich«, sagt sie. »Er könnte recht haben. Wir wollen alle mehr, als da ist.«

»Brot?«, fragt der Kellner.

»Nein«, sagt Sarah.

»Ja«, sagt Genevieve.

»Ja oder nein?«

»Ein Ja und ein Nein«, sagt Genevieve.

Sarah beugt sich vor, als wollte sie durch erzwungene Intimität, und sei es nur räumlich, die Wahrheit herauspressen. »Weiß er dich zu schätzen?«

»Ich glaube schon.«

»Hängt ihm die Haut vom Knochen wie bei einem alten Truthahn?« Sie zieht sich zurück und lacht über ihren eigenen Witz, der nicht lustig ist. »Glaubst du, dass er dich liebt?«

»Soll ich ehrlich sein?«

»Heute ist Freundinnenlunch. Ja, sei ehrlich.«

»Ich versuche, nicht über Liebe nachzudenken.«

»Und als Hauptgericht?«, muss der Kellner wissen.

»Wir nehmen den Vogel, das Hühnchen in der Schweinsblase, als Beilage Spinat, ein bisschen Kartoffelbrei, und was noch?«, fragt Sarah Genevieve.

»Ein Glas Wein?«, schlägt der Kellner vor.

»Ja, einen Roten, voll, aber sanft.«

»Den Cabernet Sauvignon.«

»Ich habe mir Gedanken über euch gemacht«, sagt Sarah, »über dich und ihn. Ich habe es mir vorzustellen versucht.«

»Weißt du was?«, fragt Genevieve. »Weißt du irgendwas? Du weißt doch immer was, wenn du also irgendwas weißt, warum sagst du es mir nicht einfach?«

»Ich weiß gar nichts«, sagt Sarah, und das ist die Wahrheit.

Das stille Wasser wird eingeschenkt. Die Atmosphäre zwischen ihnen ist spröde, angespannt: Es war schon immer so, seit sie sich kennen, seit der Kindheit, darum sind Spannung und Schärfe vertraut, doch im Laufe der Zeit würde man auf etwas mehr Flexibilität hoffen, auf eine gewisse Nachgiebigkeit; aber die ist nie entstanden.

»Du benimmst dich, als würdest du etwas wissen. Als würdest du alle intimen Einzelheiten kennen, all das Ungesagte im Leben aller anderen.«

»Ich finde gar nicht, dass ich mich irgendwie benehme. Und wenn wir schon so ehrlich zueinander sind ...«

»Sind wir.«

»Ich weiß eine Kleinigkeit.« Sie macht eine Pause. »Ich bin ein bisschen neidisch.«

»Ein Gruß aus der Küche«, sagt der Kellner und stellt kleine Teller vor sie hin. »Hausgemachte Salami, darin ein Einschluss aus Olivensaft, und obendrauf etwas Senf-Ingwer-Schaum.«

»Was ist mit dir? Ist die Lage besser?«

»Leider habe ich mich nie richtig erholt«, sagt Sarah.

»Ist schon eine Weile her«, sagt Genevieve.

»Ich gewöhne mich nur langsam dran.«

»Gewöhn dich besser nicht. Sich gewöhnen heißt erwarten, dass es so bleibt, wie es ist, dass es gleich bleibt.«

Sarah nickt. »Du hast ganz recht. Nicht gewöhnen, einfach weitermachen.«

»Vorankommen«, sagt Genevieve.

»›Vorwärts, Christi Streiter‹, ›Voran durch die Zeiten‹ und so weiter.« Sie nimmt einen Schluck Wein.

»Wie lange grollt man jemandem?«, fragt Genevieve.

»Wie lange schwärmt man für jemanden?«, gibt Sarah zurück. »Zeit spielt keine Rolle – was mir passiert ist, sollte niemandem je passieren. Es war ein lebensveränderndes Ereignis. Das Schlimmste war: Ich habe es nicht kommen sehen, ich hatte keine Chance, mich vorzubereiten, mich zu wappnen, ›Jetzt passiert es‹ zu denken und mein ganzes Leben vor meinen Augen vorbeiziehen zu sehen. Es war am späten Nachmittag, und ich war allein zu Hause.«

»Ein bisschen Zeit für dich«, sagt Genevieve.

»Ich hatte mich mal einen Moment hingesetzt, mir eine Tasse Tee gemacht. Ich versuchte ein Buch zu lesen, das ich schon seit Monaten lesen wollte. Das Telefon klingelte. Er war dran.«

»Hugo«, sagt Genevieve.

Sarah nickt. »›Wo bist du?‹, frage ich verwundert. ›Wieso bist du nicht zu Hause?‹ ›Ich bin bei einer Freundin‹, sagt er.«

»Bei wem?«, fragt Genevieve.

»›Du kennst sie nicht‹, sagt er. ›Hör zu‹, sagt er, ›ich habe dir was mitzuteilen.‹«

»Mitzuteilen?«, fragt Genevieve.

»›Ich mag dich nicht‹, sagt er. Schweigt kurz. ›Ehrlich

gesagt ist es noch schlimmer. Ich verabscheue dich. Unsere Ehe ist eine Farce, eine hässliche, armselige Beziehungsparodie.‹ ›Bist du high?‹, frage ich.«

»Nein«, sagt Genevieve.

»›Betrunken?‹«, fragt Sarah.

»Vielleicht ein bisschen«, sagt Genevieve.

»›Aber das ist nicht der Punkt. Der Punkt ist: Ich liebe dich nicht. Und was vielleicht noch schlimmer ist: Ich hasse dein ganzes Leben – deine Freunde, alle so schlau, so selbstgefällig, so scheißverwöhnt.‹ Ich hole tief Luft.«

»Hugo, das kannst du nicht ernst meinen«, sagt Genevieve.

»›Ich meine das alles ernst, und noch mehr‹, sagt er. ›Deine Titten sind hart. Wie Steine.‹ ›Aber du hast mir die Brüste gekauft‹, sage ich. ›Sie waren ein Geschenk zum Hochzeitstag. Du wolltest doch nach der Geburt der Kinder, dass ich größere, festere Brüste habe. Du hast gesagt, dass du meine Brüste vermisst, dass sie ganz platt und schlaff runterhängen, wie leere Säcke.‹ ›Na, dann habe ich mich geirrt. Deine alten Titten waren besser. Wieso lässt sich eine Frau neue Titten machen, bloß weil ihr Mann es sagt?‹«

»Darauf erwartest du doch wohl keine Antwort«, sagt Genevieve.

»Im Hintergrund sind Geräusche zu hören«, sagt Sarah. »›Wo bist du?‹«

»Hab ich doch gesagt, bei einer Freundin«, sagt Genevieve.

»›Und schläfst du mit dieser Freundin?‹«, fragt Sarah.

»Ja«, sagt Genevieve.

»›Seit wann?‹, frage ich.«

»Wo hast du sie kennengelernt?«, fragt Genevieve.

»›Im Park.‹ ›Ist sie jetzt auch da?‹ Keine Antwort. Ich werde lauter. ›Hat sie dir gesagt, du sollst deine Frau anrufen und ihr sagen, dass du sie verlässt? Hat sie gesagt – kein Anruf, kein Spaß? Hat sie dich hierzu gebracht?‹ Er sagt nichts. ›Hört sie unser Gespräch mit an?‹ Immer noch nichts. Ich stehe auf. Ich gehe ans Fenster. Ich öffne es. Ich überlege, zu springen. Ich bin überwältigt, mir ist übel. Ich schaue hinaus. Die Straßen sind nass, der abendliche Regen hat gerade aufgehört, die Stadt ist nass, glänzend, irgendwie romantisch, und Hugo erzählt mir am Telefon, dass meine Brüste widerlich sind und mein Arsch flach geworden ist. Ich erinnere ihn daran, dass er noch nie einen Arsch hatte.«

»Männer brauchen keinen«, sagt Genevieve.

»Das ist nicht wahr, das ist eine Fehleinschätzung. Frauen halten sich auch gern an etwas fest, drücken mal ein bisschen. ›Wo bist du, Hugo? Bist du in der Stadt? Bist du da draußen vor der Tür irgendwo? Bist du in der Telefonzelle an der Ecke? Da ist jemand drin. Bist du das, Hugo?‹«

»Ich habe doch gesagt«, sagt Genevieve, »dass ich im Haus einer Freundin bin. Ich bin nirgendwo, wo du mich sehen kannst.«

Am Restauranttisch füllen Sarahs Augen sich mit Tränen. »Ich schluchze. Ich höre mich sagen: ›Na gut, ich habe dir auch was mitzuteilen. Ich habe dich lange ertragen, trotz deiner Kommentare über meine Brüste, trotz der Tatsache, dass du immer dann verschwindest, wenn du gebraucht wirst. Ich habe dich durchgeschleppt. Erinnerst du dich an die Koksphase? Weißt du noch, wie du die Uhr deines Vaters verkauft hast, wie du uns in den Bankrott getrieben hast, wie du sogar das Geld verprasst hast, was meine Großmutter mir für die Ausbildung unserer Kinder hinterlassen hat? Ich hätte dich tausend Mal abschießen können, aber habe ich es getan, Hugo? Habe ich dich verlassen, oder bin ich auf die Knie gesunken, runter auf dein Level, und habe dir gesagt: ›Keine Sorge, du Unglücksvogel, es wird bald wieder gut, das kommt nicht wieder vor. So was passiert einem nur einmal im Leben, und jetzt ist es vorbei – alles weg.‹ Ich habe dich in den Arm genommen, Hugo, ich habe dich beruhigt, mit dir geredet, und jetzt tust du mir das an, das ist mein Dank?‹«

»Ich rufe an, um dir zu sagen, dass es vorbei ist«, sagt Genevieve.

»›Hugo, das ist echt ein Tiefschlag, das ist fies, das ist mies. Nach sechsundzwanzig Jahren Ehe und vier Kindern rufst du mich aus dem Haus irgendeiner Tussi an und erzählst mir, du kriegst den Schwanz gelutscht und unsere Ehe ist vorbei. Wie ist sie denn so, Hugo? Ist sie *so* gut? Macht sie es auf eine Art, die ich kennen sollte, irgendwas Spezielles, ein kleiner Trick zum Ende?‹«

»›Ich lege jetzt auf‹, sagt er«, sagt Genevieve.

»Ja«, sagte sie.

Eine Ablenkung kommt, als ihr Hauptgang aus der Küche gebracht wird – die Schweinsblase wie ein Ballon aufgeblasen, eine Kugel aus dünner Haut. Aller Augen sind auf ihren Tisch gerichtet, als der Kellner die Blase mit einem Tranchiermesser aufsticht und das Hühnchen enthüllt, das nackt wirkt, wie ungebraten. »In der Blase wird es nicht braun«, sagt der Kellner, »deshalb bleibt es so zart.« Gekonnt löst er die Haut vom Fleisch und zerlegt den Vogel, während Gäste an anderen Tischen fragen: »Was haben die bestellt?«

»Mir fehlten die Worte«, sagt Sarah.

»Er hat zwei Wochen später wieder angerufen«, sagt Genevieve. »Nicht unbedingt reumütig.«

»Nein, eher so, als wäre alles ein großes Missverständnis gewesen. ›War bloß heiße Luft‹, hat er gesagt. ›Keine große Sache. Ich wurde verarscht.‹ ›Sie hat mit dir Schluss gemacht‹, sage ich. ›Ja. Aber erst, nachdem sie mir zehntausend Dollar aus der Tasche gezogen hatte.‹ ›Wofür? Für alles? Bei unserem letzten Gespräch klang es, als würdest du auch was davon haben.‹«

»Hast du es den Kindern schon erzählt?«, fragt Genevieve.

»›Nein.‹«

»Warum nicht?«

»›Ich wusste nicht, was ich sagen soll.‹«

»Du musst mir glauben«, sagt Genevieve.

»›Ich glaube dir ja. Ich habe dir sechsundzwanzig Jahre lang geglaubt, und ich habe dir vor zwei Wochen geglaubt. Nur jetzt gerade hänge ich ein bisschen in der Luft. Was ist mit der Farce, mit der hässlichen, widerlichen, armseligen Beziehungsparodie? Was ist mit meinen harten Titten?‹«

»Da war ich nicht klar im Kopf. Vielleicht könnten wir deine Brüste rekonstruieren, ein bisschen weicher, wieder mehr, wie sie ursprünglich waren«, sagt Genevieve.

»›Vielleicht sind dies jetzt meine Brüste, und so werden sie einfach bleiben.‹«

»Vielleicht«, sagt Genevieve.

»›Komm nach Hause‹, sage ich«, sagt Sarah.

»Und was habt ihr den Kindern gesagt?«, fragt Genevieve.

»Wir mussten ihnen ja irgendwas erzählen«, sagt Sarah.

»Was haben sie sich denn gedacht? Haben sie sich gefragt, wo er hin ist?«

»Wir haben uns mit ihnen hingesetzt und gesagt, dass wir ihnen keinen Schreck einjagen wollten, haben uns für die späte Mitteilung entschuldigt, wir hatten nicht vor, sie im Dunkeln zu lassen, wollten aber warten, bis es tatsächlich Nachrichten gab, was zu erzählen.«

»Und was habt ihr nun erzählt?«

»Wir haben gesagt, dass Daddy entführt wurde, aber jetzt gesund und munter wieder da ist.«

»Entführt? Von wem denn?«

»›Terroristen natürlich‹, hat unsere Älteste gesagt. Und wir haben bloß genickt. ›Wie grässlich‹, hat unsere Tochter gesagt. ›Ja‹, haben wir gesagt. ›Aber es hat auch eine gute Seite.‹«

»Welche?«, fragt Genevieve.

»›Wenn das einmal passiert ist, wird es nie wieder passieren. Man wird nicht zweimal von Terroristen entführt.‹«

»Und haben die Kinder euch geglaubt? Haben sie geglaubt, dass er von Terroristen entführt wurde?«

»Ja«, sagt Sarah. »Und seltsamerweise glaubt er es auch.« Sie trinkt ihren Wein aus. »Ich glaube, es wäre besser gewesen, wenn er ums Leben gekommen wäre. Wenn die Terroristen ihn erledigt hätten, wenn er es tatsächlich gewesen wäre, als ich aus dem Fenster guckte und jemanden in der Telefonzelle sah, und dann wäre ein großer Lastwagen gekommen, der Zeitungslaster, wäre über die rote Ampel gefahren, über den Bordstein und hätte ihn plattgemacht – mitten im Satz. Das wäre gut gewesen. Es wäre einfacher, dann wäre dieses ständige Gefühl, eine Art Unfall überlebt zu haben, irgendwie logischer, oder wenn nicht logisch, dann doch zumindest natürlich. Es wäre ein natürlicheres Ende gewesen, wenn er ums Leben gekommen wäre, statt dass wir jetzt einfach so tun, als ob sich nichts verändert hätte.«

»Und was darf es zum Nachtisch sein?«, fragt der Kellner. »Etwas Süßes? Ein Dessert?«

»Tee«, sagt Sarah.

»Was für einen Tee? Schwarzen, Kräuter, grünen?«, fragt der Kellner.

»Wie ist das bloß gekommen, dass man nicht mal mehr eine schlichte Tasse Tee bestellen kann, ohne einen Fragebogen ausfüllen zu müssen?«

»Wir nehmen die *Mousse au Chocolat* nach Belieben.«

»Was soll das bedeuten, ›nach Belieben‹?«, will Sarah wissen.

Der Kellner bringt eine riesige Steingutschüssel voller *Mousse*, stellt sie auf den Tisch und geht wieder.

Dann bringt er zwei kleinere Schälchen und zwei Löffel. »Nach Belieben, die Damen«, sagt er.

»Man nimmt so viel, wie man möchte?«, fragt Genevieve.

»Oder so wenig«, sagt Sarah.

»Fantastisch«, sagt Genevieve und tut sich reichlich auf. »Die ist so gut, dass man sie beinahe kauen muss.« Sie nehmen, so viel sie wollen, und dann wollen sie noch mehr, aber ihre Löffel sind nicht mehr sauber. »Nimm dein Buttermesser«, drängt Genevieve sie. »Dein Buttermesser ist sauber.« Die Spannung hat sich gelöst; sie kichern über schlechte Manieren, Völlerei und eine Schüssel Schokoladenmousse.

»Nach einer Woche Gemüsesäfte, nach einem Leben der Entbehrung ist dieses Dessert eine Droge. Ich werde allein vom Essen high«, sagt Sarah. »Also, was ist mit dir? Wie sind deine Sommerpläne?«

»Korsika. Er hat da ein Haus.«

»Warst du schon mal da?«

»Nein. Für ihn ist es auch das erste Mal: Er fährt sonst immer allein hin. Und du?«, fragt Genevieve.

»Hier«, sagt Sarah. »Ich bleibe genau hier.« Sie deutet hinaus zum Regen, der nie aufhört. »Guck doch mal. Ich kann nicht da rausgehen.« Sie zieht die riesige Dessertschüssel näher zu sich heran. Die Leute können nicht anders, als sie anzustarren.

Landesausstellung für Käfigvögel

Bisher war die bekannte Welt von folgenden Vorgaben geregelt: Pfadfinderversprechen, Gottes Gesetz, wie in der Sonntagspredigt verkündet, der Strategie des Trainers, dem militärischen Verhaltenskodex und den Erwartungen unseres Ausbilders, der zur Verdeutlichung John Lylys *Euphues* aus dem Jahr 1578 zitierte: »Die Regeln der Fairness gelten weder in der Liebe noch im Krieg.« Der Ausbilder fuhr fort: »Falls es euch Arschgeigen noch nicht aufgefallen ist, das hier ist keine Liebesgeschichte. Wir sind im Krieg.« Es ist eine unhintergehbare Wahrheit, wie grausam der Mensch sein kann. Manche lernen es früh, für andere wiederum, wie für mich selbst, ist es ein brutales Erwachen. Aber das wolltest du nicht wissen. Du hast mich gefragt, was ich in einem Chatforum für Sittichliebhaber will?

Es sind Wellensittiche. Sittiche sind einfach eine Art von Papageien mit schmalem Leib und langem Schwanz. Jeder Wellensittich ist ein Sittich, aber nicht jeder Sittich ein Wellensittich. Biologischer Name *Melopsittacus undulatus*.

Du bist bestimmt super in Kreuzworträtseln.

☺ Danke.

Ich bin zur Ablenkung hier, wegen der Freude, die etwas so Kleines und Unschuldiges wie ein Wellensittich schenken kann. Vielleicht ist es auch nur der flüchtige Versuch, meine geistige Gesundheit zu bewahren, da meine derzeitige Lebenslage so viel schlimmer als bloß fremd und unverständlich ist, dass ich fürchte, mich dauerhaft zu verlieren. Und du?

Bloß neugierig.

Erzähl mal.

Ich bin Scheidungskind, ich lebe in einer Welt ohne Leben, wo selbst eine über die Arbeitsplatte krabbelnde Ameise Grund für massives Einschreiten bietet. Ich existiere in einem geschlossenen Lebensraum. Die einzigen Geräusche kommen vom Einwurf der Morgenzeitung, der Dusche, der Kaffeemaschine und dem Summer zur Essenszeit, wenn unser Portier DelRoy anruft und verkündet, der Lieferjunge vom Sushi Express sei mit dem Abendessen da. Das hier ist kein Zuhause. Zuhause war eine klassische Viereinhalb-Zimmer-Wohnung, die an einen Russen verkauft wurde, der sie mit seiner eigenen Viereinhalb-Zimmer-Wohnung nebenan zusammenlegt. Das hier ist ein Neubau, frisch errichtet, mit vorehelichem Geld erworben nach dem Einsturz der Ehe meiner Eltern. Es ist ein steriler Würfel, ein emotionaler Reinraum, wo das Leben meiner Mutter, so hofft sie, wieder ins Gleichge-

wicht kommen wird. PS: Ehe die Welt zusammenbrach, habe ich mir ein Geschwisterchen gewünscht, da ich weder Hund noch Katze oder Wellensittich kriegte.

Meint ihr Spaßvögel das ernst? Das hier ist ein Wellensittich-forum und nicht –

Die Oyster Bar in der Grand Central Station.

Oder Gang 19 im Walmart. Ich habe schon Leute in den Gängen herumlaufen und essen sehen. Sie reißen irgendwelche Packungen auf, nehmen sich Sandwiches, essen sie auf und gehen, ohne zu bezahlen.

Können wir bitte beim Thema bleiben? Gibt irgendwer von euch seinen Vögeln Trauben zu fressen?

Nur kernlose, und bio, weil die Pestizide sich auf der Schale ansammeln – oder du schälst sie.

Mrs. PH-A hat Sittiche. Sie wohnt ganz oben in der Doppelwoh-nung und hat einen eins sechzig hohen goldenen Käfig.

Blattgold.

Messing.

»Vergoldet« ist der Begriff, den ihr sucht. Ein vergoldeter Käfig.

Immer musst du recht haben. Ich möchte nicht deine Frau sein.

Witzig, wenn ich so lese, was ihr alle schreibt, dann erinnert mich das an zwitschernde Vögel.

Wir sind wie ein Chor im griechischen Drama.

Ein Chor zum Mitsingen für alle. Ob Ratschläge erwünscht sind oder nicht, sie werden erteilt.

Mrs. PH-A hat für alle im Haus eine Weihnachtsfeier gegeben. Es gab Eierpunsch mit Alkohol für die Erwachsenen und Kekse mit buntem Zucker für die Kinder. Mrs. 8C-D hat den Kaviar von den Blinis geleckt und die winzigen Pfannkuchen unauffällig an ihre Tochter weitergereicht, die ganz verrückt nach Kohlehydraten ist. Ich habe Mrs. PH-A gesagt, wie wunderschön ihre Vögel sind. Sie hat gelächelt und gesagt: »Du bist der einzige Mensch, der die Vögel bemerkt hat. Alle anderen reden bloß über den Käfig.« Bist du wirklich beim Militär?

Ja, bin ich.

Und bist du in einem Krieg?

Ich befinde mich in einem Krieg.

Hast du das schon mal gemacht? Einfach so in einen Chatroom reingekommen und mit irgendwem zu reden angefangen – mit Wildfremden?

Nein, aber wenn irgendwo ein Computer ist, setze ich mich dran. Ich wandere ...

Man nennt das Surfen, nicht Wandern.

Der Mann ist Soldat. Er kann sagen, was er will.

Manchmal bin ich wach und schaue mir andere Teile der Welt an oder lese Nachrichten von zu Hause.

Wo ist zu Hause?

Amerika.

Ach was.

Sei kein A-loch.

Keine Schimpfwörter bitte ...

Wie bist du in die Armee geraten?

Die Wahrheit?

Nein, lüg sie an, genau darauf warten wir hier alle.

Ich habe das gemacht, was viele Leute machen. Ich habe alles Vertraute hinter mir gelassen. Von der Armee wusste ich nur, was ich im Fernsehen gesehen hatte, in den Werbespots beim Super Bowl.

Hol dir eine Cola und einen Krieg. Das sagt doch eigentlich alles, oder?

Ich bin der örtliche KMR – Kampfmittelräumer – so was wie der Kundendienstmann für Bomben. Ich habe sehr geschickte Finger. Ich kann im Dunkeln Garn einfädeln. Bei allem, was einen Zünder hat, bin ich euer Mann.

Wir haben alle unsere Gaben, wie meine Großmutter zu sagen pflegte.

Plattitüden wie auf den Zetteln in Glückskeksen.

Ich halte Ausschau nach Störungen in der Landschaft, nach Stellen, wo der Boden gelockert wurde, wo man etwas sieht, obwohl dort nichts sein sollte, wo etwas nicht in der richtigen Ordnung ist.

Wie ein nasses Glas auf der Küchenarbeitsplatte, wie leere Verpackungen und Krümel.

Genau.

Meine Großmutter redet nicht mit meinem Vater, darum werden wir wohl an Thanksgiving nicht hinfahren.

Letztes Jahr habe ich am Truthahntag acht Stunden lang Strecken entmint. Ich musste zwei Mal aus dem Räumer aussteigen und etwas überprüfen, was so ziemlich das Letzte ist, was man tun will. Aber ich habe meine Belohnung gekriegt: Eine doppelte Ration dunkles Fleisch und eine ganze Kürbispastete für mich allein.

Ähm, Randbemerkung für die Neulinge: Wir reden hier normalerweise nicht über Thanksgiving oder wie lecker der »Vogel« war. Viele von uns sind –

Veganer.

Pescetarier.

Vegetarier.

Darf ich mal kurz was Komisches fragen? Ich möchte bloß bestätigt haben, dass ihr beide keine Vögel besitzt. Ist das korrekt?

Korrekt. Während ich das erste Mal in diesem Forum war, habe ich Bienenfresser, Schachwürger, Sibirische Schwarzkehlchen und Taiga-Fliegenschnäpper gesehen.

Ich habe eine starke Affinität zu Vögeln. Mrs. PH-A hat mich gebeten, ein Wochenende auf ihre Vögel aufzupassen, während sie in CT war. Meine Mutter meinte, ich dürfe das nur machen, wenn der Portier mitkommt. Also sind DelRoy und ich in seiner Pause hineingegangen und haben einfach bei den Vögeln gesessen. Wir haben ihnen Hirse und getrocknete Mangos gegeben und über alles Mögliche geredet. Ich habe erfahren, dass DelRoy Brieftauben hält – er lässt sie in der Bronx Rennen von Dach zu Dach fliegen.

Ist hier noch jemand, der keine Vögel hält?

Die Frage ist passiv-aggressiv.

Ist es passiv-aggressiv, wenn es doch total auf der Hand liegt?

Muss man unbedingt im Besitz eines Vogels sein, um in diesen Chatroom eingelassen zu werden?

Augenscheinlich nicht, aber die beiden reißen hier das ganze Gespräch an sich, wechseln das Thema und so, dabei kennen wir sie überhaupt nicht. Sie sind beide einfach so hier reingeraten.

Augenblick mal, wir dürfen nicht über Thanksgiving reden, aber wir können darüber reden, wie gruselig es ist, dass Vögel so auf hart gekochte Eier stehen?

Rührei, solange es nicht in einer Teflonpfanne gebraten wird.

Ich habe meinem das geröstete Ei vom Sederteller gegeben ...

Bist du noch da?

Ja.

Wo?

Ich sitze hier in meinem Zimmer an der East 86th Street. Meine Mutter hat mich das Zimmer selbst einrichten lassen, und ich habe mich für ein Waldthema entschieden. Mein Bett ist aus einem uralten Baumstamm getischlert. Meine Mutter und ich sind Mrs. und Miss 7B – die Portiers reden alle mit ihren Wohnungsnummern an. Wenn ich nach Hause komme, sagen sie »Miss 6C hat gerade Klavierstunde, aber würde danach vielleicht gern in den Park gehen« oder »Das Hündchen aus 8G möchte gern raus«. Was ist mit dir, wo bist du?

Ich stecke ganz tief drin. Die Landschaft sieht aus wie ein fremder Planet: Erde, Felsen, Staub, sonst nichts. An manchen Stellen werden die Straßen so schmal, dass man sie Ziegenpfade nennt. Die Leute sagen, früher standen hier Bäume, und die Gegend war bekannt für Trauben und Granatäpfel. Aber wenn ich jetzt irgendwas entdecke, was wie ein Granatapfel aussieht, halte ich es wahrscheinlich eher für eine Bombe als eine Frucht.

Fahrt ihr auf Kamelen herum?

Du denkst an Lawrence von Arabien und nicht an Larry von Afghanistan.

Weniger. Wir haben Fahrzeuge mit Radar, mit langen Roboterarmen, die in der Erde herumkratzen, Kameraroboter, die wir vorausschicken können. In der Grundausbildung hieß es: »Wenn ihr in einem Sandsturm ein Kamel habt, befehlt dem Kamel, sich hinzusetzen, und versteckt euch dann auf der windabgewandten Seite – Kamele sind Sandstürme gewohnt.« Darauf folgte dann: »Wenn ihr kein Kamel habt, bindet euch ein Tuch über Nase und

Mund und versucht nicht zu ersticken.« Das ist nicht gerade hilfreich. Wenn man in einen Sandsturm gerät, kann man nicht atmen. Das ist so, als würde die Lunge sich mit Sand füllen, und es reißt einem die Haut weg.

Ha, genauso beschreibt meine Mutter Dr. Fisher, ihren Dermatologen.

Was hat es zu bedeuten, wenn mein Vögelchen ganz aufgeplustert ist?

Ängstlich, kalt, krank.

Lebst du in einem Zelt?

Hauptsächlich leben wir in militärischer Verwahrlosung in so was Ähnlichem wie Schiffscontainern. Das nennt sich Kompanielager. Zwei warme Mahlzeiten und ein Feldbett. Der Running Gag ist: Egal, wo wir sind, es ist immer nach einem Typen namens Stan benannt.

Wie war es heute im Krieg?

Heute? Wir waren sieben Stunden im Konvoi unterwegs. Im Fahrzeug betet man die ganze Zeit, dass man sie findet und VOD-t, bevor man drüberrollt. VOD bedeutet »vor Ort detonieren«. Die Sprengvorrichtungen, die zu gefährlich für den Transport sind, jagen wir in die Luft. Ich bin ein paar Mal ziemlich durchgerüttelt worden. Und wenn man dann sein Ziel erreicht, fängt man an zu beten, dass es keine Heckenschützen gibt. Sie haben das Trainingseinsatz genannt, weil wir ein paar neue Soldaten an Bord hatten.

Genau wie bei mir. Hier stehen alle total auf Training. Im Sport in der Schule rennen wir um den See im Central Park. Und zwei Mal die Woche spiele ich Tennis. Früher habe ich auch noch einen Spinning-Kurs gemacht, aber damit musste ich aufhören, weil ich richtig besessen wurde.

Sind Granatapfelkerne gefahrlos für meinen Sittich?

Ja.

Meiner poppt sie gern auf, so wie ich bei Noppenfolie.

Ich denke immer, mir geht's gut, bis wir wieder im Lager sind. Und dann übergebe ich mich. Jeden Tag kotze ich mir die Seele aus dem Leib – entschuldige, wenn das jetzt zu viel Information war.

Nein, kein Problem. Ich habe eine Freundin, die früher jeden Tag gekotzt hat, aber das ist was anderes – sie hat sich den Finger in den Hals gesteckt. Ich weiß nicht, was meine Mutter mehr aufgeregt hat: dass mein Vater mit jemand anderem geschlafen hat oder dass sie es beim Mittagessen erfahren hat. Sie hat gerade einen Cobb-Salat gegessen, mit lauter Sachen drin, die sie nicht mag – Schimmelkäse, Schinken, hart gekochtes Ei –, und wartete auf die »wirklich wichtige Sache«, die er ihr sagen wollte. Als sie halb aufgegessen hatte, sagte er: »Ich verlasse dich«, und sie stand auf, ging nach draußen und übergab sich an der Ecke 61st und Madison Avenue. Sie entschuldigte sich bei den Passanten, indem sie »Chemotherapie« murmelte, weil das leichter war, als »Ehebruch« zu sagen.

Meiner Ansicht nach seid ihr beide Exoten.

Ist Zeitung gut zum Auslegen des Käfigs?

Ja, wenn du nichts gegen Druckerschwärze an den Füßen hast.

Ich würde die Druckerei anrufen und herausfinden, ob sie ungiftige Druckfarben verwenden.

Die Computer hier sind von vor hundert Jahren, und es gibt bloß ein paar. Ich musste Schlange stehen, bis ich dran war, so wie man früher bei Telefonzellen Schlange stehen musste. Jetzt gerade starren mich zehn Männer finster an – wir dürfen nur 15 Minuten –, aber sie sind nett ... ich höre lieber auf. Manche von den Jungs haben Familie.

Hey, Moment, ehe du gehst – wie heißt du?

Matthew Rose, d.h. ArMyRose.

Ist das dein richtiger Name?

Sollte ich einen falschen verwenden?

Ich habe NYCGirl2001 genommen – schien mir besser als Grace.

Grace ist doch richtig nett.

Danke. Hey, eine letzte Frage: Was magst du an Vögeln?

Ihre Schönheit und ihre Intelligenz.

Pass auf dich auf, ArMyRose.

Du auch, GirlyBird.

Er hat sich abgemeldet. Klingt nach einem netten Typen. Ich fühle mit ihm.

Kann gut sein, dass er irgendwo in Florida sitzt.

Glaube ich nicht – Soldat sein ist ein harter Job.

Vielleicht eher eine Berufung.

Oder ein letzter Ausweg.

Hallo, ich bin noch da.

Müsstest du nicht langsam ins Bett?

Ich finde bloß, wir sollten nicht hinter seinem Rücken über ihn reden.

Das ist ein Chatroom hier – also wird geredet.

Was ist denn mit dir, du Küken? Erzähl uns doch mal was.

Ich weiß nicht, was ich sagen soll. Mein Leben ist Mist. Ich meine, würde ich in einem Chatroom über Wellensittiche rumhängen, wenn alles bestens wäre?

Böses Foul. Zehn Minuten auf die Strafbank, weil du deine Gastgeber beleidigt hast.

Mea culpa. #beschämt. Erzählt mir von euren Vögeln.

Meiner reitet gern auf meinem Kopf. Sie sitzt einfach da oben, und ich laufe durchs Haus. Manchmal vergesse ich, dass sie da ist, und meine Frau erinnert mich dran: Vogel an Bord.

* * *

Klopf, klopf, jemand zu Hause?

Ich bin da, ich lerne bloß für eine Arbeit.

Ihr müsst nicht anklopfen – die Tür steht immer offen.

Als ich Schlange stand, um mit dir zu chatten, habe ich darüber nachgedacht, wie viel leichter es mir fällt, meine Gedanken hinzutippen, statt sie laut auszusprechen. Stimmen sind schwierig für mich. Das letzte Mal, als es gescheppert hat – da hat es gar nicht wieder aufgehört. Es kommt mir vor, als wäre ich taub und hätte zugleich Superkräfte. Ich kann das kleinste Geräusch hören, so was wie ein Streichholz, das in hundert Meter Entfernung angezündet wird. Der Lärm normaler Stimmen macht mich fertig – das ist, als würde eine Blaskapelle zwischen meinen Ohren spielen. Du hast mich doch neulich gefragt, warum ich zur Armee gegangen bin?

Ja.

Mein Vater war kein netter Typ.

Meiner kriegt im Augenblick auch keine Bestnoten. Er findet es nett, mich zum Frühstück mit seiner neuen Freundin einzuladen – nein danke.

Mein Vater hat unser Haus niedergebrannt. Da bin ich abgehauen.

OMG. Im Ernst?

Ja.

Und wo ist er jetzt?

Im Knast. Ich habe alldem ganz buchstäblich den Rücken zugekehrt, ich bin weggegangen, während das Haus noch brannte. Ich bin ins Rekrutierungsbüro und habe gesagt: »Wo kann ich mich einschreiben?« Der

Mann hat mich einmal von oben bis unten angesehen und gefragt: »Sucht jemand nach Ihnen?« »Wer zum Beispiel?« »Die Polizei?« »Nein.« »Werde ich es bereuen?«, hat mich der Offizier gefragt. »Ich könnte Sie das Gleiche fragen«, habe ich geantwortet.

Wow. Wie geht es deiner Mutter?

Sie hat die Sache unverletzt überstanden. Das bisschen Familiengefühl, das wir hatten, ist in Flammen aufgegangen. Sie wohnt jetzt bei meiner Tante. Es gibt kein Zurück.

Niemand macht sich Gedanken darüber, wie es sich auf die Kinder auswirkt. Meine Eltern denken bloß an sich selbst und ihren Ruf.

Als ich zur Armee kam, habe ich darum gebeten, den härtesten Einsatz zu kriegen. Ich wollte das tun, was andere nicht machen wollen.

Ich sollte dir gar nichts von meinem Leben erzählen. Verglichen mit dem, was du durchmachst, ist meine Geschichte langweilig.

Jeder hat irgendwas zu erzählen.

Meine Mutter arbeitet ständig. Sie sagt, sie hat ihre Lektion gelernt, was Männer betrifft. Ist es komisch zu sagen, mir wäre es am liebsten, wenn alles wieder so sein könnte wie vorher? Wenn ich gar nicht wüsste, dass ein Vater seine Familie nicht mehr lie-

ben kann? Ein Stück weit weigere ich mich, es zu glauben – bin ich deswegen eine Romantikerin?

GirlyBird, alle Vogelliebhaber sind im Herzen Romantiker. Abends, wenn wir vom Einsatz zurückkamen und die anderen Männer aufschrieben, was für Kampfhandlungen wir erlebt hatten, habe ich mir Notizen über die Grasmücken in den Ulmen gemacht.

Entschuldigt, wenn ich eure poetischen Schwärmereien unterbreche – aber mein Sittich hasst Pellets.

Manche Vögel fressen nie Pellets.

Meine Mutter hat nichts zu essen im Haus – sie möchte sich nicht der Versuchung aussetzen. Wir haben Thunfischdosen, aber keine Mayo. Es gibt Eiswürfel aus schwarzem Kaffee und Staudensellerie – die isst sie, wenn sie ein richtig schwieriges Problem zu lösen hat. »Es ist nicht leicht«, sagt sie, »in diesen Zeiten als Frau im Management zu arbeiten.« Morgens um sechs macht sie Sport. Und wenn ich mit ihr reden will, aber es zeitlich nicht passt, dann hebt sie die Hand wie ein Stopp-Signal und sagt »Ich drehe durch«. Aber manchmal zieht sie auch so ein trauriges Schmollgesicht und sagt mit Babystimme: »Alles okay?«

Mein Weibchen versteckt ein bisschen Extrafutter in einer Ecke des Käfigs, wo sie glaubt, dass niemand es sehen kann.

Mein Großer muss immer zuerst essen, vor dem anderen. Ich habe früher versucht, beide Futterklappen zu benutzen und zwei Näpfe gleichzeitig reinzustellen, aber das hat ihn irre gemacht. Er konnte sich nicht entscheiden, welchen er nehmen sollte, und ist die ganze Zeit kreischend rumgehüpft.

Meine sind ganz allgemein durchgedreht. Sie beißen mich dauernd. Wie bringt man einen Sittich dazu, mit dem Beißen aufzuhören?

Ich würde mich eher fragen: Wieso sind sie sauer auf dich?

Manchmal gehe ich nach der Schule zu 8C-D, weil deren Haushälterin aus Irland kommt und zum Tee Sandwiches macht, mit Gurken und Frischkäse, Brunnenkresse und Butter, Thunfischsalat, Eiersalat, auf weißem oder braunem Toast. Sie stellt sie einfach mit Frischhaltefolie drüber auf die Küchentheke. Den Kindern, die da wohnen, ist das völlig egal. Die Haushälterin hat mir verraten, das Geheimnis eines guten Eiersalats ist der Dijon-Senf.

Ich habe noch nie Brunnenkresse gegessen.

Vielleicht ist das eher so ein Upper-East-Side-Ding.

Was mich immer fertigmacht: Wenn wir in eine Stadt einfahren. Stell dir zwei Straßen vor, die wie eine Westernkulisse aussehen, die vor zwanzig Jahren abgebrannt ist. Menschen leben in den Trümmern, und manchmal laufen sie auf dich zu und schreien in einer Sprache, die du nicht verstehst. Du hast keine Ahnung, was sie sagen, und du kannst auch nichts aus ihrem Verhalten schließen, weil von den Gesten bis zum Tonfall hier alles anders ist.

Das klingt ja unheimlich. Ich muss mich bloß mit Alexander herumschlagen, der in 8C-D wohnt und mich seit Kurzem zwingt, »Übungen« zu machen, um mir die Sandwiches zu verdienen. Zuerst fand ich es witzig, dass ich irgendwie für meinen Imbiss bezahlen soll. Inzwischen finde ich ihn bloß noch schräg.

Wir sind noch mehr als Außenseiter. Wir sind außerirdische Insekten, die in irren Maschinen durchs Land rollen. Ich habe das Gefühl, das Militär hat keine Länder mehr gefunden, die es in die Luft jagen und wieder aufbauen kann, und darum hat es uns zu dieser antiken Zivilisation geschickt. Als dieser Krieg angefangen hat, war ich noch nicht mal geboren.

Alexander hat mich gezwungen, mir die Hände zu desinfizieren und ihm dann in den Wandschrank seines Vaters zu folgen, wo ich zwischen den Anzügen herumtanzen sollte. Und dann sollte ich mit den Händen über seine Krawatten fahren, sie streicheln.

Kommt mir vor wie ein Kommunikationsfehler.

Latenzprobleme haben ihre Ursache meist in den Kommunikations-Hops zwischen Sendern und Satelliten. Ähm, ich arbeite sonst mit Software-Systemen.

Latent: vorhanden, aber nicht sichtbar. Beliebte Umschreibung im Kreuzworträtsel.

Zuerst macht es dich wahnsinnig: diese Stimmen, die so laut reden, so hysterisch, in einer Sprache, von der du vielleicht drei Worte kennst. Was sagen sie? Ist jemand verletzt? Freuen sie sich, euch zu sehen? Oder weinen sie, weil ihr Leben so schrecklich ist, weil jemand ihr Kind getötet hat oder weil ihr Auto nicht anspringt? Fragen sie, wo ihr herkommt und was ihr hier wollt? Wollen sie euch umbringen? Die kleinen Kinder hauen mich jedes Mal um. Manchmal kommen wir rein, direkt nachdem etwas passiert ist – dann sieht man Sachen, die nicht echt wirken, abgetrennte Körperteile, blutüberströmte und schmutzige Kinder. Wir steigen aus und schenken den Kindern Fußbälle und Puppen. Wir pumpen einen Ball auf, den werfen wir ihnen zu. Herzliches Beileid wegen deiner Eltern, aber hey, hier hast du ein Spielzeug.

Meine Mutter hat mich gezwungen, alle meine alten Spielsachen zu verschenken, als wir umgezogen sind. Sie hat mir einen Karton gegeben und gesagt: »Darein kommt alles, was du behältst.« Ich wette, manche von meinen alten Sachen sind da drüben bei euch. Mögen die Mädchen Barbiepuppen?

Sind Vögel farbenblind?

Wie können wir jemals wissen, was jemand anders sieht?

Und dann sagt Alexander, ich soll mich mit dem Gesicht zum Kühlschrank stellen und die Hände heben und daran stützen. Das tue ich, und dann kommt er von hinten und lehnt

sich an mich – seine Hände liegen auf meinen, wir schauen
beide Richtung Kühlschrank. Ich versuche bloß, den Atem an-
zuhalten.

Das mache ich den ganzen Tag, den Atem anhalten.
Wenn ich im Einsatzgebiet bin, fühle ich mich wacher,
lebendiger als jemals sonst, aber ich atme nicht. Ich
muss mich daran erinnern zu atmen. Meine Aufgabe ist
es, unsichere Sachen sicher zu machen, sie am Explodieren zu hindern. Sobald es dir egal wird, ob du lebend
da rauskommst, bist du tot, aber es kann auch alles den
Bach runtergehen. Deine Vorgesetzten verlieren das
Ziel aus den Augen. Und du fängst an, dich zu fragen,
wer der wahre Feind ist. Du findest zum Beispiel heraus,
dass es in der Gegend einen »Unternehmer« gibt, der
Leute auf beiden Seiten für Informationen bezahlt. Dieser Unternehmer hat mehr Geld in der Tasche, als du
im ganzen Jahr zu sehen kriegst, und verteilt es in alle
Richtungen, weil er hofft, irgendein Info-Brocken wird
von irgendeinem Baum fallen.

Alexander lehnt sich sehr lange an mich, unser Atem lässt den
Edelstahl des Gefrierfachs beschlagen. Ich schaue nach unten – er
trägt weiße Tennissocken, sauber gebleicht. Ich sehe den Saum
seines blauen Schuluniformhemdes, den Aufschlag seiner sand-
farbenen Schulhosen.

Es ist ein Krieg ohne Ende. Wir gehen raus und kommen
wieder zurück. Aber es hat sich gewendet. Manchmal
wissen wir nicht, wofür wir kämpfen. Einer der Kom-

mandanten hat gesagt: »Das ist kein Krieg, das ist eine chronische Krankheit.«

Mein Vogel ist gerade gegen die Wand geflogen – wie kann sie die Wand nicht sehen?

Keine Horizontlinie – kleb ein paar Post-its dran, das mache ich immer. Orange oder rosa Post-its, so als Warnschilder.

Ich gehe auf eine Mädchenschule. Ich weiß nichts über Jungs. Ich habe keine Ahnung, was normal ist.

Jeden Tag, jede Nacht rufe ich mir ins Gedächtnis, dass ich ein echter Mensch bin und nicht bloß Teil einer Militärmaschinerie. Auch wenn es sich komisch anfühlt, hier so vor Publikum mein Herz auszuschütten: Man ist bloß Ballast.

Falls es dich interessiert: man sieht oben links in der Bildschirmecke, wie viele von uns jeweils im Chat sind, wo steht »Anzahl der Vögel im Zimmer«. Im Augenblick sind es sieben.

Ich finde es wunderbar. Ich bin 76 Jahre alt, und ich freue mich jeden Tag darauf. Ich rede nie über mich selbst, aber ich sitze in so einem motorisierten Rollstuhl, brauche Sauerstoffversorgung, und das hier ist das Interessanteste, was mir seit Jahren passiert ist.

Ich bin in diesem Chatroom, seit es ihn gibt ... Wirklich schön zu hören, was alle zu sagen haben. Ich hatte übrigens keine

Ahnung, was die Zahl oben in der Ecke zu bedeuten hast, bis du uns das gerade verraten hast.

Wieso brauchst du Sauerstoffversorgung? Bist du richtig dick?

Das werde ich ignorieren.

Wie es jeder wohlerzogene Mensch tun würde.

Und die Antwort ist nein. Dummerweise war ich Raucher. Ich habe 60 Jahre lang rund um die Uhr geraucht.

Ich sitze vor diesem blinkenden Würfel, vor dieser Zaubertafel des Geistes, fast zehntausend Kilometer weit weg, und versuche mein Herz auszuschütten, aber vielleicht wären Buchstaben besser, von Hand eingeritzt.

Ich weiß noch, wie ich versucht habe, auf der Zaubertafel Kreise zu malen, rechter Drehknopf langsam hoch und runter, linker Knopf hin und her.

Um es wieder auszulöschen, musste man ganz heftig schütteln. Hat sich angehört wie Sand, der im Wind verweht.

Ich muss Schluss machen, der Typ hinter mir regt sich auf. Viel Glück bei der Klassenarbeit, Grace.

Pass auf dich auf, ArMyRose.

* * *

Ich glaube, Charlie Bird ist krank. Ich habe meine Tochter gebeten, sich ihn mal anzusehen, und sie meinte, es gehe ihm gut. Dann kam ein Freund vorbei und sagte: »Dem Vogel geht es gut, aber ich bin verrückt ...«

Entschuldigt, dass ich einfach so reinplatze.

Du bist aber früh zu Hause.

Ich muss mit ArMyRose reden – hat irgendwer seine richtige Mailadresse oder eine Telefonnummer?

Alles in Ordnung?

Ist es normal, wenn ein Sittich sich übergibt?

Sittiche würgen oft Futter hoch, als Zeichen der Zuneigung. Sie spucken für ihre Besitzer etwas aus oder für ihr Lieblingsspielzeug, für den Spiegel oder eine Glocke.

Gar nicht alles in Ordnung. Mrs. PH-A ist aus dem Fenster gesprungen.

Ich denke die ganze Zeit, irgendwas stimmt nicht mit Charlie Bird.

Hat sie es überstanden?

PH steht für Penthouse, also wahrscheinlich nicht.

Was sind denn seine Symptome?

Sein Gesicht ist ganz verkniffen, und er ist ein bisschen auf-gequollen. Ich beobachte ihn schon den ganzen Morgen, und ich kann nur sagen, er sieht so aus, wie ich mich fühle, wenn ich Grippe habe.

Ich dachte, du hast gesagt, sie ist eine alte Frau?

Vielleicht war es ein Unfall, und sie ist gestürzt?

Die Portiers haben gesagt, sie sei sehr depressiv gewesen und habe philosophische Bemerkungen gemacht. Und Mr. 8E er-zählt den Leuten gerade im Foyer, dass ihr Leben keineswegs so märchenhaft war, wie andere sich das vorgestellt haben. Ihre Familie war reich, aber das eine, was sie wollte, hat sie nie be-kommen.

Und was war das?

Liebe, sagt Mr. 8E. Ihr letzter Ehemann war genial; er hat mitgeholfen, das Alter des Universums zu errechnen, aber dann hat er sie ohne Vorwarnung verlassen. Darum ist sie hierher-gezogen, in ein so neues Gebäude, das noch keine Geschichte hat. Sie ist da draußen. Ich kann nicht alles sehen, aber immerhin ihren Schuh, einen schlichten schwarzen Pumps mit 8-cm-Ab-satz.

Ich glaube, du solltest mal vom Fenster weggehen.

Sie hatte einen gewissen Charme, einen Schwung, fast über-
schäumend. Sie hat Umschläge für alle Portiers hinterlassen,
auf denen von Hand »Weihnachten kommt dieses Jahr früh«
geschrieben stand, mit einer Seite Anweisungen darin. DelRoy
hat mir den Teil gezeigt, der sich auf mich bezieht: »Die Vögel
sind für das neue Mädchen. Sie weiß, dass sie gemeint ist. Sie
wird gleich als Erstes nach ihnen fragen. Meine Familie wird sich
nur nach dem Käfig erkundigen. Der Käfig ist tatsächlich aus
Gold und war ein Geschenk meines Vaters – zum 21. Geburts-
tag. Mein erster Mann hat immer gesagt: Welche Ironie, dir am
Tag deiner Befreiung und Mündigkeit ein tragbares Gefängnis
zu überreichen. Sagen Sie dem Mädchen, es soll einen anderen
Käfig besorgen, und dass die Vögel Platz brauchen, frei herum-
zufliegen. Sagen Sie ihr, dass sie gern oben auf Bücherregalen
sitzen und an den Büchern herumpicken – besonders mögen sie
Erstausgaben.«

Charlie sitzt jetzt bloß noch auf seiner Stange und macht die
Augen zu, als sei er erschöpft, und der andere Vogel schaut
mich an, als würde er fragen: »Willst du nicht irgendwas unternehmen?«

Das ist ja furchtbar, ich fühle mit dir.

Wirklich schlimm – aber du hast jetzt Sittiche. Du bist ihre
Mutter.

Na ja, noch sind sie nicht hier. Ist ja alles gerade erst passiert.
Die Polizei ist jetzt in der Wohnung. Draußen stehen Reporter
und Übertragungswagen. Wirklich seltsam. Ich frage mich, was

sie wohl von dieser Reaktion halten würde. Mrs. PH-A hat sich immer für alles entschuldigt. Mrs. 91 meinte, das käme daher, dass ihre Mutter Engländerin sei.

Jetzt pickt der andere Vogel nach ihm, als wollte er sagen: »Charlie, bleib bei mir, schlaf nicht ein, Charlie. Ich rufe den Tierarzt an.«

Wo ist ArMyRose?

Er hat bestimmt einen Auftrag.

So heißt das nicht. Er ist nicht bei irgendeinem Kundendienst – er ist Minensprenger.

Na gut, dann eben »im Einsatz«. Entschuldigung, dass ich keinen Militärjargon verwendet habe. Aber Kindchen, kannst du nicht irgendjemanden anrufen? Eine Freundin?

Schaust du immer noch aus dem Fenster?

Woher weißt du das? Vielleicht könnte ich zur Tierhandlung an der Lexington Avenue gehen und Vorräte besorgen – irgendwelche Vorschläge?

Samenkörner, Hirse, Leckereien.

Immer gleich ans Essen denken. Wie wär's mit Käfig, Trinknapf, Futternapf, Vogelbad, Spielzeugen?

Nach allem, was du über deine Mutter erzählt hast, brauchst du auch so eine Käfigumrandung, die Körner auffängt, glaube ich, und einen Tischstaubsauger.

* * *

Hey GirlyBird, ich weiß, bei euch ist es schon spät, tut mir wirklich leid, das von Mrs. PH-A zu hören. Wir hatten für 24 Stunden kompletten Kommunikationsausfall.

Ist schon okay, du bist im Krieg, und ich bin bloß in der 8. Klasse.

Hast du die Sittiche bekommen?

Noch nicht – die Polizei hat die Wohnung versiegelt. Vielleicht lassen sie die Vögel morgen raus.

Letzte Nacht ist was Verrücktes passiert. Ich weiß gar nicht genau, ob ich geschlafen habe oder wach war, aber ich habe ein Geräusch aus meiner Kindheit gehört. Es war das Geräusch, das die Räder meines Fahrrads mit Spielkarten zwischen den Speichen machten. Wir haben immer eine Spielkarte reingeklemmt und so getan, als würden wir Motorrad fahren. Es klang hervorragend, so ein unterbrochenes Klack-klack-klack. Dann bin ich aufgewacht und habe erkannt, dass es Mörserbeschuss war. Ich hasse mich selbst dafür, dass ich mich an der Erinnerung erfreut habe, ganz in der Vergangenheit versunken, der tiefblaue Himmel der Dämmerung, die sommerlichen Grillen, so laut, mein Fahrrad, mit dem ich nach Hause fuhr, flog. Verdammt, sie feuern Granaten auf uns, und ich träume von Grillen, Glühwürmchen und dem Geruch von Wunderkerzen. Ich weiß noch, dass mein Chemielehrer mir erzählt hat, Eisen mache orange Funken, Magnesium weiße und Ferrotitan die gelbgoldenen.

Klingt, als wäre es richtig gut gewesen, bis du aufgewacht bist.

Ist dir schon mal aufgefallen, dass man immer, wenn die Dinge seltsam werden, in die Vergangenheit zurückgeht, zu einem bestimmten Augenblick? Wie zum Beispiel die dreißig Sekunden, wenn der Typ auf dem Jahrmarkt seinen Holzstab im Kreis durch die Maschine schwenkt – bevor er dir dann eine flauschige Wolke Zuckerwatte reicht.

Ich denke an Düfte. Hotdogs. Frittierte Muscheln.

Wenn meine Vögel was Leckeres kriegen sollen, lasse ich sie Vanillewaffeln picken.

Ich gebe meinen Pasta, weil ich Italiener bin.

Was magst du lieber, blaue oder rosa Zuckerwatte?

Rosa. Blau wirkt unnatürlich.

Frittierte Oreos.

Angetaute Eiswaffeln – den Überzug von Schokoladenkeksen, der an den Fingern kleben bleibt.

Schmalzkuchen mit Puderzucker.

Erstaunlich, was einem ein Vogel ohne Sprache sagen kann, wenn man bereit ist zuzuhören. Charlie war krank. Ich habe ihn zum Tierarzt gebracht, der hat ihm Flüssigkeit gespritzt und Antibiotika gegeben, und er ist wie neugeboren. Vierhundert Dollar, aber er lebt.

* * *

Hier war es der reine Wahnsinn. Wir haben zu Fuß ein Dorf durchsucht. Ich bin mit meinem Kampfgefährten herumgegangen, und dann kam auf einmal ein Geräusch, nicht mal ein Geräusch, eher so ein Schlag durch die Luft – du spürst ihn kommen, aber du kannst nichts machen, bis dich etwas umhaut, ein Gefühl, als würde etwas in einen Sandsack explodieren. Ich schaue meinen Kumpel an und begreife überhaupt nicht, was ich sehe. Er spuckt sein Gesicht aus, seine Zähne, sein Kinn, seinen Kiefer. Ein Riesenloch klafft in seiner Nase, ein Auge ist weg, das andere voller Panik, ob das das Ende ist. Ich schmecke sein Blut auf meiner Zunge, sauer und metallisch. Er kann nicht sprechen – er hat nichts mehr, womit man sprechen kann. Ich mache einen Schritt auf ihn zu und sehe einen dünnen Draht durch den Staub laufen, eine Kette von selbst gebauten Sprengsätzen. Trotz allem, was passiert ist, sieht er ihn auch. Und ehe ich mir überlegen kann, wie ich zu ihm komme, greift er nach seiner Pistole und schießt sich direkt in das, was von seinem Kopf übrig ist. Gehirnmasse spritzt überall auf mich, unausgesprochene Gedanken, alle Ideen, die er je hatte, sein noch nicht gelebtes Leben, er besprüht mich mit dem letzten Rest seines Bewusstseins. Die Pistole fällt herunter wie ein Blechspielzeug. Der Körper, in dem das Herz noch prall ist und pumpt, in dem die Chemie des Überlebens noch durch die Adern strömt, braucht einen Augenblick, bis er sich krümmt und zusammenbricht, auf mich zu und zu Boden fällt. Mein Freund ist eine offene Wunde, eine unverschlossene Ölquelle, die klebriges menschliches Rot und Braun in den Sand vergießt. In der Ferne höre ich das zähe Flappen eines Hubschraubers. Die anderen Entschärfer beseitigen die Gefahr, die Sanitäter eilen herbei und nehmen ihn mit. Ich bleibe allein im Dreck zurück, umklammere die Strickmütze, die er immer trug, und frage mich, was sie zu retten versuchen, was noch wiederbelebt werden kann.

Ich habe mich gerade ein bisschen übergeben. Das tut mir so leid, ArMyRose.

Mir fehlen die Worte.

Weiß nicht, was ich sagen soll – mein Beileid.

Ich weiß nicht warum, aber auf der Fahrt zurück ins Lager dachte ich an meinen Schulausflug in der 7. Klasse zum Smithsonian Institute in Washington. Wir haben die Flagge gesehen, die 1812 über Fort McHenry wehte. Die echten »breiten Streifen und hellen Sterne«, bloß dass ich mich nur an die fehlenden Stücke erinnerte, die weggeschossen wurden. Ich dürfte dir das alles gar nicht erzählen. Ich kann Riesenärger kriegen, aber ich kann es auch nicht einfach runterschlucken. Halt mich nicht für pervers, aber ich habe ein paar von seinen Zähnen behalten – ich dachte, seine Familie kann sie vielleicht gebrauchen wegen der DNA, als Beweisstück.

Fahren alle Schulen nach Washington? Ich habe genau die gleiche Flagge gesehen.

Man kann sich kaum vorstellen, was du durchgemacht hast, Soldat.

Du bist traumatisiert.

Jetzt im Augenblick müsste ich mir mal den Kopf durchpusten. Ich hätte nichts dagegen, mich im Vortex rumschleudern zu lassen, gelähmt von der Zentrifugalkraft, wenn der Boden wegklappt. Wenn das Ding sich schnell genug dreht, könnte es vielleicht meine Erinnerung auslöschen.

Als ich klein war, hieß das Ding Gravitron.

Tatsächlich heißt es *Rotor*.

Ich stand mehr auf die Berg-und-Tal-Bahn.

Mein Favorit war die Walzerbahn.

Bin ich der Einzige, der die verrückten Teetassen im Disneyland am tollsten fand?

Ist es eigenartig, dass ich solche Fahrbetriebe überhaupt nicht ausstehen kann? Ich mag nicht mal Fahrstühle.

Auf keinen Fall kann man so etwas unbeschadet durchleben.

Ich hatte einen Onkel, Weltkriegsveteran, der am Guadalcanal-Syndrom litt. Er war wie eine Wildkatze, nervös, schreckhaft, konnte keine lauten Geräusche ertragen, weinte bei jeder Art von Nachricht, ob gut oder schlecht.

Früher hieß das mal Bombenneurose.

Im Arsch würde ich das nennen, entschuldigt meine Ausdrucksweise.

Die Liebe beginnt nicht und endet nicht, wie wir uns das vorstellen. Liebe ist Kampf, Liebe ist Krieg, Liebe ist Erwachsenwerden.

GirlyBird, das ist toll. Vielleicht wirst du eines Tages Schriftstellerin.

Schön wär's. Das hat James Baldwin in einem seiner Essays geschrieben. Die lesen wir gerade in der Schule. Warst du schon mal bei einer Vogelausstellung?

Nein.

Vielleicht können wir mal zu einer gehen?

Das wäre schön.

Was glaubst du, wie das ist?

Laut. Quäkig.

Ich habe zwei meiner besten Jungs bei einer Ausstellung er-
gattert.

Man trifft so tolle Menschen.

*Die Nationalausstellung für Käfigvögel ist im Januar in New
York. Kommst du mit? Ich zeige dir das Empire State Building.
Ich habe mein ganzes Leben hier verbracht, aber ich war noch nie
da oben. Und wir könnten eine Kutschfahrt durch den Central
Park machen – bisschen kitschig, aber macht Spaß. Es gibt einen
Laden namens Serendipity, der macht Heiße-Schokolade-Eis, das
ist so gut.*

Klingt toll, GirlyBird, etwas, worauf ich mich freuen
kann. Ich wünschte, ich könnte mehr dazu sagen, aber
das ergibt alles keinen Sinn. Ich kann mir nur noch
schwer vorstellen, hier wieder rauszukommen.

Leuchten Wellensittiche im Dunkeln?

Hast du wieder Haschkekse gegessen?

Das Prachtkleid absorbiert ultraviolettes Sonnenlicht, wenn dein Vogel also ein paar Stunden in der Sonne gewesen ist, könnte er ein wenig nachglühen, so ein Ring um den Hals.

Wie lange bist du schon da drüben?

Das ist mein dritter Einsatz hier.

ArMyRose, ich werde meinen Namen dir zu Ehren von NYC-Girl2001 zu GirlyBird01 ändern.

Danke, Gracie.

Ich glaube, mein Vogel blutet. Auf dem Küchenpapier ist ein Blutstropfen.

Bloß ein Tropfen?

Ja.

Hat er vielleicht einen gebrochenen Blutkiel?

Er sieht unglücklich aus.

Irgendwelche Anzeichen für eine Verletzung?

Ich habe Angst. Es macht mir irgendwie Panik.

Ich spüre schon die Blicke, die sich in meinen Nacken bohren, da steht eine lange Schlange von Leuten, die sich zu Hause melden müssen. Ich mache jetzt Schluss.

Schlaf gut, ArMyRose.

Du auch, GirlyBird.

Ich glaube, es ist der Flügel.

Flügel oder Feder?

Sieht aus, als hätte er eine Feder geknickt.

Die wirst du rausziehen müssen.

Das kann ich nicht.

Dein Vögelchen kann verbluten, wenn du das nicht verschließt.

Das geht so: Hol dir einen Waschlappen und jemanden, der den Vogel festhalten kann.

Ich lebe allein.

Okay, dann hältst du den Vogel in einer Hand und ziehst die Feder mit einem Hämostat heraus.

Mit einem was?

Du kannst auch eine Pinzette nehmen oder sogar eine Spitz-
zange.

Geh so nah wie möglich an die Haut ran und zieh die Feder
dann raus, schnell und entschlossen in einem Zug. Aber ehe
du irgendwas anfängst, stell dir etwas Maisstärke bereit.

Ich dreh gleich durch. Ich brauche Maisstärke?

Um die Blutung zu stoppen.

Ist das die gelbe Packung mit dem Mais drauf?

Ja.

Echt komisch – ich habe das nie in Verbindung gebracht. Ich
bin blöd.

Was macht der Vogel jetzt?

Er schaut mich nur an. Und – oh nein …

Was?

Ich habe Tee auf meine Tastatur gekleckert.

Leg sie in trockenen Reis. Sofort.

Was ist mit dem Blutkiel? Die Spannung bringt mich um.

Ich habe Angst.

Wenn der Vogel blutet und du keinen Tierarzt erreichen kannst, dann hast du keine Wahl.

Okay, okay.

Möchte irgendjemand die Erkennungsmelodie von Jeopardy spielen?

Ich hab's getan! OMG.

Hat es der Vogel überstanden?

Ja. Er ist verschreckt, aber sonst in Ordnung.

Was für ein Abend. Ich muss den Fernseher überhaupt nicht mehr anschalten.

* * *

Gute Nachrichten! Ich habe Mrs. PH-As Tochter kennengelernt. Sie hat heute Nachmittag geklingelt und mich eingeladen, nach oben zu kommen und die Vögel abzuholen. Als ich hochkam, sagte sie als Erstes, sie wolle keine Missverständnisse und gleich klären, dass der Käfig nicht dazugehört. »Das ist ein Familienerbstück.« Sie hat mir die Vögel und das Zubehör gegeben, und ein paar Bücher, an denen sie gern herumpicken, wie sie sagte. »Das ist wirklich lustig«, sagte sie. »Meine Mutter hat ihnen Seiten aus dem Who's Who der feinen Gesellschaft zum Zerfetzen gegeben.

Sie wollte immer den Käfig damit auslegen – der Gedanke, dass die Vögel auf all die Leute scheißen, hat ihr großes Vergnügen bereitet –, aber dann wäre das Buch zu schnell verbraucht gewesen, und sie fand es besser, wenn sie das ganze Jahr daran herumpicken können. Ich kümmere mich darum, dass das Abonnement erneuert wird.« Und damit hat die Tochter mich wieder zur Tür geleitet. Beim Gehen habe ich sie dann noch gefragt, wie sie eigentlich heißen. Sie hat ganz verblüfft geguckt. »Ich wäre nie darauf gekommen, dass sie Namen haben«, sagte sie. »Wir haben sie immer bloß Gelb und Blau genannt.«

*   *   *

Bin ich die Einzige, die sich schreckliche Sorgen macht?

Er ist auf einem Einsatz, Sonderkommando oder so was.

Wäre er getötet worden, würden wir davon erfahren.

Und wenn das nicht sein richtiger Name ist?

Wo kam er noch her?

Hat er nicht Florida gesagt?

Nein, du hast Florida gesagt.

Todesfälle beim Militär werden täglich gemeldet. Kann man online nachschauen.

Sie melden das aber erst 24 Stunden nachdem die Angehörigen informiert wurden.

Er war in keiner guten Verfassung, als wir ihn zuletzt gesprochen haben.

Grace, bist du das?

Ja, ich bin's. Komme gerade von der Schule nach Hause.

Wie war die Englischklausur?

Ach, ich habe 88 % gekriegt.

Das ist doch ziemlich gut.

Nicht an meiner Schule. Da heißt das schon »auf der Kippe« … Hat irgendwer was gehört?

Nein, wir haben bloß drüber geredet …

Frage: Ich habe gerade einen neuen Sittich bekommen. Muss ich ihn in einem anderen Käfig halten als den, den ich schon habe?

Sieh es mal so: Wie fändest du es, wenn jemand nicht eingeladen und ohne Vorwarnung in dein Haus zieht?

Okay, dann lasse ich ihn erst mal in seinem eigenen.

Ich hoffe, ihr werdet nicht sauer.

Weshalb?

Ich muss etwas beichten. Ich bin wieder in ihre Wohnung gegangen. Ich habe es allein zu Hause nicht ausgehalten, und ich hatte solchen Appetit auf Eiersalat.

Hast du ein Foto von deinem dicken Wellensittich, das du teilen kannst? Oder fehlt dir dafür das Weitwinkelobjektiv?

Mein Sittich ist auch üppig; ein richtiger Wonneproppen.

Es war total schräg. Ich habe Alexander gefragt, wo seine Schwester ist, und er hat gesagt, in ihrem Zimmer. Ich wollte ihr Hallo sagen, aber ihre Tür war verschlossen. Ich habe sie durch die Tür gerufen. »Alles okay«, hat sie gesagt. »Geh einfach wieder.« Das hätte ich als Hinweis nehmen sollen.

Die Welt ist voller Hinweise, die niemand beachtet.

Dann bin ich mit Alexander in die Küche gegangen. »Nimm die Stellung ein«, hat er gesagt. Also habe ich mich an den Kühlschrank gestützt. Dann hat er »Beine breit« gesagt, als wollte er mich abtasten. Er hat sich richtig schwer gegen mich gelehnt, mich ganz fest an den Kühlschrank gedrückt. Es fühlte sich alles noch komischer an als sonst, gröber, und ich dachte mir, vielleicht hat Alexander Drogen genommen oder so. Irgendwie wusste ich, was passiert, aber gleichzeitig habe ich es auch nicht richtig begriffen. Ich habe gespürt, wie er sich an mich drückte, und dann passierte irgendwas hinten an meinem Rock. Dann hat er ganz plötzlich aufgehört und gesagt, ich sollte nach Hause gehen. Als ich im Fahrstuhl nach oben fuhr, habe ich über die Schulter geschaut. Die Rückwand der Fahrstuhlkabine ist ein Spiegel, und da habe ich diesen Fleck auf meinem Rock gesehen, so was Schleimiges.

Ich bin siebenundsiebzig Jahre alt und habe in meinem Leben noch nie so was Widerliches gehört.

Das musst du unbedingt jemandem erzählen.

Das ist unanständig.

Das ist nicht unanständig, das ist ein Übergriff. Du bist sexuell genötigt worden. Nennen wir die Sache doch beim Namen.

Versprich uns bitte: Du wirst da nie mehr hingehen.

Erzähl es deiner Mutter!

Seid ihr sauer auf mich?

Natürlich nicht.

Ich wünschte, ArMyRose wäre hier.

Das wünschen wir uns alle.

Tauchen Sittiche unter?

Meiner springt in sein Vogelbad.

Charlie Bird lässt sich gern mit dem Pflanzensprüher einnebeln.

Ich habe einen, der immer in der Seifenschüssel sitzt, wenn ich bade.

* * *

Okay, ich habe auf euren Rat gehört – und es meiner Mutter erzählt. Ihre erste Frage war: »Wo ist der Rock?« Ganz unten in meinen Wäschekorb gestopft. Sie meinte, wir könnten die DNA-Spuren verwenden, um etwas aus den Eltern rauszubekommen. Ich dachte zuerst, sie meint eine Aussage, und habe gefragt: »Was denn?« »Deine Therapie«, hat sie geantwortet. Sie meint, ich sei gestört, weil ich die Sandwiches so detailliert beschrieben habe. Sie macht sich Sorgen, dass ich den Verstand verliere. Könnt ihr euch vorstellen, wie erniedrigend das wäre, wenn meine Mutter mit dem Rock in der Hand zu seinen Eltern geht? »Das war's dann wohl mit deiner Naivität«, sagte sie. Ich dachte schon, sie würde »mit deiner Jungfräulichkeit« sagen. Von wegen dem Opfer die Schuld geben. Und wenn ich ihre Autorität infrage stelle, dann weist sie mich nicht etwa darauf hin, dass sie meine Mutter ist, sondern dass sie Jahrgangsbeste beim Jura-Examen war und an der Uni die Juristenzeitung herausgegeben hat.

Für eine gebildete Frau ist das eine eigenartige Reaktion.

Man sollte meinen, dass sie ein schlechtes Gewissen hat, weil sie dich nicht beschützt hat.

Der Zorn ist ihre Art, mit den Schuldgefühlen umzugehen, weil die zu schmerzhaft sind.

Sie hat gesagt, ich dürfe nicht mehr allein zu Hause bleiben, und dass sie von dem Geld für mein Studium einen Babysitter bezahlen wird. Als sie fertig war, habe ich ihr gesagt, dass ich Gelb und Blau mitnehmen und zu meinem Vater ziehen würde.

Ich schätze, das kam nicht so gut an.

Sagen wir mal so: die perfekte weiße Wohnung ist nicht mehr ganz so perfekt, das ist also wohl ein Fortschritt. Sie hat einen Becher an die Wand geschmissen. Der hat einen tiefen Eindruck hinterlassen.

Ich wollte es nicht beschreien – aber ich hatte schon seit ein paar Tagen das Gefühl, das irgendwas Besonderes bevorsteht, und siehe da, heute Morgen habe ich einen kleinen Sittich bekommen, fertig ausgebrütet, sieht aus wie ein nacktes Alien. Es ist der erste Nachwuchs für mein Mädchen, aber sie kümmert sich darum und ist bereit, Mutter zu sein.

Grund zum Feiern.

Smileys von allen.

Ich werde gleich rausgeworfen. Ich habe Kommunikationsverbot, bis ich wieder zur Vernunft komme. Ich logge mich wieder ein, wenn ich in der Schule bin. Gute Nacht.

* * *

Hey, tut mir leid, dass ich so lange verschollen war. Ich habe eine schwere Zeit hinter mir, und jetzt bin ich ausgerechnet in Deutschland.

Und alle im Chor: Halleluja!

Gebete erhört.

ArMyRose, du lebst! Ich hatte solche Angst. Ich muss dir so viel erzählen.

Ich diktiere das jemandem, verzeihen also alle Fehler. Ich bin in der Nähe des Naturpark Pfälzerwald, viel Wald und mittelalterliche Ruinen. Die Bürger wandern auf den Wanderwegen, kehren ab und zu ein und trinken ein Glas des hiesigen Gewürztraminers. Die ältesten Siedlungsspuren in Landstuhl stammen von 500 v. Chr.

Du klingst gar nicht wie du selbst.

Vielleicht geht bei der Übertragung was verloren.

Meint er Übersetzung?

Ja.

In welcher Stadt bist du?

Landstuhl. 400 Kilometer westlich von Dachau.

Das klingt ja nicht gut.

Ich glaube, das ist er gar nicht. Er ist gehackt worden.

Du bist immer so negativ.

ArMyRose, es ist etwas passiert. Ich bin von Alexander angegriffen worden, dann habe ich meiner Mutter davon erzählt, und jetzt habe ich wieder einen Babysitter, was gar nicht so schlimm ist. Sie ist ungefähr zwei Jahre älter als ich, besser in Französisch, und sie bringt immer was zu knabbern für uns beide mit.

Die junge Dame ist belästigt worden.

Ich finde es nicht richtig, die Geschichte anderer für sie zu erzählen.

Wenn sie was erzählt, ist es manchmal so, als bräuchten wir einen Dolmetscher. New York ist anders als der Rest der Welt.

Wäre ich da gewesen, GirlyBird, hätte ich ihn k.o. geschlagen.

Ich weiß.

Alles in Ordnung bei dir, Soldat?

Meine Mutter ...

Meine Liebe, lass ArMyRose ein bisschen Raum, uns zu erzählen, was passiert ist. Wir wissen, dass du ihn vermisst hast – aber gib ihm einen Augenblick Zeit.

Okay.

Der Name meines Kameraden war Melvin. Er hat noch lange genug gelebt, um Organspender zu werden: Irgendjemand hier in Deutschland hat sein Herz. Ich habe Melvins Strickmütze auf, die seine Mutter gemacht und die er immer unter dem Helm getragen hat. Sie ist starr vor Dreck und Blut und riecht furchtbar. Aber ich kann sie nicht abnehmen, sonst breche ich in Stücke. Ich brauche Kompression am Kopf. Nur so spüre ich überhaupt was.

ArMyRose, hier ist alles ziemlich seltsam gelaufen. Es spricht sich rum. Ich glaube, die Portiers wissen Bescheid – sie gucken mich so komisch an. Und mit meiner Mutter, das ist eine Pattsituation. Wir reden nicht miteinander, darum kann ich sie nicht mal fragen.

GirlyBird, Erwachsenwerden dauert das ganze Leben. Als deine Eltern dir den Namen Grace gegeben haben,

haben sie sich was dabei gedacht – Gnade und Anmut. Lass dich davon leiten.

Sie haben mich nach einem Hund benannt.

Können wir irgendwas für dich tun?

Alle, die Wellensittiche haben, sind im Herzen Mütter, wir kümmern uns um die unschuldigsten Wesen.

Hier kommt jeden Tag ein alter Mann vorbei, der mich fragt, ob ich irgendwas brauche – Zeitungen, Bücher, Prepaidkarten. Ich sage ihm jeden Tag, dass ich nichts will. Trotzdem gibt er mir einen Schokoriegel. Ich habe jetzt 16 Schokoriegel in der Nachttischschublade liegen. Seine Augen sind herrlich blau, ein bisschen getrübt. Ich glaube, diese Schokoriegel sind seine ganz persönliche Version von gemeinnütziger Arbeit.

Soldat, bist du verletzt?

Wir waren auf einem routinemäßigen Räumungseinsatz. Ich bin ausgestiegen, um etwas zu untersuchen, und die Erde unter mir flog in die Luft. Ich glaube, ich bin überhaupt nicht wieder gelandet. Ich bin durch die Luft gesegelt, und dann wurde aus der Luft ein Flugzeug, und dann wurde alles verschwommen, wie wenn man zu lange unter Wasser bleibt, so ein Nebel.

Bei mir auch. Alles total undurchsichtig, wie dicke Suppe.

Als ich aufwache, beugt sich ein Mann über mich. Er hält ein kleines Holzhaus in der Hand. »*Mach die Tür auf*«, sagt er auf Deutsch. Direkt vor dem Haus steht eine Frauenfigur im roten Rock mit weißem Oberteil, die Arme ausgestreckt nach der Stelle, wo einmal ihr Mann stand. »*Mach die Tür auf*«, sagt der Mann, und dann klappt er das Dach vom Haus auf, und Musik setzt ein. Die Frau dreht sich im Kreis, tanzt allein. Als das Lied vorbei ist, schließt der Mann den Deckel wieder, öffnet die andere Hand und zeigt mir den Ehemann – die fehlende Figur, die einmal vorn befestigt war. Diese Figur trägt Lederhose. »Vater?«, frage ich. Der Mann zuckt die Achseln. Ich schlafe wieder ein. Ist es mein Vater? Ist das mein Haus, das er in der Hand hält? Ich bin zu Hause, renne durch den Wald hinterm Haus, ich springe über einen Zaun, ich klettere auf einen Baum, so hoch hinauf, dass ich alles sehen kann, bloß ist es überhaupt nicht mein Garten – es ist total ausgebombt, eine Geisterstadt. Ich wache auf, und der Mann mit der Spieldose ist weg. War er überhaupt jemals da, oder habe ich das Ganze geträumt?

Meine Mutter hat Alexanders Eltern von meinem Rock erzählt. 24 Stunden später haben sie ihn zur Therapie in die Wildnis nach Oregon geschickt. Das war es, was sie aus ihnen rausgekriegt hat. Ziemlich witzig, er hat nämlich richtig heftig Angst im Dunkeln.

Wenn ich nach unten schaue, denke ich, bin ich kürzer als früher? Dabei dachte ich, dass ich noch gar nicht ausgewachsen war. Beim Einschlafen überlege ich, ob sie die Beine, die sie abschneiden, wohl einpflanzen? Gibt es irgendwo in Deutschland einen Gliederwald?

Hier sind wieder Aussetzer im Chat.

Als ich vor einer Weile den Traum hatte, wo ich in der Dämmerung Fahrrad fahre, habe ich etwas ausgelassen. Ich bin so schnell vom Haus meines besten Freundes nach Hause gefahren, habe mich in die Nacht gestürzt. Ich habe gehört, wie meine Mutter nach mir rief, ihre Stimme drang durch das Zirpen der Grillen. Als ich zu Hause ankam, weinte sie. Sie erzählte mir, mein Großvater sei heimgerufen worden.

Ganz komisch, immer wenn Regen in der Luft liegt, packen meine Mädels ihre Koffer: sie schleppen all ihre liebsten Sachen in eine Ecke des Käfigs und warten.

Die Hurrikan-Saison steht bevor: Da sollten wir daran denken, dass Vögel genauso eine Notfalltasche brauchen wie wir Menschen – aktuelle Fotos, falls ihr getrennt werdet, Draht, Zange, Gaffer-Tape, Reisekäfig, Decke, Futter und Wasser, Vogelleine.

Einen Sittich an der Leine, das möchte ich mal sehen.

Tiere merken als Erste, wenn irgendwas komisch läuft. Als ich zum ersten Mal herkam, habe ich alle möglichen Vögel gesehen – Elstern, Palmtauben. Ich wusste immer, wenn wir irgendwo einrückten, wo es keine Vögel gab, das war ein schlechtes Zeichen.

Ich bin sicher, es gibt ganz hervorragende Prothesen.

Vielleicht kriegst du anstelle eines Sittichs so einen Versehrtenhund?

Das Tierreich bietet reichen Trost.

Als ich schlief, hat jemand einen Fragebogen hiergelassen. »Wenn Sie in der Vergangenheit in einer schwierigen Lage waren, wie sind Sie damit umgegangen? Beschreiben Sie Ihre Tätigkeiten, bevor dies passiert ist. Welche dieser Tätigkeiten erwarten Sie wieder aufnehmen zu können?« Ich will nur eins wirklich wissen: Wie springt man auf und rennt nach draußen, wenn der Eiswagen klingelt?

ArMyRose, heißt das, du kommst nicht zur Vogelausstellung?

GirlyBird, meine Ankunft verzögert sich.

Deine Mutter war ein Fisch

À l'œuvre on reconnaît l'artisan.
Am (Hand-)Werk erkennt man den Künstler.

Sie stichelt eine Geschichte, näht eine Erzählung, Naht für Naht. In dieser geht es um ihre Urgroßmutter, die sich selbst ein Meerjungfrauenkostüm genäht hat und nach Amerika geschwommen ist. Die Strecke war lang und anstrengend, und als sie in Maine ankam, war ihr Kostüm mit ihrer Haut verschmolzen. Sie ließ sich von einem Damenschneider die Mittelnaht auftrennen, spaltete den Unterleib, sodass sie laufen konnte, und ging von da an auf Beinen durchs Leben, die von dicken grünen Schuppen bedeckt waren; Brokat, vom Meer zu ledernen Chaps versteinert, wie Cowboys sie tragen. Männer fanden ihre Schuppen unfassbar attraktiv; es hieß, es bringe Glück, ihre Schenkel zu reiben. Sie wollten alle nur das eine: zu der Stelle zwischen den Schuppen kommen, zum Kroko-Täschchen, das so vollkommen geschützt war. Doch der Schweiß ihrer Hände brannte auf der Haut; sie fand die Männer abstoßend.

Sie zog nach Massachusetts und nahm eine Teilzeitstelle an, Frauenarbeit, sie nähte in einer Schuhfabrik Quasten an Slipper.

Ficksack, Ficksack klingt die Nähmaschine.

Bei einem Jahrmarkt auf dem Land lernte sie Ray kennen, einen Jungen mit puderzarten Händen, weich wie buttriges Talkum, der die kreisenden Teetassen eines Fahrbetriebs bediente. Seine Mutter war eine bärtige Dame, sein Vater der größte Mann der Welt. Sein geliebter Onkel Meurice, ein Meermann, der schon vor langer Zeit gestorben war, lag ausgestopft in einer Vitrine, die mit der Familie überallhin reiste – ein Blick ein Vierteldollar.

Ray fragte sie nach ihrer Heimat, und sie erzählte ihm von ihrem verschleierten Leben, von den Orten, an die sie nicht gehen konnte, sie erzählte ihm, dass sie dort unsichtbar war – die Menschen sahen nur, was sie sehen wollten, sie schauten nicht sehr weit. Sie erzählte Ray, als sie ging, wusste sie, sie würde nie zurückkehren. Ihre Familie weinte, als sie sich in ihre Verkleidung nähte, ihre Tränen füllten den Fluss, der sie zum Meer hinabtrug – ihre Heimat war Geschichte. Als sie Ray von ihrer Vergangenheit erzählte, stiegen ihr Tränen in die Augen und fielen schwer, plink, plonk, auf Onkel Meurice' Vitrine. Ray wischte die Vitrine trocken und fragte sie nie wieder danach.

Als ihre Tochter mit einem außerordentlich langen Zeigefinger geboren wurde, der am Fingernagel ein knöchernes Öhr aufwies, durch das sich Garn fädeln ließ, betrachteten sie das als Pluspunkt. Sie nannten sie Penelope. Sie konnte sich selbst durch Gewebe fädeln, durch Holz, durch Metall bohren. Penelope war unglaublich gut in Mathe und errang ein Stipendium an einer renommierten Technischen Hochschule. Sie machte ihr Diplom mit Auszeichnung und baute dann Schiffe, Flugzeuge, Wolkenkratzer. Ihr Sohn Morris, nach Rays berühmtem Meeronkel benannt, wurde mit Flügeln geboren, mit durchsichtigen feuerfesten Häuten von den Armen zu den Rippen. Seine Hemden mussten extra für ihn geschneidert werden. Als erfolgreicherer Erbe von Ikarus gelang Morris der erste erfolgreiche Solo-Weltraumflug ohne Raumschiff, von dem er unfassbar gebräunt zurückkehrte. Er heiratete, noch sehr jung, eine Ornithologin, und sie bauten ihr Nest im obersten Stock eines Hochhauses.

»Die Spuren ihrer Familie sind ungewöhnlich«, sagte eine wahrsagende Nachbarin.

»Wir sind fürs Überleben gemacht«, antwortete Ray und streifte die Frau versehentlich mit dem Fadenmäher, schnitt ihr in die Knöchel. »Das ist die Evolution – wir behalten, was wir brauchen, den Rest streifen wir ab.«

Morris hatte krankhafte Angst vor Kindern und jungen Lebewesen aller Art, daher lebten er und seine Frau mit ihren beiden greisen Labradors, ihrem tauben kreischenden Ka-

kadu und verschiedenen altersschwachen Papageien und Aras, die sie alle in fortgeschrittenem Alter aufgenommen hatten. Sie öffneten ihr Heim für jedes bejahrte Tier. »Geben Sie Ihrem Tier nicht bloß das Gnadenbrot. Schenken Sie ihm ein neues Leben im *Guten Alten Haus für Tiere*« – so lautete der Werbespruch auf ihren Streichholzbriefchen.

Penelope, so klug und erfolgreich sie war, blieb einsam. Als sie durch den Hafen schlenderte, traf sie einen Seemann aus fernen Landen; sie heirateten noch in derselben Nacht und kehrten sofort aufs Wasser zurück. Als ihre Mutter ihr beim Packen half, überreichte sie ihr das Familienerbstück: das Stück Stoff, das von ihrer Mittelnaht übrig war. Penelope erkannte seine Bedeutung und befestigte es an ihrer Haut – eine Art Zwickel, mit Bastelkleber angebracht.

Angesichts der Familiengeschichte war es keine Überraschung, als Penelopes Eltern per Brieftaube die Nachricht bekamen, dass auf einer Insel vor Key West eineiige Zwillinge geboren worden waren, beide mit Kiemen und beiderlei Geschlechtsorganen – die identischen Hermaphroditen Tasina und Tasi.

»Großkinder!«, verkündete die frischgebackene Großmutter den Damen ihres Nähkreises, ohne die fischigen Details auszubreiten. Der Nähkreis gluckste anerkennend. Als sie diesem Kreis vor langer Zeit beigetreten war, hatte sie allen, die unfein und neugierig genug gewesen waren, nach ihren Schuppen zu fragen, erzählt, dass sie Verbrennungen erlitten habe. Das verstanden die Menschen leichter, und sie wollte keine Probleme.

Kleine Risse nähen sich leichter als große, und kleine Fische schwimmen leichter durchs Netz.

Fingerhut und Faden nannten sich die Damen – eine Geistlichkeit, die für das Seelenheil stichelte: »Liebe höret nimmer auf – Nähen für den Nächsten«. Sie strickten Mützen für Krebspatienten, Socken für Waisen, häkelten Afghan-Decken für Afghanen, Plaids für alte Damen und Männer, und die Großmutter hatte einen Fingerhut auf, umsäumte Rollmützen für *Urlaub am Meer,* ein jüdisches Soldatenhilfswerk – »Kejn Keppe soll kalt sejn«.

Doch bald fand Penelopes Meeresgefährte ein schlimmes Ende. Weil ans Landleben nicht gewöhnt, hatte er beim Landgang versäumt, an einem Bahnübergang nach rechts und links zu schauen, und obwohl der Zugführer mit aller Kraft auf die Bremse trat, blieb nicht viel von ihm. Sein sterblicher Brei wurde in einem Kartoffelsack, bedeckt von Penelopes Tränen, wieder der See übergeben.

Als junge Witwe und alleinerziehende Mutter, als Frau mit Bedürfnissen fing Penelope eine Affäre mit einem Delfin an. In einer Botschaft an ihre Mutter beschrieb sie ihn als großartigen Gesprächspartner, als unglaublich liebevoll und auf seine besondere Art höchst begabt. »Er kann sein Glied krümmen wie einen winkenden Finger ... mehr will ich nicht sagen, damit du mich nicht für unzüchtig hältst. Mit ihm zu schwimmen erinnert mich daran, wie ich auf Daddys Füßen stand und im Walzertakt mit ihm tanzte. Im Augenblick bin ich damit zufrieden, als Fisch zu leben.«

Ihre Seemannskinder Tasina und Tasi wurden rasch erwachsen und fortpflanzungsbereit – und beide konnten das ganz allein bewerkstelligen. Zu ihrer Bestürzung lehnte ihre Er/Sie-Tochter Tasi dankend ab – sie glaubte an sich selbst festhalten zu müssen, wollte im Grunde ihr Copyright behalten; doch ihr Sie/Er-Sohn Tasina produzierte dutzendweise Nachwuchs. Manche blieben an Land, manche auf See, manche verkauften Muscheln, andere hatten Flöhe, vier gingen nach Harvard, zwei nach Yale, ein Dutzend ans Trinity College und eines in den Knast. Ein weiteres Kind surfte die großen Wellen vor Hawaii, das älteste war Bundesrichter und vereidigte Menschen, die versprachen, keine Lügengeschichten zu erzählen. Nachdem Tasina viele Jahre Kinder großgezogen hatte, fiel es ihr schwer, Arbeit zu finden, und sie arbeitete vertretungsweise als Sekretärin – sie/er ist hübsch, aber kann sie/er tippen? Penelope, inzwischen zweifache Witwe, hat von alldem genug und kehrt in die Stadt zurück. Eine Frau über siebzig, die aussieht wie vierzig, kommt zurück nach New York. Sie hat sich von ihren Kindern das eine oder andere abgeschaut und erzählt allen, dass sie mit Tom angesprochen werden möchte. Sie trägt einen Plastikpenis in der Hose, den sie bei *Babes in Toyland* an der Lower East Side gekauft hat, steht in einer Bar am Fluss namens *Henri-*

etta Hudson hinter der Theke und pflanzt ihre Geschichten in alle verfügbaren Ohren. Eines der anderen Barmädchen erzählt ihr von einer Geschäftsfrau, die ebenfalls Penis trägt, überhaupt nicht aus sexuellen Gründen, sondern weil sie sich damit konkurrenzfähiger fühlt. »Kein Mensch weiß, was du in der Hose stecken hast, bis dich ein Zug überfährt«, sagt sie, und Penelope nickt verständnisinnig.

Eines Abends setzt sich die spindeldürre Sarah Spider, Sextherapeutin, kurz vor der Polizeistunde zu Penelope Tom und beginnt ihr attraktives Netz zu spinnen. Penelope Tom bewundert ihr Handwerk, und der Balztanz beginnt. »Das letzte Mal ist so lange her, dass ich gar nicht mehr weiß, wo ich anfangen soll«, gesteht Penelope Tom, als Sarahs kundige Hand ihren Schenkel hinaufwandert. Sie erinnert sich an das Gefühl, von dem ihre Mutter, die Meerjungfrau, erzählt hat, und da sie ihre Überempfindlichkeit geerbt hat, nicht zu vergessen den alten schuppigen Zwickel, der immer noch über die Stelle geklebt ist, merkt sie, dass ihr/sein Stück feucht und schwammig wird. Sarah spinnt ein niederträchtiges Netz und nimmt Penelope Tom mit in ihre Wohnung, als sie die Bar abgeschlossen hat. Sarah wickelt sie/ihn gründlich ein und will sie/ihn gerade ans Bett fesseln, als Penelope Tom erkennt, dass es um mehr geht. Sarah, Heißsporn in Latex, zwischen ihre Beine getaucht, ist eine Kannibalin und Fleischfresserin, und sie ist der Mitternachtssnack. Als Sarah mit ihren Zangen den Zwickel lösen will, kommt Penelope Tom wieder zu Bewusstsein und durchsticht mit dem langen, spitzen Zeigefinger – der Nadelnagel ist mit der

Zeit hart wie ein Elfenbeinzahn geworden – Sarahs Panzer. Die durchbohrte Spinne spritzt ihren klebrigen Kerbtiersaft in alle Richtungen.

Penelope Tom fährt mit dem Taxi zum Haus ihrer Enkelin Tess in Harlem, lässt Schwanz und Eier zurück und hofft, dort eine Weile untertauchen zu können. Tess ist Modedesignerin und hat einen Freund, der in nostalgischer Sehnsucht nach der ontogenetischen Vergangenheit des Lebens im Mutterleib das Wasser verinnerlicht – er trinkt seinen Morgenurin. Das verweist zurück auf das Wasser seiner frühesten Lebenszeit, das Fruchtwasser, das Meerwasser. Diese Angewohnheit hat viele Frauen veranlasst, ihn zu verlassen. Tess nickt bloß. Sie bringt ihm ein hohes Glas, in das er pinkeln kann. »Auf ex«, sagt sie, und es gefällt ihr, wie sein Penis das Glas füllt – wie eine Siphonflasche. »Aqua vitae!«

Während sie sich bei Tess erholt, liest Penelope Tom einiges nach, was sie versäumt hat, und stellt fest, dass der Erkundungsroboter *Opportunity* auf dem Mars Spuren von Wasser entdeckt hat. Der Gedanke, dass es zu unbekannter Zeit weit in der Vergangenheit einmal Leben auf dem Roten Planeten gegeben haben könnte, fasziniert sie. Sie setzt sich in den Kopf, vor ihrem Tod noch eines zu tun – sie wird ihre technischen Fähigkeiten und Kenntnisse darauf verwenden, die zweistufige Rakete mit nuklearthermischem Antrieb zu bauen.

Wegen ihres Alters, weil sie eine Frau ist (bevor sie ein Mann ist), wegen der gesamten Geschichte und allem, was vorher geschah, ist sie wieder unsichtbar. Niemand bemerkt die/den kleine/n alte/n Dame/Herrn, die sich in Harlem ein Raumschiff näht. *Nautilus Neptune*. Tess vertraut sie die Einzelheiten ihres Projektes an, und die versorgt sie mit hitzebeständigem Stoff und hilft ihrer Großmutter, die Zeigefingernadel abzusägen, die sie dann als durch darwinsche Evolution entwickelte Antenne an der Raketenspitze anbringt. Während Penelope sich auf ihren Abflug vorbereitet, befestigt sie das, was inzwischen zum Familiensiegel geworden ist, der historische Überrest des schuppigen Zwickels, an der Nase der *Nautilus Neptune*. Am festgelegten Tag steht Tess auf dem Dach des Gebäudes und steckt die lange Zündschnur an. Durch eine Schweißerbrille schaut sie zu, wie ihre Großmutter abhebt, eine strahlend helle Explosion, eine Eruption, die Vergangenheit wird in die Zukunft geschleudert – mit einem Überschallknall, der rund um die Welt widerhallt.

Die letzten guten Zeiten

»Gehst du?«, fragt sie, während sie dem Baby Haferbrei in den Mund löffelt.

»Gleich«, sagt er und schaut aus dem Küchenfenster – der Himmel ist von einer Farbe, die er Wintermausgrau nennt.

»Wie lange wirst du weg sein?«

Er zuckt die Achseln und packt noch einen Faltschirm in die Tasche.

»Sie stirbt nicht heute, oder?«

»Ich glaube nicht.« Er geht in ein anderes Zimmer und kommt mit einem alten Fotoalbum zurück.

»Schon wieder?«, fragt sie.

»Es gefällt ihr«, sagt er.

»Es gefällt dir«, sagt sie.

Er nickt. »Es gefällt mir.«

Sie schaut ihn an, als wartete sie auf etwas. Er beachtet sie nicht und konzentriert sich darauf, dass das Zimmer inzwischen von leuchtend buntem Plastik gesprenkelt ist – der Kinderstuhl, eine Tasse, ein Ball, verschiedene rosa Spielzeuge.

»Warum kannst du es nicht einfach sagen?«, fragt sie.

»Ich weiß nicht genau«, sagt er, als er die Jacke anzieht.

»Du bist so vorsichtig, dass dir am Ende gar nichts bleiben wird.«

»Ich lebe im Geistigen«, sagt er.

»Aber du hast ein Herz. Ich weiß, dass du ein Herz hast«, sagt sie. »Du hast den Fehler gemacht, es mir mitzuteilen.«

»Ein tödlicher Fehler«, sagt er.

»Kommt mir vor, als wärst du schon weg«, sagt sie.

»Ich muss auch los, ich bin zu spät«, sagt er und nimmt eine trockene Toastscheibe von ihrem Teller. »Wiedersehen, Baby«, sagt er, beugt sich zu dem kleinen Mädchen hinunter und küsst es auf den Kopf. Dabei atmet er ein, und ihr daunenweiches Haar streift seine Lippen. Sie riecht sauber und süß.

»Sag ›Wiedersehen, Papa‹«, sagt die Mutter zu ihr, greift nach der Babyhand und winkt damit zum Abschied. Die Mutter stößt aus Versehen gegen den riesigen Kaffeebecher vor ihr – er wankt, und der Kaffee darin schlägt Wellen und spritzt wie das Meer im Sturm. »Wir sehen uns später, *Alligator*.«

»Hinterm Berg, kleiner Zwerg.« Er versucht den Abschied spielerisch zu halten.

Er fährt einen Umweg zum Pflegeheim, wo er seine Großmutter besucht. Beim Fahren denkt er unablässig über Bordsteine nach. Wenn die Bevölkerung immer älter wird, müssten dann die Bordsteine nicht abgesenkt werden? Wären zehn Zentimeter nicht besser als fünfzehn? Oder würden dann mehr Autos die Fahrbahn verlassen und Fußgänger überfahren? Wäre es sogar eher schlimmer als besser? Er hat

Architektur studiert, arbeitet aber jetzt als Stadtplaner; es ist seine Aufgabe, Dinge sinnvoll zu gestalten, das zersiedelte Wachstum der ehemaligen Kleinstadt zu ordnen. Er muss sich überlegen, wo sich was schneiden und kreuzen soll, wo es Überführungen braucht und wohin eine neue Straße führen soll. Er soll fähig sein, sich über die Zukunft Gedanken zu machen, ohne die Vergangenheit zu vergessen – was er schwierig findet.

Er wurde unweit von hier geboren, an einem Ort, wo es oft kalt und nass war. In seinen frühesten Erinnerungen hat er immer kalte Füße und Finger. Als Kind war er ganz besessen von Socken, von nassen Wollsocken, dem Geruch von nasser Wolle, von feuchten Tieren und Pelz. Schon als kleiner Junge hat er von Cowboys und Kalifornien geträumt. Das stellt er sich als einen Ort vor, wo beim Aufwachen immer die Sonne scheint. Er stellt es sich als den amerikanischsten Teil Amerikas vor – dort werden Träume gemacht. In seiner Fantasie trifft dort der Wilde Westen auf Marilyn Monroe, und jede Straße ist anders herausgeputzt – er vermischt Disneyland und Hollywood und weiß es nicht einmal.

Er fährt zum Pflegeheim und kontrolliert auf dem Weg einige Baustellen. Beim Fahren denkt er an die Fotos im Album, erinnert sich an einige aus seiner Kindheit, als er die Zukunft mit schlichten Holzbauklötzen errichtete, und an seine wütende und ungläubige Miene, wenn seine Bauwerke einstürzten. Er erinnert sich, dass er gern Tag und Nacht seine Cowboyweste mit Fransen und seinen Revolvergurt trug – über der Kleidung oder über dem Pyjama, egal, wohin er ging –, in Wildleder fühlte er sich sicher. Er erinnert sich an ein Foto von ihm am ersten Schultag, auf dem er in voller Cowboymontur vor dem Gebäude posiert. Und er weiß noch, dass die Lehrerin ihm am ersten Schultag sagte, sie freue sich sehr, einen Cowboy in der Klasse zu haben, aber Hut und Pistole müsse er draußen in seinem Regalfach lassen; später am selben Tag kam sie zu ihm und flüsterte ihm ins Ohr, aus Gründen außerhalb ihrer Zuständigkeit dürfe er seine Pistolen nicht mehr mit in die Schule bringen. »Die Zeiten haben sich geändert«, sagte sie. »Es ist heutzutage nicht mehr so einfach, Cowboy zu sein. Vielleicht versteht das jemand ganz falsch, darum solltest du besser undercover bleiben.« Er erinnert sich, dass er nicht genau wusste, was das bedeuten sollte, die Lehrerin im Allgemeinen aber nett fand. Er erinnert sich an das Foto und überlegt, ob das womöglich alles ist, was er noch weiß. Vielleicht hat er sich den Rest ausgedacht, oder hat die Lehrerin das wirklich gesagt?

»Guten Morgen«, sagt er, als er ins Zimmer seiner Großmutter tritt. Sie lächelt und bewegt dabei nur eine Gesichtshälfte – die linke Seite bleibt ausdruckslos. Er küsst sie auf die gute Seite. Ihr Atem riecht nicht schlimm, nicht als würde sie innerlich verrotten, sondern angenehm wie Lavendel, wie Wildgräser, was ihn an einen Ausflug erinnert, den sie vor langer Zeit gemacht haben. Ihre Finger tasten die dunkelrote Narbe quer über den Schädel ab – sie hat einen Hirntumor. Um ihr Bett herum hat das Pflegepersonal Plakate an die Wände gehängt, die sie daran erinnern sollen, wie sie heißt, welches Jahr wir haben, wer Premierminister ist. SINGEN MACHT IHNEN FREUDE steht auf einem davon.

Seine Großmutter ist gar nicht so alt – aber ihr Haar war immer schon weiß. Er hat sie schon als Kind für alt gehalten, obwohl sie jetzt erst Mitte siebzig ist. Als Kind hat er lange Wochenenden bei seinen Großeltern verbracht. Er hat im Bett zwischen ihnen geschlafen, und ihre starken Gerüche und Geräusche waren zutiefst tröstlich. Seine Großeltern machten Ausflüge mit ihm; sie gingen gern im Wald zelten. Als er noch klein war, kauften sie ihm eine Polaroidkamera – die nahm er in jeden Urlaub mit – inzwischen verblassen die Bilder, als würden sie verdunsten. Als er vierzehn war, starb sein Großvater, auf einmal war viel Platz im Bett – eine unüberbrückbare Lücke, und darum besuchte er sie an den Wochenenden nicht mehr. Es war zu unangenehm. Trotzdem waren seine Großeltern der stabilisierende Faktor in seinem Leben, und er findet es schrecklich, dass er nun die Großmutter verliert – sie ist das Einzige, was immer gleich geblieben ist.

»Du siehst müde aus«, sagt sie.

Er zuckt die Achseln. »Ich habe viel um die Ohren.«

Sie nickt. »Welche Jahreszeit haben wir gerade?«

»Fast Weihnachten«, sagt er.

»Wie geht es der Kleinen?«

»Wohlgenährt und glücklich.«

»Und die Mutter der Kleinen?«

»Nicht so glücklich. Sie wirft mir vor, ich würde zu sehr in meinem eigenen Kopf leben. Und da hat sie recht«, sagt er.

»Wie ist es denn in deinem Kopf?«, fragt die Großmutter.

»Besser«, sagt er. »Wie im Kino. Immer scheint die Sonne. Und wenn es regnet, dann richtig. Das Leben ist größer, dramatischer. Die Männer sind heldenhaft, die Frauen schön. Die Dinge sind klarer, das Leben weniger verwirrend.«

»Wir haben alle unsere Träume«, sagt sie.

»Ich finde es sehr schwierig, in der Gegenwart zu bleiben«, sagt er. »Es erschöpft mich. Ich werde zu wütend. Wenn sie sagt, dass sie mich liebt, kriege ich Angst. Ich werde innerlich ganz kalt und spreche nicht mehr.«

»Du musst etwas einbringen«, sagt die Großmutter.

»Ich habe nichts«, sagt er. Und sie sind still. »Was ist mit dir – wie geht es dir?«

»Ich schlafe nicht so gut«, sagt sie. »Der Tag wird Nacht, die Nacht wird Tag.«

»Dieses Heim ist kein Zuhause«, sagt er.

»Manche Menschen leben sehr lange hier«, sagt die Großmutter.

»Soll ich mit dir rausgehen? Ich könnte einen Rollstuhl besorgen und mit dir im Garten spazieren gehen.«

»Wie ist es denn draußen?«, fragt sie.

»Kalt und nass.«

»Dann lassen wir es und sagen, wir hätten es getan«, sagt die Großmutter. »Wie geht es der Kleinen?«, fragt sie erneut.

»Die Kleine ist wohlgenährt und glücklich«, wiederholt er.

»Und deine Mutter?«

»Sie ist bei ihrem Mann und ihrer Familie«, sagt er.

»Ich habe deine Mutter immer gern gemocht«, sagt sie. »Ich mochte sie lieber als meinen Sohn. Wie groß ist ihr neues Kind?«

»Es sind ein Junge und ein Mädchen. Sie sind zehn und dreizehn.« Er spricht von seinen Halbgeschwistern.

»So lange ist das schon her?«

»Offenbar«, sagt er. »Möchtest du Bilder angucken?«, fragt er und hält das Album hoch. Als seine Eltern sich scheiden ließen, wollte keiner von beiden die Fotoalben haben. Sie wollten keine Aufzeichnungen ihrer gemeinsamen Jahre, ihres Lebens als Familie. Er wurde im eigenen Leben zum Außenseiter, zur unerwünschten Mahnung. Sein Vater war Einzelkind; er ist der einzige Enkel seiner Großmutter.

Sie schaut sich gern die Bilder an.

»Was da war, hat er alles mitgenommen«, sagt seine Großmutter, als sie das Album durchblättert. »Es ist eigenartig«, fährt sie fort. »Dein Vater will mich nicht besuchen, wenn er weiß, dass du kommst.«

»Er trifft nicht gern unvorbereitet auf irgendwas«, sagt er. »Er mag nichts Unerwartetes.«

Eine Pflegerin kommt seine Großmutter holen, um sie zu baden. Er sagt ihr, er werde warten, und geht ans Ende des Korridors, um sich einen Kaffee zu holen. »Das sind meine Tochter und ihre Mutter«, sagt er, als er einer jungen Pflegerin ein Foto zeigt, das nicht im Album ist – das hat er immer in der Tasche.

»Ihre Frau?«

»Nein. Die Mutter des Kindes«, sagt er. Und lacht dann. »Neulich hat sie mich gebeten zu gehen, weil ich zu viel Platz brauche.«

Die Pflegerin lächelt ihn an. »Das hat sie bestimmt nicht so gemeint.«

»Ich glaube schon«, sagt er.

Die Pflegerin schenkt sich einen Kaffee ein und geht wieder an die Arbeit. Er bleibt sitzen und wartet. Noch einmal blättert er die Fotos seiner Kindheit durch – die letzten guten Zeiten.

»Ich gehe auf Reisen«, sagt er zu seiner Großmutter, als sie vom Baden wiederkommt. »Ich weiß nicht, wie lange.«

»Das ist also dein Abschiedsbesuch?«

»Möchtest du, dass ich bleibe – dass ich warte?«

»Nein«, sagt sie. »Wo willst du hin?«

»Etwas suchen«, sagt er.

»Wo willst du suchen?«

»In Amerika«, sagt er. »Ich möchte in die Wüste, um meine Füße in den Sand zu stellen.«

Eine Pause.

»Was ist?«, fragt er. »Du siehst traurig aus.«

»Ich wünsche nur, du hättest es hier finden können«, sagt sie.

Er nickt. »Ich bin immer anderswo gewesen.«

»Ich habe etwas für dich«, sagt die Großmutter und schickt ihn zu ihrem Schrank, zu ihrer Tasche, und darin steckt ein zugeklebter Umschlag mit seinem Namen darauf. »Der ist schon die ganze Zeit da«, sagt sie. »Er ist für dich, von deinem Großvater und mir.«

»Was ist es?«, fragt er.

»Dein Ticket«, sagte sie.

Er öffnet den Umschlag, und es ist eine Karte, die er vor vielen Jahren gebastelt hat – ein selbst gemachtes Flugticket für eine Weltumrundung im Raumschiff. Und Geld, sehr viel echtes Geld. Er muss lächeln.

»Ich dachte, das kannst du gebrauchen«, sagt sie lachend.

»Das ist zu viel«, sagt er und meint das Geld.

»Nimm es«, sagt sie. »Ich kann mit Geld nichts mehr anfangen.«

»Ich werde das Ticket nehmen und den Rest für das Kind sparen.«

»Tu, was du für richtig hältst.«

»Ich liebe dich«, sagt er, beugt sich zu ihr und küsst sie; dann muss er sich wegdrehen – es ist zu viel.

»Das hast du immer getan«, sagt sie. »Lass mich wissen, was passiert.«

Auf dem Flug nach Los Angeles fängt der Film an, bleibt dann stecken, startet wieder von vorn. Jedes Mal läuft er ein bisschen weiter, aber nach dem vierten Mal bitten die Passagiere die Besatzung, es nicht noch einmal zu versuchen. »Das reicht«, sagen sie. »Wir können uns nicht immer wieder dasselbe angucken« – aber er kann es natürlich. Für ihn ist es jedes Mal anders. Jedes Mal, wenn er die Bilder anguckt, sieht er etwas völlig anderes. Er schaut sich das Ticket an, das er vor vielen Jahren gemacht hat – der Flug ist wie eine riesige Jahrmarktsattraktion, die Turbulenzen wie das Auf und Ab einer Achterbahn, das Ganze ist ein Abenteuer.

Bei der Ankunft setzt er seine Sonnenbrille auf – Ray-Bans; zu Hause trägt er sie nie, aber hier ist das Licht zu grell, die Schatten kühn, wie schräge Schnitte aus Licht und Dunkel, die die Welt in Muster aufteilen, Raster über dem Beton, den Parkplätzen, dem Chrom der Autos. Er steigt in seinen Mietwagen und fährt in Richtung Innenstadt. Was er sieht, fasziniert ihn, die Risse in der Fahrbahn, die Bordsteine, die an den Straßenecken für Behinderte abgesenkt sind, verwirrende Kreuzungen mit Ampeln, auf denen WALK und DON'T WALK leuchtet. Er fährt stundenlang, hin und her, auf und ab und im Kreis, hält nur an, um sich etwas anzusehen und nachzudenken. Er fährt, um zu fahren, um der Freude am Fahren willen. Er fährt, obwohl es dekadent und verschwenderisch ist. Er fährt, weil man so etwas normalerweise nicht tut – einfach nur fahren, ohne Ziel, nur wegen der Befriedigung, wenn sich die Straße unter den Rädern entrollt. Die breiten Boulevards – Santa Monica, Wilshire – sind reizvoll wegen der geradlinigen Anstiege und Abfahrten. Er fährt zu den Teergruben, zu dem Konsumtempel, der *The Grove* heißt, und dann Richtung Hollywood – Sexshops, Touristenläden, und von da hinauf in die Hügel zum Mulholland Drive und dem, was er für den Gipfel der Stadt hält, von wo er alles überblickt, die Geschäftigkeit von Los Angeles. Auf dem Rückweg hält er an, um sich einen Hotdog zu holen, und der Mann hinter der Theke lacht, weil er Würstchen dazu sagt. Immer noch hungrig holt er sich einen Burger in einem Laden, für den man eine Art Codewort braucht – ein Freund hat ihm verraten, dass es nicht reicht, bloß einen Cheeseburger zu bestellen, sondern dass man ihn »*animal style*« verlangen muss, das heißt mit Soße und Gurken und Zwiebeln. Es kommt ihm vor, als habe er mit dem Essen gewartet, bis er richtig angekommen ist. Er fährt, er isst, er verschlingt alles und ist zum ersten Mal seit langer Zeit optimistisch gestimmt. Er checkt in sein Hotel ein, fährt wieder mit dem

Auto los, zu einer Bar *downtown*. Sonnenbrille auf – der Himmel ist immer noch blau, der Tag strahlend, die Straße vollkommen leer. Er ist ein Ausländer, der sich weniger fremd fühlt, wenn er weit weg von zu Hause ist.

»Kommen Sie aus der Kälte?«, fragt ihn ein alter Mann in der Bar, als er seine Winterkleidung bemerkt. Er trägt eine rotbraune Cordhose, sein Hemd ist dunkelgrün – im Grunde sieht er aus wie ein Baum, der sich im Wald verlaufen hat. Der Alte nippt an einem Scotch. Sein Gesicht ist schwer verwittert, er ist dünn, seine Hände sind knotig. »Ich weiß, was Sie denken«, sagt der Alte, weil er bemerkt, dass er gemustert wird.

Er zuckt die Achseln.

»Sie überlegen, ob ich eine Zigarette habe.«

Er schüttelt den Kopf. »Ich rauche nicht.«

»Früher hatte ich immer welche dabei – ich habe sie umsonst gekriegt, Unmengen von Schachteln – ›Verschenk sie einfach‹, haben sie mir gesagt. ›Gib sie allen, die du triffst, und erzähl ihnen deine Geschichte.‹«

Er hört ein bisschen aufmerksamer hin.

»Die Geschichte habe ich immer noch«, sagt der Alte. Eine Pause entsteht. »Wollen Sie mir einen ausgeben?«

»Klar«, sagt er.

»Ich bin in Texas aufgewachsen«, sagt der Alte. »Mein Daddy hat mit Pferden gearbeitet; ich auch. Bin bloß bis zur sechsten Klasse in die Schule; danach hatte ich keine Lust mehr.«

Der Alte spielt mit dem kurzen Strohhalm in seinem Glas, verknotet ihn mit seinen krummen Fingern. »Ich habe den einen oder anderen Trick gelernt, ein bisschen Rodeo geritten – Pferde mit dem Lasso gefangen, und ich war Rodeo-Clown. Wissen Sie, was das ist?«

»Der Depp im Gurkenfass, der den Bullen auf sich losgehen lässt«, sagt er.

»Das war ich«, sagt der Alte. »Bis ich einen zu heftigen Tritt abbekam und mir dachte, es muss doch was Besseres geben. Ich kam hierher an die Westküste und bin in die Filmbranche gegangen, habe vor allem Kulissen gebaut, bisschen dies, bisschen das. Ist hart so ohne vernünftige Ausbildung. Jedenfalls war es so, dass sie ab und zu einen Cowboy brauchten, jemanden, der gut mit Tieren umgehen konnte, der ab und zu als Double einspringen konnte und den einen oder anderen Trick kannte.« Der Alte schaut ihn an, als wollte er fragen: Können Sie meiner Erzählung folgen?

Er nickt.

»Das bin ich«, sagt er und kippt seinen Drink hinunter. »Ich bin der letzte Cowboy.«

»Das war's? Ist das die ganze Geschichte?«

»Nein«, sagt der Alte. »Aber Sie müssen noch einen Vierteldollar in die Jukebox werfen.«

Er gibt dem Barkeeper ein Zeichen, dass er noch zwei Gläser einschenken soll.

»Im Jahr 1955 hatte so ein Bursche namens Leo Burnett – sagt Ihnen der Name was?«

»Nein«, sagt er.

»Leo Burnett hatte eine tolle Idee für eine Werbekampagne – um Zigaretten zu verkaufen. Er dachte an einen Cowboy, rau, kraftvoll, männlich – den Marlboro-Mann.«

»Wollen Sie mir erzählen, Sie waren der Marlboro-Mann?«

»Nicht direkt«, sagt der Alte. »Ich war das Double für den Marlboro-Mann. Ich war der, der früh am Set war und spät wieder ging, der stundenlang im heißen Scheinwerferlicht stand – ich war der, der rennen musste. Habe ein paar Dollar dafür gekriegt und einen Scheißbatzen Gratiszigaretten, das versuche ich Ihnen zu erklären.« Er rutscht auf dem Barhocker in eine andere Haltung. »Ich habe Schmerzen«, sagt er. »Meine Hüften sind im Arsch. Ich bin so oft vom Pferd gefallen, es ist ein Wunder, dass ich überhaupt noch einen Schritt laufen kann. Aber hey, was ist mit Ihnen, Mr. Mensch, von welchem Planeten kommen Sie?«

»Ich bin gerade erst hier angekommen«, sagt er. »Auf der Durchreise.«

»Brauchen Sie einen Schlafplatz? Ich habe ein schönes Eckplätzchen in einer Unterkunft in der Innenstadt. Ist ziemlich voll, aber ich kann ein gutes Wort für Sie einlegen.«

»Nein«, sagt er. »Ich komme klar. Ich fahre morgen weiter nach Süden.«

»Ist ja bald Weihnachten.«

Er nickt.

»Haben Sie Pläne?«

»Eigentlich nicht, ich entscheide einfach spontan.«

»Also, ich will bestimmt nicht predigen, aber wenn Sie in die Kirche wollen, wir haben hier ein paar ganz gute Weihnachtsgottesdienste, und es gibt mehrere Stellen, wo man ein gutes warmes Essen kriegt. Manche von uns haben nicht viel, aber was wir haben, das teilen wir.«

»Das merke ich mir, vielen Dank«, sagt er und steht auf. Er fasst in die Hosentasche, findet einen Zwanziger und versucht ihn dem Alten zu geben.

»Das kann ich nicht annehmen«, sagt der. »War freundlich genug von Ihnen, mir einen Drink auszugeben – mehr brauche ich nicht.« Dann denkt er kurz nach. »Das war gelogen«, fährt er fort und nimmt das Geld. »Ich habe nichts – von zwanzig Dollar kann ich noch einen Tag leben.«

»Frohe Weihnachten«, sagt er und spürt noch die Finger des Alten an seiner Hand, als er die Bar verlässt. Der Alte folgt ihm nach draußen. Sie treten auf den Bürgersteig – es ist immer noch hell und warm und so ganz anders als irgendwo sonst.

Ein Auto rollt vorbei, laute Musik schallt heraus. Der Alte beugt sich zum Fenster des Fahrers und ruft: »Mach lauter!«

Er lacht über sich selbst, weil er immer noch so angetan ist von der Idee des Cowboys – und fragt sich, was so zauberhaft ist an Männern, die lernen, hart zu sein, ihre Gefühle für sich zu behalten – eher weniger als mehr zu sagen. Er stellt sich Cowboys als Einzelgänger vor, als Rebellen, Liebende mit blutenden Herzen, Regelbrecher; grimmig und tapfer wie John Wayne, Roy Rogers und Clint Eastwood.

»Gott schütze Sie«, sagt der Alte, haut ihm auf den Rücken und kehrt in die Bar zurück.

Er kehrt in sein Hotel zurück, bestellt eine Pizza und schaut sich sein Fotoalbum an, blättert zu den Seiten, die für ihn die letzten guten Zeiten zeigen: den Familienausflug nach Disneyland an dem Weihnachten, bevor alles in die Brüche ging. Er hat den Plan, am nächsten Morgen nach Disneyland zu fahren – auf der Suche nach dem, was er hinter sich gelassen hat.

Erschöpft versucht er zu schlafen, aber er hat jedes Zeitgefühl verloren und ist um vier Uhr morgens schon angezogen und abfahrbereit. Unwillig legt er sich wieder hin und erinnert sich an den Rat seiner Mutter: »Ruh dich aus – auch wenn du nicht schlafen kannst – ruh dich einfach aus.«

Um halb sechs checkt er aus dem Hotel aus und kommt bei Disney an, bevor sie die Tore öffnen. Er fährt anderthalb Stunden in meditativen Kreisen durch Anaheim, bevor er in einem riesigen Gebäude parkt und den Zug findet, der ihn ins Zauberreich bringen wird. An der Endhaltestelle merkt er, wie er sich innerlich zurückzieht. Was so klar schien, so offensichtlich, die Rückkehr an den Ort, wo alles gut war, wird undurchsichtig. Er fühlt sich klein, orientierungslos, verloren in einem Meer von Familien. Er lässt den ersten Zug abfahren, dann auch den zweiten, und nach einer Weile fällt er dem Schaffner auf, weil er immer noch auf dem Bahnsteig steht, und der fragt ihn: »Warten Sie auf jemanden? Brauchen Sie Hilfe?«

»Ich weiß nicht, wo ich anfangen soll«, sagt er.

Der Schaffner schiebt ihn in den ersten Waggon des nächsten Zuges. »Das klingt vielleicht abgedroschen, aber ...« Der Schaffner fängt an zu singen. »»Pass auf, wir beginnen von vorne, da fängt man am besten an.‹«

»Vielen Dank«, sagt er, und die Melodie kommt ihm bekannt vor.

Er geht durch die Kartenkontrolle und betritt das *Magic Kingdom*. Umgeben von aufgedrehten Familien, die hektisch zu der einen oder anderen Welt eilen, bleibt er einen Augenblick still stehen, gleichzeitig aufgeregt und beklommen im Wissen, dass seine erste Reaktion womöglich nicht Erleichterung sein wird – nichts ist mehr, wie es früher war.

Letzte Nacht hat er sich einen Plan gemacht – eine Art Tagesprogramm, das auf den Albumfotos basiert. Er hat vor, jede Attraktion zu besuchen, die er auch mit seinen Eltern angeschaut hat. Er hofft, die Erinnerungen an jenen Tag heraufzubeschwören, und an seine Kindheit im Allgemeinen.

Er holt tief Luft; es bedeutet ihm zu viel. Er schaut in die Gesichter der Kinder und Eltern um ihn herum, die das alles zum ersten Mal sehen, die Überraschung und Verzauberung in ihren Mienen, fröhlich und überdreht. Seine Eltern sind nach Amerika gekommen, weil er es wollte, er hat darum gebettelt. Auf dem Weg durch den Freizeitpark versucht er sich vorzustellen, er sei kleiner, kürzer, mit weniger Erfahrung und einem nur halb ausgebildeten Begriffsvermögen. Ihm fällt auf, dass die verschiedenen Länder innerhalb des Parks wie Filmkulissen wirken, dass jedes Tableau eine Szene ist, die gespielt werden soll, dass die Gäste in Wirklichkeit die Darsteller sind. Es ist alles ein Märchen, eine Scheinwelt, und er will tief eintauchen, will der Junge sein, der er einst war, der Junge, der das alles für echt gehalten hat. Und zugleich ist die brutale Macht der Realität, das Eindringen der Wahrheit unausweichlich, und damit kommt auch die Traurigkeit. Menschen mit Expresstickets eilen vorbei und versuchen die langen Schlangen vor jedem Fahrgeschäft zu umgehen. Er kann sich gar nicht an lange Schlangen erinnern, oder dass alles so aggressiv umkämpft war.

Bei der *Mad Tea Party* besetzt er eine Tasse für sich allein. Er versucht sie schnell zu drehen. Diese Fahrt hat er mit beiden Eltern zusammen gemacht; er weiß noch, dass er in der Mitte saß, das Gesicht von begeistertem Grinsen verzerrt. Als er jetzt am Rad in der Mitte kurbelt, immer schneller und schneller, dreht sich die Tasse, und seine Erinnerungen spulen sich ab. Vor seinem geistigen Auge stehen seine Mutter und sein Vater, jugendlich, sportlich, spielerisch, sie reichen sich den Fotoapparat hin und her, posieren abwechselnd mit ihm, bitten manchmal auch Fremde, sie alle drei zu fotografieren. Im Rückblick hat er sich immer gefragt, ob er die Hinweise übersehen hat, ob er das alles hätte kommen sehen müssen oder ob es im Off passiert ist.

Sein Vater hat ihm nie gesagt, dass er weggeht. Als er eines Tages in der Schule war, kam sein Vater und packte seine Sachen. Er nahm auch die Eisenbahn mit, die er seinem Sohn zum Geburtstag geschenkt hatte – der Junge wusste nicht recht, wieso.

Er merkte erst, was sein Vater alles mitgenommen hatte, nachdem er seiner Mutter erzählt hatte, dass die Eisenbahn fehlte. »Warum?«, wollte er wissen.

»Frag deinen Vater«, sagte sie.

»Wo ist er?«, fragte der Junge.

»Ich habe keine Ahnung«, sagte sie.

»Wann kommt er wieder nach Hause?«

»Gar nicht«, sagte sie.

»Aber er war doch hier«, sagte der Junge.

»Als wir weg waren«, sagte sie verbittert.

»Wann kommt Daddy nach Hause?«, fragte er erneut und war wieder sicher, dass er bloß etwas missverstand.

Seine Mutter wurde sauer.

»Hat er von dir auch was mitgenommen?«, fragte er.

»Er hat alles mitgenommen«, sagte sie. Der Junge folgte seiner Mutter ins Elternschlafzimmer, und sie öffnete die Kleiderschranktüren auf der väterlichen Seite – alles leer bis auf den Weihnachtspullover, den seine Mutter ihm neulich gekauft hatte.

»Sogar die Zahnbürste?«

»Nein«, sagte sie. »Ich vermute, er hat noch eine.«

»Warum?«, fragte der Junge.

»Weil nichts mehr übrig war«, sagte sie und zuckte resigniert die Achseln.

»Und ich?«

»Das ist kein Grund zusammenzubleiben.« Sie beschäftigte sich eine Weile damit, die Schuhe, die er zurückgelassen hatte, in einen Plastiksack zu packen. In den Sack packte sie auch den Weihnachtspullover und stellte ihn zum Müll. Der Mann, der unter ihnen wohnte und dafür verantwortlich war, den Müll rauszubringen, nahm den Sack an sich. Mehr als einmal sah der Junge den Mann im Weihnachtspullover seines Vaters, und sein Herz tat einen unwillkürlichen Satz, weil er dachte, sein Vater sei zurückgekommen.

Dumbo, der fliegende Elefant, ist überfüllt. Er wartet geduldig, und als die Familie vor ihm fragt, ob er bereit wäre, sich einen Elefanten mit der Großmutter zu teilen, sagt er »Sehr gerne« und lächelt. Ihre Schuhe mit den dicken Sohlen und das weiße, ordentlich frisierte Haar erinnern ihn an seine eigene Großmutter. Sie steigen in ihren Elefanten, schnallen sich an und düsen los. Zuerst lenkt er, bewegt den Elefanten mit dem Steuerknüppel auf und ab, und sie tun so, als wollten sie die Enkel im Elefanten direkt vor ihnen einholen. Dann fragt er sie, ob sie steuern wolle, und sie ist begeistert. Als es vorbei ist, strahlt sie. »Vielen Dank«, sagt sie. »Sie sind ein sehr netter Junge.« Er wünschte, es wäre wahr. In den Kanalbooten des *Storybook Land* fällt ihm wieder ein, dass sein Vater sonntags Ausflüge mit ihm gemacht hat. Er kam nicht zu ihnen nach Haus – sie mussten sich irgendwo treffen. Oft gingen sie einfach in einen Park, und bevor sein Vater ihn wieder nach Hause brachte, kaufte er ihm noch ein Eis. An Regentagen setzten sie sich ins Museum oder manchmal noch im Park unter den Schutz eines Baumes.

»Wo wohnst du?«, fragte er seinen Vater.

»Bei einer Freundin«, sagte sein Vater.

Zwischen ihnen herrschte eine große Distanz und Förmlichkeit. Was hat er für Freundinnen und Freunde?, fragte er sich, doch er brachte es nicht über sich, ihn zu fragen.

Er fand schließlich heraus, dass sein Vater bei einer Frau wohnte, die Mathelehrerin an seiner Schule war – einer seiner Freunde verriet es ihm. Zuerst hielt er es für einen Witz und tat so, als sei es nicht wahr, aber wenn er der Mathelehrerin in den Schulkorridoren begegnete, gab sie sich große Mühe, ihm auszuweichen. Sie sah ihn und tat so, als würde sie ihn nicht sehen.

»Hat sie Kinder?«, fragte er seinen Vater, nachdem ein wenig Zeit vergangen war.

»Nein«, sagte der. »Sie wollte keine.«

»Wieso arbeitet sie mit Kindern, wenn sie Kinder nicht mag?«, fragte er seinen Vater wieder eine Weile später.

»Sie wäre zweifellos besser an der Universität aufgehoben, aber dort gibt es nur wenige Stellen, und sie ist schon etwas älter.«

Er erinnerte sich an den Besuch im Disneyland mit seinen Eltern, an das Lachen und die Albernheiten seines Vaters, an eine Welt, die magisch und unwirklich schien. »Unglaublich, hier gibt es überhaupt keinen Dreck«, sagte sein Vater.

Und dann erinnerte er sich an seine Eltern zu Hause, nach der Kalifornien-Reise, wie sein Vater ernster wurde, seinen Humor verlor, und wie seine Mutter dabei immer verspielter wurde, als wollte sie ihn verspotten, was seinen Vater wütend machte. Er erinnert sich, wie sein Vater einmal »Werde erwachsen!« brüllt. Er schaut die Fotos an. Seine Erinnerung trügt nicht, es gab keinen Dreck, alles war makellos sauber, vollkommen, alles am richtigen Platz. Auf der Main Street hatte es eine Parade gegeben. Wunderbare alte Autos, quäkende Hupen, ein Wagen mit Schneewittchen und den sieben Zwergen, verschiedenen Feen und anderen Figuren. Sein Vater hatte ihn hochgehoben und auf seine Schultern gesetzt – ein anderer Blickwinkel. Und dann gibt es noch ein Foto von seiner Mutter und seinem Vater, die ihn an je einem Arm halten und in die Luft schwingen – er erinnert sich an das Gefühl, wie ein Flugzeug zu fliegen. Als er die Hauptstraße jetzt sieht, erkennt er, wie verkitscht sie ist – der Bahnhof, das Rathaus, die Oper. Es ist die amerikanische Kleinstadt, in die Großstadt verpflanzt, die utopische Vision einer Welt, wie sie hätte sein können, aber nie wirklich war, die erblühende Landschaft der Macht. Er ist mittendrin, und der innere Konflikt bleibt: Ist das Bewusstsein oder Verbitterung?, fragt er sich. Trauert sein erwachsenes Ich um die verlorene Kindheit? Ist es seine eigene Wut darüber, an diesem Ort festzusitzen – ihn verstehen und mit Sinn füllen, ihn richtigstellen zu müssen?

Er weiß nicht, was passiert ist, wer wen verlassen hat – niemand wollte es ihm sagen.

Innerhalb eines Jahres hatte seine Mutter einen jüngeren Mann geheiratet, der ihn überhaupt nicht leiden konnte. Das beruhte auf Gegenseitigkeit. Auf einmal war er ein Eindringling im eigenen Leben, und es gefiel ihm nicht, mit einem Fremden um die Gunst seiner Mutter konkurrieren zu müssen, weshalb er immer weniger Zeit zu Hause verbrachte. Sein Stiefvater kam zu keiner seiner Schulveranstaltungen, machte überhaupt nichts für ihn oder mit ihm; bestenfalls ertrugen sie einander. Zeit verging, und seine Mutter bekam noch ein Kind.

»Er ist ein guter Vater«, pflegte seine Mutter zu sagen.

»Für seine eigenen Kinder.« Er erinnert sich daran, seiner Mutter beim Stillen des Babys zugeschaut zu haben.

»Nicht vor ihm«, verordnete sein Stiefvater und zeigte mit dem Finger auf ihn.

Er ging nach draußen und verbrachte die Nacht unter Bäumen. Später ergatterte er einen Job im Kino, wo er das alte Popcorn zusammenfegte. Der Besitzer vertraute ihm so sehr, dass er im Sommer in Urlaub fuhr und ihm den ganzen Laden allein überließ. Im Grunde wohnte er im Kino und schaute sich die Filme immer und immer wieder an.

Er fährt mit jeder Attraktion mehrmals. Er versucht sich zu konzentrieren. Auf und ab, hoch und runter und immer rundherum, durch diese Desorientierung kann er seine Erfahrungen neu verarbeiten. Er schwindelt, strudelt, ihm wird schlecht, als er über alles nachdenkt. In manchen Augenblicken glaubt er zu halluzinieren, aber vielleicht ist er auch nur dehydriert.

»Laufen Sie vor etwas weg oder auf etwas zu?«, fragt ihn eine junge Frau.

»Wie bitte?«

»Ich bin Candace. Ich bin Mitwirkende von Disneyland. Ich wollte nur sichergehen, dass mit Ihnen alles in Ordnung ist.«

»Ich glaube schon«, sagt er. »Ich meine, es läuft wie zu erwarten.«

»Gehören Sie zu einer Gruppe?«

»Nein«, sagt er. »Ich bin allein hier.«

»Männer kommen nur selten allein in den Freizeitpark«, sagt sie.

»Ich bin mit meinen Eltern hergekommen.« Er macht eine Pause. »Vor langer Zeit, als ich klein war. Diesmal bin ich auf der Suche nach etwas.«

»Wonach denn?«

»Ich weiß nicht genau, ich hatte das Gefühl, ich hätte irgendwas hiergelassen.« Er schaut hinauf in die Baumkrone über ihm. »Aber vielleicht bin ich auch nur auf der Suche nach einer Palme.«

»Wussten Sie, dass diese Palmen nicht aus Kalifornien sind? Sie sind vor hundert Jahren aus Lateinamerika hergeschafft worden«, sagt sie.

»Das wusste ich nicht«, sagt er.

»Und was noch schlimmer ist, sie sterben an einem Pilz.«

»Nachdem ich in Disneyland war, habe ich meinen Freunden zu Hause erzählt, ich hätte Micky Maus und Abraham Lincoln getroffen. Sie haben gelacht. Jetzt bin ich zurückgekehrt, um den Traum wiederzufinden, *Tomorrowland* und die Zukunft – um herauszufinden, ob er noch lebt.«

»Und lebt er?«, fragt sie.

»Schwer zu sagen«, antwortet er. »Nichts ist mehr von hier. Es ist alles aus China – als würden die Vereinigten Staaten China gehören. Wenn ich eine Schneekugel von Disneyland umdrehe, steht auf der Unterseite der Welt ›*Made in China*‹.«

»Sie sind witzig«, sagt sie lachend.

»Ein richtiger Komiker«, sagt er.

»Ich habe für heute Feierabend«, sagt sie. »Sie waren mein letzter Auftrag.«

»Ich war ein Auftrag?«

Sie antwortet nicht. »Wollen Sie einen Happen essen?«

»Ich habe den ganzen Tag noch nichts gegessen«, sagt er. »Gibt es hier in Disneyland irgendwas, was Sie gern essen?«

»Nein«, sagt sie. »Wir dürfen nicht mit Gästen essen, aber wir können das Gelände verlassen. Ich wohne ganz in der Nähe.«

»Okay«, sagt er.

Als sie auf den Ausgang zusteuern, erzählt sie ihm, was auf der Plakette zur Eröffnung im Jahr 1955 steht. »›Hier verlassen Sie das Heute und betreten die Welt von gestern, morgen und der Fantasie.‹ Das finde ich toll«, sagt sie. »Jeden Tag, wenn ich reinkomme und wieder rausgehe, sage ich diesen Satz vor mich hin, wie ein Mantra.«

Und dann erklärt sie ihm, dass die »Mitwirkenden«, das Disneywort für die Angestellten, woanders auschecken und einen eigenen Parkplatz haben. Sie sagt, sie werde ihn am Parkhaus treffen. Sie fährt dorthin zurück und sieht ihn zwischen den Autoreihen auf und ab laufen, unfähig, seinen Wagen zu finden.

»Ich habe keine Ahnung, wo ich ihn abgestellt habe.«

»Welche Farbe hat es?«

Er weiß es nicht mehr genau. »Grau? So ein silbriges Graugrün?«

»Passiert andauernd«, sagt sie. »Ich sage den Wachleuten

Bescheid. Im schlimmsten Fall finden die das Auto heute am späten Abend, nach der Schließung.«

»Ich habe noch nie etwas so Großes verloren«, sagt er, als er in ihr Auto steigt, das klein und weiß ist und von unten her rostet.

»Schlimmer ist, wenn Eltern ihre Kinder verlieren – das passiert mehrmals am Tag. Wir haben ein richtiges System, das verlorene Kinder wieder mit ihren Familien zusammenbringt«, sagt sie, als sie vom Parkplatz fahren.

Auf dem Weg reden sie übers Wetter und sind vertrauter geworden.

»Ist das normal für hier?«, fragt er.

»Wie normal?«

»Ist es immer so heiß?«, fragt er.

»Die Hitze kommt und geht – es gibt kein normal mehr«, sagt sie. »Ist es warm da, wo du lebst?«

»Nicht so richtig«, sagt er. »Es regnet viel.«

»Hier ist es meistens ein bisschen besser als jetzt – ein bisschen perfekter. Das mögen alle daran. Warst du schon oft in Amerika?«, fragt sie.

»Ein paar Mal«, antwortet er. »Warst du schon mal in Europa?«

Sie schüttelt den Kopf. »Ich will un-be-dingt nach London, aber ich bin überhaupt noch nie geflogen.«

Sie fährt zu einer kleinen, flachen Wohnanlage zehn Minuten von Disneyland entfernt. Die Anlage heißt *The Heights*, und an der Einfahrt steht STROM UND KLIMATISIERUNG INKLUSIVE. Die Gebäude sehen aus wie das, was man früher Fabriksiedlungen nannte – was heißen soll, dass die Wohnungen für die Arbeiter einer Fabrik gebaut worden waren; tatsächlich aber sehen sie so gesichtslos aus, dass sie auch in einer Fabrik hergestellt und eines Nachts hier abgeworfen worden sein könnten. Die Häuser sind nummeriert – sonst könnte man sie nicht unterscheiden. Ihre Wohnung liegt im mittleren Stockwerk eines dreistöckigen Gebäudes.

Ehe sie die Tür öffnet, warnt sie ihn: »Wir haben Katzen. Sollen wir eigentlich nicht, haben wir aber. Und Mitbewohner. Ich habe drei Mitbewohner, aber die sind im Augenblick alle bei der Arbeit. Wir sind alle Disney-Mitwirkende, was ganz nett ist, weil wir so immer Gesprächsthemen haben.«

Er nickt.

Sie führt ihn in die dunkle Wohnung. Sie öffnet die Jalousien, vertikale Metalllamellen, und eine kleine Staubwolke springt auf, erhebt sich in die Luft, fängt die Sonnenstrahlen auf und glitzert wie Feenstaub.

»Möchtest du was trinken?«, fragt sie.

»Klar«, sagt er.

»Wir haben Bier und Orangennektar.«

»Bier wäre schön.«

Sie nimmt zwei heraus und macht zwei Striche auf eine Verbrauchsliste, die mit schweren Magneten an die Kühlschranktür geheftet ist. »Bist du verheiratet?«, fragt sie, als sie ihm ein Bier und eine Packung Cracker reicht.

»Eigentlich nicht«, sagt er und macht es wie sie – erst einen Cracker, dann einen Schluck Bier.

»Was soll das bedeuten?«

Er schluckt, spült den faden alten Cracker mit Bier herunter. »Vertrauenskrise?«, schlägt er vor. »Ich lebe mit jemandem zusammen, wir haben ein Baby. Aber ich bin nicht so engagiert, wie sie es gern hätte.«

»Weiß sie, dass du hier bist?«, fragt sie.

»Sie weiß, dass ich weg bin, aber ich habe ihr nicht viele Details verraten.«

»Was erzählst du ihr denn?«

»Nicht viel. Meist rede ich bloß im Kopf.« Er lacht über sich selbst.

»Wo habt ihr euch kennengelernt?«, fragt sie.

»Auf einer Party. Sie ist Fotografin, macht viele Hochzeiten und Familienfotos – zu Beerdigungen bittet niemand einen Fotografen. Als das Kind geboren wurde, wollte sie mehr, ich weniger. Es wurde schwieriger.«

»Hast du Hunger?«, will sie wissen.

»Ja, habe ich«, sagt er.

»Ich weiß nicht, ob ich dir Geld abnehmen oder ob ich es dir umsonst anbieten soll.«

Erschrocken verschluckt er sich, und Bier dringt ihm aus der Nase.

»Das nennen wir *schnorfen*«, sagt sie. »Wenn man beim Trinken lachen muss und alles aus der Nase kommt.«

»Ist das witzig?«, fragt er.

»Ja, weil du nämlich nicht sicher warst, was ich gemeint habe, richtig?«

Er wird rot.

Sie öffnet den Gefrierschrank und zeigt ihm, dass er voll ist mit Tiefkühlmenüs. »Einer meiner Freunde arbeitet in einem Hotel und verkauft alles, was er in den Zimmern findet, auf dem Schwarzmarkt. Ich zahle ihm so um die fünfzig Cent pro Mahlzeit für Essen, das so gut wie neu ist – noch gefroren. Ich habe jede Menge Käsemakkaroni und Tiefkühlpizza. Und solche Sachen.«

Sie zieht etwas heraus, das *Hungry Man Dinner* heißt. »Das hier ist eine Delikatesse – die gibt es nur sehr selten. Ich glaube, dafür habe ich einen Dollar bezahlt. Das glutenfreie Zeugs gehört meiner Mitbewohnerin – das ist sehr teuer.«

Er greift nach seiner Brieftasche.

»Nein, lass«, sagt sie. »Du bist eingeladen.« Sie schiebt das Menü in die Mikrowelle und stellt den Timer ein.

Sie schaut ihn an und will etwas. Sie rückt etwas näher, hebt ihre Bierflasche, und sie stoßen an. Er wusste, es könnte etwas passieren, als er ihr Angebot annahm, zu ihr nach Hause zu fahren. Sie küsst ihn. »Ich mache so was eigentlich nicht«, sagt sie. »Ich schleppe bei der Arbeit keine Männer ab und nehme sie mit nach Hause.« Die Mikrowelle piept. Sie öffnet die Klappe, zieht die Verpackung ab, stellt noch eine Minute ein und küsst ihn noch mal.

»Warum tust du es dann?«, fragt er, obwohl er weiß, genau das sollte er sich selbst fragen.

»Ich habe noch nie mit jemandem aus einem anderen Land geschlafen. Ich frage mich, ob das wohl anders ist«, sagt sie.

»Und ich habe es noch nie mit einer Amerikanerin gemacht«, sagt er.

Er stellt sein Bier ab. Wieder küssen sie sich. »Was meinst du?«, fragt er.

»Du schmeckst fremd«, sagt sie und führt ihn durch den Flur zu ihrem Zimmer, mit Zwischenstopp im Zimmer ihrer Mitbewohnerin, wo sie Kondome sucht.

Ihr Bett ist sehr niedrig und von Stofftieren umstellt.

»Sieht ja aus wie im Märchenwald«, sagt er nervös und fragt dann: »Wie alt bist du?«

»Keine Angst, ich bin alt genug«, sagt sie. »Ich mag bloß immer noch gern Spielzeug. Die meisten davon habe ich gewonnen. Bei Gewinnspielen ziele ich immer sehr gut.«

Er lässt sich von ihr leiten. Sie geht eher mechanisch an den Liebesakt heran. »Ich habe es noch nicht so oft gemacht«, sagt sie – schüchtern, aber eindeutig stolz auf das, was sie womöglich als ihre Technik erachtet. Er findet ihre jugendlichen Rundungen sexy. Ihre Haut ist frisch und gleichzeitig bis zum Bersten gefüllt, wie ein ganz und gar aufgeblasener Luftballon – sie ist straff, fast elastisch.

»Meine Mitbewohnerinnen sind wilder als ich«, sagt sie. »Hast du es zum Beispiel schon mal von hinten gemacht?«

»Ja, habe ich«, sagt er.

»Sollen wir es versuchen?«, fragt er, als wäre es eine Art Experiment. Doch als er hinter ihr ist und gerade ein wenig zu schwitzen anfängt, schlägt ihre Stimmung um.

»Hier könnte was richtig Schlimmes passieren«, sagt sie.

»Was denn?«

»Wenn andere reinkämen und alles außer Kontrolle geriete?«

»Wer soll denn reinkommen?«

»Leute«, sagt sie.

»Und was würde dann passieren?«

»Vielleicht zwingen sie uns, Sachen zu tun, die wir nicht tun wollen?«

Er überlegt. »Möchtest du, dass ich aufhöre?« Sie sagt nichts. »Mache ich irgendwas, was du nicht willst?«

Sie wirkt verängstigt, verstört durch ihr Tun.

»Nein«, sagt sie. »Ich meine bloß.« Dann fängt sie an zu schniefen, als würde sie gleich weinen. »Es fällt mir bloß sehr schwer, loszulassen. Lass uns noch mal anfangen.«

»Alles in Ordnung«, sagt er. »Hier passiert nichts Schlimmes. Ich dachte, du hast Spaß.«

»Hatte ich auch.«

Sie fangen neu an. Diesmal liegt er auf dem Rücken, und sie setzt sich rittlings auf ihn – sie nennt das »Erwachsenensex« und sagt, sie habe es einmal in einem Pornofilm gesehen. »Ist fast wie bei einer Berg-und-Tal-Bahn. Auf und ab. Ich hatte erst zwei Freunde, und die waren beide beinahe so wie ich.«

Als sie fertig sind, zieht sie ihr Oberteil wieder an und trägt das gebrauchte Kondom halb nackt in die Küche, wickelt es in Küchenpapier und vergräbt es im Müll.

»Beweise beseitigen«, ruft sie durch den Flur.

Sie kommt zurück ins Schlafzimmer, lässt sich auf Hände und Knie nieder und sucht in ihrem Wandschrank herum. Sie bietet einen eigenartigen Anblick, so von hinten und von der Hüfte abwärts nackt. »Welche Schuhgröße hast du?«, fragt sie.

»Größe dreiundvierzig«, sagt er.

»Nein, ich meine in normalen Zahlen. Du weißt schon, acht, neun, zehn ...«

»Ach so«, sagt er. »Ich glaube, das ist neuneinhalb.«

»Perfekt«, sagt sie und wühlt weiter. Schließlich zieht sie ein Paar Schuhe heraus. »Die gehörten meinem Großvater.« Sie reicht ihm ein elegantes Paar dunkler Slipper mit Quasten. »Echtes Krokodilleder. Zieh sie an.«

Er schlüpft hinein und versucht die Löcher in seinen braunen Socken zu verstecken. »Was meinst du?«

»Mir gefällt der Kontrast, deine Socken, die Schuhe. Du solltest sie haben«, sagt sie. »Er wollte, dass seine Schuhe an eine gute Seele gehen – ich habe nur darauf gewartet, den richtigen Menschen zu finden. Die meisten amerikanischen Männer haben größere Füße.«

»Bist du hier aufgewachsen?«, fragt er, während er in den Schuhen durch die Wohnung läuft, sie testet, denn er will sie nicht nehmen, wenn sie nicht richtig gut passen.

»Nein«, sagt sie, »meine Familie ist aus Utah. Ich bin irgendwie anders als sie, darum bin ich gegangen.« Sie schweigt kurz. »Eigentlich bin ich eher weggelaufen, aber das musste ich – das war der einzige Ausweg. Der Bruder meiner Freundin hat es auch gemacht – wir sind zusammen nach Los Angeles gegangen, dann sind wir in diese Scientology-Kirche geraten, das war nicht so toll, und dann musste ich wieder weglaufen. Darum bin ich hierhergekommen. Das hier ist der erste Ort, an dem ich mich richtig wohlfühle. Ich bin ein Mensch, der sich irgendwo zugehörig fühlen muss – und Disney ist eine Art religiöse Erfahrung für mich, nur besser. Ich mag die Werte und die Figuren, und es ist ein unbeschwerter Ort.« Wieder schweigt sie. »Bist du hungrig?«

»Ich sterbe vor Hunger«, sagt er.

Sie wärmt den Hungry-Man-Hackbraten wieder auf und macht sich selbst eine kalorienarme Portion von *Lean Cuisine*. Sie setzen sich zum Essen auf ihr Bett, umstanden vom vielfarbigen Reich der Kuscheltiere.

»Findest du es verstörend, dass manche Tiere nicht ihre natürliche Farbe haben?«

»Welche zum Beispiel?«, fragt sie.

»Der lila Bär zum Beispiel«, sagt er. »Oder der Hund in Neonorange?«

»Nein«, sagt sie kopfschüttelnd. »Das gefällt mir. Ich habe keine Angst vor Farbe. Wie ist dein Essen?«

»Ganz lecker«, sagt er.

»Ist das nicht super, Sex zu haben und dann was zu essen?«

Er nickt.

»Ich glaube, das ist eigentlich mit sexhungrig gemeint. Ich habe echt Bärenhunger«, sagt sie und klaut eine Gabel von seinen Kartoffeln. »Und, was hast du heute Nachmittag vor? Noch eine Runde ins *Magic Kingdom?*«

»Eigentlich wollte ich rausfahren in die Wüste – nach Joshua Tree – aber da mein Auto jetzt weg ist, weiß ich nicht recht.«

»Ich könnte dich fahren – wenn es dir nichts ausmacht, den Sprit zu bezahlen.«

»Das wäre schön«, sagt er. »Vielen Dank.«

Er findet den Highway aus Beton beruhigend – flach, gefühllos, meilenweit vor ihnen ausgerollt.

»Das Schöne am Beton ist«, erklärt er ihr, »dass er keine Schlaglöcher kriegt, darum ist die Oberfläche glatter, und dass sich keine Fahrrinnen bilden, in denen sich Wasser sammelt, er ist also bei Regen sicherer.«

»Das ist echt interessant«, sagt sie.

Er weiß nicht, ob sie sich lustig macht oder nicht, darum hört er auf.

»Im Ernst«, sagt sie, »wie viel weißt du über Straßen?«

»Das ist mein Beruf«, fährt er fort. »Die durchschnittliche Lebensdauer einer Betonstraße vor den ersten Reparaturen beträgt siebenundzwanzig Jahre, Asphalt hält bloß fünfzehn.« Er erzählt ihr praktisch alles, was er über Straßen weiß. Das Teilen von Wissen ist entspannend; dadurch fühlt er sich ihr näher.

»Wie kannst du bei so viel Licht sehen?«, fragt er.

»Wir tragen alle Sonnenbrillen«, sagt sie. »Am besten funktionieren polarisierende Gläser.«

Sie gibt ihm eine Ersatzbrille, die in ihrer Sonnenblende steckt.

»Ah«, sagt er, »die ist wunderbar. Die ganze Welt sieht perfekt aus.«

»Die ist aus dem Disney-Laden«, sagt sie. »Disney ist darauf spezialisiert, Dinge gut aussehen zu lassen.«

»Schon, aber woher weiß man dann, was echt ist?«, fragt er.

»Man beißt rein«, antwortet sie lachend.

»Stimmt«, sagt er. »Bei euch gibt es Hotdog-Stände, die wie Hotdogs aussehen, gestern habe ich einen Donut in einem Laden gegessen, der wie ein Donut aussah. Es gibt 99-Cent-Pizzas, Happy Meals, extragroße Trinkbecher, und Straßen, die niemals enden. Aber warum ist dann kein Mensch draußen?«

»Das ist kompliziert«, sagt sie. »Ich glaube, niemand weiß so genau, wieso keiner draußen ist. Aber ich habe das Gefühl, wir fürchten uns alle davor, so draußen herumirrend gesehen zu werden, als wären wir nicht in unserem Element. Im Auto fühlen wir uns wohler und sicherer – die sind so was wie unsere Panzer.«

»Okay«, sagt er. »Und was liebst du an Amerika?«, fragt er dann.

»Also, ich liebe es, in der Unterhaltungsbranche zu arbeiten«, sagt sie. »Und wer weiß, vielleicht fange ich noch mal an zu studieren, oder ich mache einfach weiter mit meinem jetzigen Job und werde Kundendienstleiterin oder so was. Ich habe das Gefühl, für jemanden wie mich gibt es jede Menge Möglichkeiten – wie du siehst, bin ich ein geselliger Mensch.«

Er nickt. »Du kannst sehr gut mit Menschen.«

»Was ist mit dir?«, fragt sie.

»Vielleicht fange ich wieder an zu malen«, sagt er und erinnert sich, dass er als Kind gerne Landschaften gemalt hat, die Orte, an die er mit seinen Eltern gefahren ist. »Vielleicht male ich meine Sicht der Welt, all die Dinge, die in meinem Herzen sind, die Brüche.«

»Was hat dich wirklich hierhergeführt?«, fragt sie. »So weit weg von zu Hause?«

»Ich habe schwere Zeiten hinter mir«, sagt er. »Es kommt mir vor, als könnte ich meine Gefühle nicht mehr finden oder als hätte ich sie verloren, irgendwo liegen lassen. Darum bin ich auch auf dieser Reise. Ich suche nach dem, was ich verloren habe.«

»Und hast du es gefunden?«, fragt sie optimistisch.

Er zuckt die Achseln.

»Man sagt ja, Weihnachten ist für viele Menschen eine schwierige Zeit.«

Er nickt. »Hängt vielleicht davon ab, was man für Erwartungen hat. Hast du große Pläne?«

»Ich gehe mit meinen Freunden aus. Wir nehmen ein Taxi, damit wir uns richtig betrinken können. Wir machen Karaoke, dann machen wir so was wie Julklapp, wo jeder ein Geschenk kriegt. Das macht viel mehr Spaß als früher, als ich noch klein war. Und du?«

»Ich esse oft mit meiner Großmutter.«

Seine Gedanken schweifen ab, er spult Erinnerungen ab: Geburtstagskerzen ausblasen, zwischen den Beinen seines Vaters Skifahren lernen, einen Schneemann bauen. Er sieht Bilder vor seinem geistigen Auge und kann nicht zwischen Fotos und tatsächlichen Erinnerungen unterscheiden, alles ist zu Einzelbildern eingefroren – Augenblicke. Als er ungefähr fünfzehn war, ging der Mann seiner Mutter für zwei Wochen weg, und in diesen zwei Wochen war alles gut. Er kümmerte sich um seine Mutter und die beiden jüngeren Kinder. Sie lachten, sie war wieder die Mutter, an die er sich erinnerte, und dann kam der Mann zurück, und die Nähe verschwand.

Sie halten an, um sich Donuts und Kaffee zu holen. »Ich liebe diesen Zuckerschock beim Autofahren«, sagt sie. »Das ist so ein tolles Prickeln, richtig schnell fahren und dabei heißen Kaffee trinken. Ich weiß nicht, wie es bei euch zu Hause ist, aber hier leben eine Menge Menschen praktisch im Auto.«

Die Landschaft verändert sich. Man sieht weniger Autohäuser, mehr freie Fläche, der Verkehr wird dünner. Die Straße wird immer leerer, bis sie nach Joshua Tree kommen. Die Stadt ist eine seltsame Mixtur, zugleich mehr und weniger entwickelt, als er erwartet hatte. Als sie auf eine kleine Nebenstraße abbiegen, kommen sie an einer Reihe schäbig wirkender Motels vorbei, die alle das Wort »Desert« im Namen tragen. Und an heruntergekommenen Bars, vor denen verbeulte alte Pick-ups stehen. Der ganze Ort wirkt allgemein anders – eine Art letzter Halt, wo Menschen hinkommen, wenn alles andere gescheitert ist oder wenn sie bloß eine Auszeit brauchen. Es ist verlottert, dürftig, wirkt rau. Er zahlt die Eintrittsgebühr in den Nationalpark, und sie fahren weiter – er ist gleichzeitig beschwingt und deprimiert und fragt, ob sie das Radio ausschalten und die Fenster öffnen können.

Die Luft ist kalt und erfrischend. Die ganze Umgebung weckt in ihm den Impuls, sich in die Wüste zu ergießen. Er will aussteigen, rennen, hat aber keine Ahnung, in welche Richtung er laufen könnte.

»Könnten wir vielleicht das Auto parken und laufen?«, schlägt er vor.

»Ich bin nicht so fürs Laufen«, sagt sie. »Außerdem –« Sie hält einen Fuß hoch: Sie trägt Sandalen mit Absatz.

»Ich muss aussteigen«, sagt er und öffnet die Tür. »Wenn du nicht warten willst, verstehe ich das. Ich finde schon jemanden, der mich mit zurücknimmt.«

»Ach, Warten macht mir nichts aus«, sagt sie. »Ich kann sogar außer Sichtweite fahren und dort warten.«

Er schüttelt den Kopf. »Ehrlich, ich finde, du solltest mich hier stehen lassen. Ich brauche einen Augenblick für mich allein.«

»Du wirst doch nichts Komisches anstellen, oder?«

»Was denn?«

Sie antwortet nicht. »Es kommt mir nicht recht vor«, sagt sie. »Ich lasse dich hier nicht allein. Das kann ich nicht.«

Eine Pattsituation.

»Ist gut«, sagt er. »Dann gib mir ein paar Minuten.«

Er steigt aus, geht ein Stück weg und stellt sich mit ausgebreiteten Armen hin, offen für die Welt – er schwingt sie im Kreis, als wollte er Tempo aufnehmen, und fängt dann an, sich selbst im Kreis zu drehen, zu kreiseln, zu strudeln, immer auf der Stelle im Kreis herum, wirbelt Staub und Erde auf, wickelt eine kleine Wolke um sich. Und während er sich dreht, zieht eine einzelne schwarze Wolke über die Wüste, und es fängt an zu schneien. Dicke weiße Schneeflocken fallen wie Spitzendeckchen vom Himmel.

Er hört auf mit dem Drehen, legt den Kopf in den Nacken, streckt die Zunge heraus und versucht sie aufzufangen.

Ihn so da stehen zu sehen, erinnert sie an etwas. Sie steigt aus und ruft: »Weißt du, dass diese Josuabäume eigentlich richtig Yucca heißen? Der Name *Joshua Tree* stammt von irgendwelchen mormonischen Siedlern, die durch die Wüste gezogen sind – die Form des Baums erinnerte sie an die Bibelstelle, wo Josua die Hände zum Himmel hebt und betet.«

Sie steht genauso da wie er und lässt den Schnee auf die ausgebreiteten Arme und das zum Himmel gereckte Gesicht fallen. »Das weiß ich nur, weil ich aus einer Mormonenfamilie stamme, und darum musste ich auch abhauen.«

Sie fahren schweigend nach Los Angeles zurück. Sie lädt ihn für »noch eine Runde« in ihre Wohnung ein, doch er lehnt ab. »Ich sollte mich wieder auf den Weg machen«, sagt er. »Ich habe in Los Angeles so einen Typen kennengelernt, den letzten Cowboy, und der wollte mit mir zur Christmesse gehen. Ich glaube, er erwartet mich heute Abend.« Sie setzt ihn am Disneyland-Parkhaus ab – die Sicherheitskräfte haben sein Auto aufgestöbert. Er steigt aus ihrem Wagen, seine Plastiktüte voller Disneylandbeute in der Hand, dazu noch ein paar Kleinigkeiten, die sie ihm als Erinnerungen geschenkt hat.

Er setzt sich ins Auto. Vom Dach des Parkgebäudes kann er das Feuerwerk gut sehen – *Believe in Magic* –, das Dornröschenschloss wird zum Winterwunderland, Staunen und Ehrfurcht liegen in der Luft, und am Ende, als Weihnachtsmusik erklingt, schweben falsche Schneeflocken herab. Beim Zuhören denkt er an eine Reise in die Alpen, als er noch klein war, wie sein Vater ihm eine Lederhose gekauft und erzählt hat, die sei genau wie die, die er selbst als Kind hatte, und wie ihm auffiel, dass es das erste und einzige Mal war, dass sein Vater irgendwas über seine Kindheit gesagt hatte. Er denkt an die Eröffnungsplakette, von der das Mädchen ihm heute Nachmittag erzählt hat, an ihr Mantra: »Hier verlassen Sie das Heute und betreten die Welt von gestern, morgen und der Fantasie.«

Er zieht sein Handy aus der Tasche und ruft zu Hause an; sie geht ran, obwohl es schon spät ist.

»Wie geht es euch?«, fragt er.

»Uns geht's gut«, sagt sie. »Heute habe ich die Kleine mit zu deiner Großmutter genommen – sie hat gelächelt.«

»Das ist schön«, sagt er. Schweigen. »Ich stehe hier, ein Feuerwerk ist im Gang, und vor mir liegt ein Zauberreich.«

»Das ist schön«, sagt sie.

Wieder herrscht Schweigen. »Es ist fast Weihnachten«, sagt er.

»Ja«, antwortet sie.

»Ich bin bald wieder zu Hause«, sagt er. »Ich glaube, ich habe, was ich brauche.« Er klopft sich auf die Jackentasche, wo das mit Buntstiften selbst gemalte Ticket steckt, das seine Großmutter ihm gegeben hat. »Und ich habe mein Ticket hier in der Tasche«, sagt er ihr. »Da steht drauf, dass es für eine Gratisreise rund um die Welt gilt.«

Sei mein

»Du willst mir doch irgendwas nicht sagen«, sagt sie.

Er sagt nichts.

»Ich bin ja nicht blöd«, sagt sie. »Ich weiß doch, was los ist.«

Er richtet sich im Bett auf.

»Du überlässt es mir«, sagt sie. »Du willst, dass *ich* es sage.«

Er schaut auf seine nackte Brust und macht Bauchtricks. Die Muskeln bewegen sich in Wellen, wie Brandung am Strand.

»Du hast mich nie geliebt«, sagt sie. »Das ist es, was du mir nicht sagen willst.«

Er schüttelt den Kopf.

»Es ist noch mehr«, sagt sie. »Und es ist ja auch keine weltbewegende Neuigkeit. Ich habe es von Anfang an gewusst. So leicht konnte es ja gar nicht sein. Leicht – dann wärst du wie jeder andere Typ, der zwar einen hoch-, aber kein Wort rauskriegt.«

Tränen laufen ihm über die Wangen auf die Brust.

»Echt?«, sagt sie ehrlich überrascht.

»Echt?« Er steht auf und zieht seine Hose an.

»Das war's also«, sagt sie.

Er zieht sein T-Shirt an.

»Ist schon okay«, sagt sie. »Ich erwarte gar nicht, dass du auf die Knie fällst und sagst, dass du mich liebst.«

Er schlüpft in die Schuhe und schaut sie an. »Ich weiß nicht, was Liebe ist«, sagt er. »Macht es das leichter, dass ich keinen blassen Schimmer habe, was Liebe ist?«

»Ist gut«, sagt sie, »aber glaub nicht, dass du das alles hier umsonst kriegst. Ich erwarte etwas.«

»Was?«, fragt er.

»Frühstück«, sagt sie.

»Was ist mit dem Kind?«, fragt sie bei Kaffee und Toast.

»Welches Kind?«

»Das Kind, das wir nie hatten.«

»Es existiert nicht«, sagt er.

»Tut es wohl«, sagt sie.

»Nicht in Wirklichkeit«, sagt er.

»Das Kind existiert – es ist bloß noch nicht gekommen.«

»Bist du schwanger?«

»Das meine ich nicht ...«

»Dann existiert es nicht«, sagt er.

»Doch«, sagt sie. »Es ist bloß noch nicht angerührt. Die Einzelteile sind noch nicht zusammengesetzt, aber wir haben alle da.«

»Das war ein Experiment«, sagt er. »Und es ist gescheitert.«

»Es ist nicht gescheitert«, sagt sie.

»Wir haben es nicht richtig versucht«, sagt er. »Wie sollen

wir ein Kind miteinander haben, wenn wir nicht mal miteinander reden können?«

»Das ist nicht das Gleiche«, sagt sie.

»Es ist schwerer«, sagt er.

»Nicht unbedingt. Menschen machen das dauernd. Wenn wir ein Kind haben, dann haben wir auch was, worüber wir reden können. ›Hat das Baby die Windel voll? Hat es gelächelt? Hatte das Kind einen guten Schultag?‹«, sagt sie.

»Das hält nicht ewig«, sagt er.

»Nichts hält ewig«, sagt sie.

»Das Kind wird groß werden«, sagt er. »Es wird aus dem Haus gehen.«

»Und wir werden wieder da sein, wo wir jetzt sind, aber wir werden mehr gemeinsam haben, ein Leben voller Erinnerungen. ›Weißt du noch, wie das Kind sich übergeben hat? Weißt du noch, als der Hund den Schuh gefressen hat? Weißt du noch, als die Katze in den Kleiderschrank gekackt hat?‹«

»Ich weiß nicht, ob das reicht«, sagt er.

»Enkelkinder?«, schlägt sie vor.

Er beugt sich vor, um ihr einen Kuss zu geben. »Ich komme zu spät«, sagt er.

»Was willst du zu Abend essen?«, fragt sie, als er aus der Tür geht.

»Das Übliche.«

»Ich werde alt«, sagt sie abends, als sie nebeneinander im Bett liegen. Sie liest ein Buch, er stellt sich schlafend.

»Ein Tag nach dem anderen«, sagt er.

»Schneller«, sagt sie. »Wie beschleunigt, so als würden die Stunden sich übereinanderschieben, im Schnelldurchlauf.«

»So langsam erinnerst du mich an deine Mutter.«

»Was denn an meiner Mutter?«

»Sie hat immer gedacht, sie muss sterben«, sagt er.

»Ja, und guck, was ihr passiert ist«, sagt sie.

»Sie war dreiundachtzig«, sagt er.

»Der Tod ist der Tod, egal in welchem Alter. Sie war sehr lebendig, bis sie gestorben ist. Fass mal meine Finger an, die sind wie Eis«, sagt sie.

»Deine Finger sind immer kalt. Du hast noch ein langes Leben vor dir.«

»Woher weißt du das?«, fragt sie.

»Ich sehe das rein praktisch – Menschen in deinem Alter und deinem Zustand sterben nicht einfach«, sagt er.

»In was für einem Zustand bin ich denn?«, fragt sie.

»In gutem Zustand«, sagt er.

»Ich könnte von einem Laster überfahren werden.«

»Warum stellst du dich nicht mitten auf die Straße und wartest ab, was passiert? Vielleicht hast du ja Glück.«

»Du willst mich doch bloß loswerden«, sagt sie.

»Ich versuche zu schlafen«, sagt er.

»Na gut. Dann stelle ich mich eben auf die Straße, aber ich bezweifle, dass mich jemand umfahren wird. Wahrscheinlich werden die Leute eher ausweichen und irgendeinen Pudel zerquetschen, der gerade Gassi geht, und dann fühle ich mich schuldig – weil ich so ein Arsch bin und mich mitten auf die Straße stelle. Es muss doch auch anders gehen.« Sie schweigt.

»Leb einfach«, sagt er.

Stille.

»Du hast die schrecklichsten Ideen und bist so scheiß-

optimistisch«, sagt sie. »Du glaubst, alle können so sein wie
du – vollkommen.«

»Ich freue mich, dass du mich für vollkommen hältst«,
sagt er.

»*Ich* halte dich nicht für vollkommen – aber du.«

Er dreht sich auf die Seite.

»Tu das nicht«, sagt sie. »Sei nicht so beschissen herablassend.« Sie seufzt laut. »Warum bist du so nervig?«

»Bin ich das?«, fragt er.

»Ja. Du beantwortest jede Frage mit einer Gegenfrage.«

»Tue ich das?«

»Gerade hast du es wieder getan.«

»Habe ich das? Hab ich gar nicht gemerkt …«

»Wie kann jemand, der Psychiater werden will, so wenig
merken?«

»Ich kann das trennen«, sagt er. »Ich trenne Arbeit und
Zuhause.«

»Du arbeitest zu Hause«, sagt sie. »Sag mir bitte mal eins:
Wieso hast du eine Künstlerin geheiratet?«

»Ich wusste nicht, dass so viel Verpflichtungen daran hängen«, sagt er.

»Was meinst du mit Verpflichtungen?«, fragt sie.

»Nicht nur Ehemann, sondern auch Material zu sein«,
sagt er.

»Bereust du irgendwas?«, fragt sie.

»Jede Menge«, antwortet er. »Ich hätte dir mehr bieten
sollen, womit du arbeiten kannst. Ich hätte mich viel uner-
hörter benehmen sollen.«

»Wann?«

»Bei Abendessen, in der Öffentlichkeit, im Bett. Ich

hätte dir was liefern sollen, worüber du wirklich schreiben kannst«, sagt er.

»Ist es schon zu spät?«, fragt sie.

Die Nacht vergeht.

»Oh«, sagt sie, als sie sich im Morgengrauen umdreht und ihn sieht.

»Oh was?«

»Mir war nicht bewusst, dass du da bist.«

»Hast du jemand anderen erwartet?«

Sie sagt nichts.

»Ich lebe hier«, sagt er. »Das hier ist meine Bettseite.«

»War es nicht immer«, sagt sie.

»Was soll das heißen?«

»Wir haben auch mal getauscht.«

»Das war vor Jahren in meiner alten Wohnung. Einer musste die heiße Seite nehmen, einer die kalte. Die eine Seite war am Fenster, die andere am Heizungsrohr – wir haben eine Münze geworfen.«

»Ist es darum so weit gekommen mit uns?«

»Wie weit?«

»So weit, dass du mit dem Rücken zu mir schläfst? Früher lagen wir einander zugewandt. Du hast mich angesehen und bist dabei eingeschlafen. Oder du hast hinter mir gelegen, den Arm um mich geschlungen, dich an mich geschmiegt ...«

»Wir lagen in einem fahrenden Zug. Ich habe verhindert, dass du aus dem Bett fällst«, sagt er.

»Nenn es, wie du willst«, sagt sie und schaltet den Fernseher ein, um die Morgennachrichten zu hören.

»Hörst du jemals auf, dich zu beschweren?«, fragt er.

»Nein«, sagt sie entsetzt. »Dann hätte ich ja alle Hoffnung verloren.«

»Oder die Dinge so akzeptiert, wie sie sind.«

»Wir sollten uns ein Haustier anschaffen«, sagt sie.

»Ein Haustier?«

»Ja, eine Katze oder einen Hund.«

»Ich weiß nicht, ob im Mietvertrag Tiere gestattet sind.«

Sie zuckt die Achseln. »Ich brauche etwas Lebendes, um das ich mich kümmern kann.«

»Wie wäre es mit einer Pflanze?«

»Etwas, das mir in die Augen schauen kann.«

»Und Fische?«

»Etwas Warmes, mit dem ich kuscheln kann, etwas, das mich liebt.«

»Du brauchst mehr, als ich dir bieten kann«, sagt er und setzt sich auf. »Und übrigens, ich habe auch Bedürfnisse – Bedürfnisse, die nicht erfüllt werden.«

»Oh«, sagt sie. »Was zum Beispiel?«

»Dass nicht ständig jemand irgendwas von mir will. Dass ich nicht ständig in sinnlosem Geplapper ertrinke.«

»Soll ich umschalten?«, fragt sie und deutet auf den Fernseher.

»Nein«, sagt er. »Nur den Ton abstellen.«

»Ganz ehrlich, es war unvermeidlich«, sagt sie und starrt auf den stummen Fernseher.

»War es das? Wirklich?«, fragt er.

»Ich habe es von Anfang an gewusst«, sagt sie.

»Das sagen sie immer«, sagt er.

»Die Hinweise konnte man kaum übersehen.«

»Manche konnten«, sagt er.

»Eigentlich nicht«, sagt sie und rückt näher an ihn heran.

»Gibt es kein Entrinnen?«, fragt er.

»Keins«, sagt sie und schließt die Lücke.

»Leider ist unsere Zeit für heute abgelaufen«, sagt er.

»Ich muss dir etwas sagen«, sagt sie. »Ich komme nicht wieder.«

»Darüber reden wir nächste Woche«, sagt er.

»Ich habe jemand anderen gefunden«, sagt sie.

»Wer zuletzt lacht«, sagt er.

»Fick dich«, sagt sie.

»Wird auch Zeit«, sagt er.

Und ehe einer von beiden noch etwas sagen kann, liegen seine Lippen auf ihren und ihre auf seinen, und gemeinsam verschlingen sie ihre Worte.

Wer mitspielt, gewinnt

»Tom, ich will dich ja nicht kritisieren, aber warum parkst du immer hier hinten, sodass wir mit den Kindern quer über den ganzen Parkplatz laufen müssen?«

»Jane, das Auto ist so groß wie ein Schiff, und ich brauche ein bisschen Spielraum.«

»Dad, warum hängt da oben diese riesige amerikanische Flagge – was bedeutet das, wenn geflaggt ist?«

»Das ist eine gute Frage«, sagt Tom, der Vater, während die Türen des extragroßen Familien-Vans aufgleiten und alle herausspringen.

»Ich möchte ja gern glauben, es zeigt, dass sie glücklich sind«, sagt Jane, die Mutter. »Alle an den Händen fassen – dies ist ein Parkplatz.«

»Wie kriegen sie die Flagge da rauf?«, fragt Tilda, das kleine Mädchen.

»Das kann ich tatsächlich beantworten«, sagt der Vater. »In der Ladendecke ist ein Loch, und jeden Morgen klettert jemand da rauf und hisst die Flagge.«

»Ich kann mich von unserem letzten Besuch gar nicht mehr an die Flagge erinnern«, sagt der kleine Jimmy, neun Jahre alt.

»Letzte Woche hat es geregnet – im Regen setzen sie die Flagge nicht«, sagt der Vater.

»Tom, stimmt das wirklich mit dem Loch?«, fragt Jane. »Ist es nicht so eine automatische Flagge, die sich nachts von allein einrollt und morgens mit einer Zeitschaltung wieder ausrollt?«

»Stimmt hundertprozentig. Weißt du noch vor einiger Zeit, als so ein Typ den ganzen Laden als Geisel genommen und die Waren verschenkt hat?«

»Der unzufriedene ehemalige Angestellte?«

»Ja, er hat alle im Laden dazu gebracht mitzumachen, und sie haben alle einfach Sachen verschenkt. Die Leute sind aus dem Laden raus, die Arme voller Ware, und die Polizei wusste nicht, wen sie aufhalten sollten. ›Egal, was es ist, nehmt es. Ihr habt es verdient, ihr habt schon dafür bezahlt‹, das war sein Motto.«

»Er war so eine Art Robin Hood von Amerika«, erklärt Jane.

»Stimmt, und die Polizei wollte ihn nicht erschießen, stattdessen wollten sie Gas in den ganzen Laden leiten, und draußen haben die Leute randaliert – sie sagten, das Gebäude sei voller Unschuldiger, und man könne doch nicht jemanden vergasen, der nicht mal gefährlich oder bewaffnet scheint. Und letztendlich hat er sich dann ergeben. Er ist aufs Dach rauf – hat die Flagge eingeholt und stattdessen ein weißes T-Shirt Größe XXXL gehisst, und dann hat der Polizeihubschrauber ihn abgeholt.«

»Polizisten erschießen doch in Wirklichkeit keine Leute, oder? Ich dachte, du hast gesagt, das passiert nur im Fernsehen«, sagt Tilda.

»Sie sollen sich sehr bemühen, niemanden zu erschießen«, sagt Jane.

»Habt ihr gesehen, wie das passiert ist?«, fragt Jimmy.

»Wir haben es zu Hause am Fernseher verfolgt«, sagt Jane.

Tom und Jane nehmen jeder einen großen Einkaufswagen – dessen Vorderteil als Spielzeugauto gestaltet ist, inklusive Hupe und funktionierender Scheinwerfer – und schieben sie durch die automatischen Türen.

»Wollt ihr Auto fahren?«, fragt Jane.

»Ich bin schon zu groß«, sagt Jimmy. »Mein Kopf stößt
ans Dach.«

Tilda steigt gern in den Wagen ihrer Mutter.

Tom schaut auf die Uhr. »Es ist jetzt genau neun Uhr«,
sagt er. Sein Magen grummelt – Kaffee, Waffeln, Schinken-
speck und Tildas Frühstücksflocken vermischen sich darin
zu einem Brei aus Koffein und Kohlehydraten. »Sobald wir
unseren Einsatzbefehl durchgegangen sind, werde ich die
Stoppuhr in Gang setzen. Dann haben wir dreißig Minuten,
unsere Aufgabe zu erledigen.«

Der Laden ist intensiv beleuchtet – weit oben surren Ne-
onlichter. Alle Produkte scheinen zu vibrieren, als wollten
sie gleich von den Regalen hüpfen.

»In der heutigen Spieletappe bekommt der erste Teilneh-
mer, der alle Posten auf der Liste zusammenbringt, einen
Preis, und das erste Team (Jungen gegen Mädchen), das die
Liste abgearbeitet hat, bekommt ebenfalls einen Preis. Wie
ihr wisst, bewerten wir dabei nicht nur die absolute Art und
Anzahl der Produkte, sondern auch ihre Qualität: Wird das

Produkt zum Sparpreis verkauft, steht es in der Angebots-broschüre, gibt es einen Rabattcoupon dazu, bekommt man es im Vorteilspack?« Tom liest die Regeln von einem Zettel ab, den er aus der Hosentasche gezogen hat. Er bleibt nachts zu lange wach – und ersinnt verschiedene Spielszenarien und Bewertungssysteme.

»Was gibt es als Preis?«, will Tilda wissen. »Ist es rosa?«

»Wenn du es gewinnst, ist es rosa«, sagt Tom.

»Hat es eine Fernbedienung und Batterien?«, fragt Jimmy.

»Ja, mein Sohn, wenn du gewinnst, hat es eine Fernbedie-nung und Batterien.«

»Liebt es mich?«, fragt Tilda.

Niemand antwortet.

»Okay, Kinder. Jimmy, du hast deinen Pager – wenn sich irgendwer verläuft oder nach dem Weg fragen muss, nehmt einfach Kontakt mit eurer Mutter oder mir auf. Auf die Plätze, fertig, los. Möge der beste Einkäufer gewinnen.«

»Komm, Tildy, schauen wir mal auf deine Liste«, sagt Jane. »Da haben wir Lebensmittel, Putzmittel und Wasser-stoffperoxid, und dann hat Daddy uns noch Rezepte gegeben, um den Medikamentenvorrat aufzufüllen. Machen wir das zuerst, damit wir sie am Ende abholen können.« Als sie den Wagen Richtung Apotheke schieben, entdeckt Jane Wasch-mittel im Angebot. »Schnapp es dir«, weist sie Tilda an.

»Das ist schwer.«

»Heb an, Mädchen. Gut gemacht. So, jetzt läufst du in die-sen Gang rein und schaust nach *Palmolive* – nimm das mit dem gelben Preisschild darunter. Wenn du zwei für 88 Cents holst, kriegen wir Bonuspunkte. Moment, ich muss das Klo-papier zurücklegen. Das hier sind 24 Riesenrollen, das ist mehr fürs Geld als 24 Doppelrollen – Riesen heißt Doppel plus noch eine halbe, und die Packung kostet nur zwei Dollar mehr. Das sind zwölf einfache Rollen für zwei Dollar – unschlagbar. Schnell, greif die schlicht weißen Briefumschläge, der Fünfziger-Karton für einen Dollar. Nimm aber nicht den Hunderter-Karton für zwei fünfzig – das sind bloß fünfzig Cent mehr für nichts.« Sie stellen sich mit dem Wagen in die Apothekenschlange an. »Ich bleibe in der Schlange. Findest du die Milch? Wir brauchen einen Vier-Liter-Kanister Zweiprozentige und einen halben Liter fettfreie Kaffeesahne.«

»Mom, ich bin sieben.«

»Soll das heißen, ich verlange zu viel von dir?«

»Das soll heißen, gib mir die Liste – was steht drauf? Milch, Kaffeesahne, Frühstücksflocken.«

»Die Kleie-Flakes, die dein Vater gern mag.«

»Den Karton erkenne ich«, sagt Tilda.

»In der Schlange hier geht es langsam voran. Vielleicht müssen wir um ein paar Bonusminuten bitten – die dem Laden angelastet werden.« Jane bezieht sich auf Toms sehr ausgefeilt gewichtetes Bewertungssystem.

»Daddy liebt diesen Laden – er wird uns keine Bonusminuten geben. Geh nach vorn in der Schlange und versuch jemanden zu bestechen, damit er dich vorlässt.«

»Was?«

»Ich will gewinnen. Biete einem Menschen weiter vorn fünf Dollar an, um die Plätze zu tauschen.« Sie zieht einen Fünfer aus der Tasche.

»Das kann ich nicht machen.«

»Doch, kannst du, Mom. Ich will gewinnen. Das sind meine fünf Dollar, die kann ich ausgeben, wofür ich will.

Und der Preis wird mehr wert sein als fünf Dollar – mindestens zehn.«

»Dann mach du es.«

Tilda geht nach vorn. »Entschuldigen Sie. Ich mache bei einem Wettbewerb mit. Meine Mutter und ich haben dreißig Minuten Zeit, unsere Familieneinkäufe zu erledigen. Könnten wir Ihnen fünf Dollar dafür geben, mit uns den Platz zu tauschen? Oh, ich danke Ihnen, vielen, vielen Dank.«

Jane schiebt den Wagen nach vorne. Sie sind als Nächste dran.

»Hab ich doch gesagt«, flüstert Tilda. »Man muss bloß fragen.«

»Dad, warum magst du den Mammoth Mart lieber als andere Supermärkte?«, fragt Jimmy.

Tom zuckt die Achseln. »Von Suppen bis Nüssen, alles an einem Ort. Wirklich überzeugt hat mich aber, als ich den Sarg für Onkel Luther hier gekauft habe. Das fand ich beeindruckend – wer hätte gedacht, dass sie auch Särge verkaufen?«

»In welchem Gang?«

»Den habe ich online gekauft. Den Tod darf man nicht auf die leichte Schulter nehmen, und da sollte man nicht geizig sein, aber ich wollte auch nicht übers Ohr gehauen werden. Und deine Mutter hat zwar recht – ich hätte ihn vielleicht nicht zu ihm nach Hause liefern lassen sollen, solange er noch am Leben war – ich hab erst begriffen, dass er auch direkt an das Bestattungsinstitut gehen konnte, als ich schon auf ›kostenpflichtig bestellen‹ geklickt hatte. Aber das Gute war, dass er nicht viel davon mitbekommen hat.«

»Hat er nicht noch einen Monat gelebt – mit dem Sarg in der Garage?«

»Er wusste ja gar nicht, dass er da war. Er hat allerdings ständig aus dem Fenster geguckt und sein eigenes Auto gesehen, das musste nämlich raus aus der Garage, um Platz für den Sarg zu schaffen, und gefragt: ›Wessen Auto ist das denn? Wer besucht mich da?‹ Ich glaube, er fand das tröstlich.«

»Dad, sie haben keine Reifen«, sagt Jimmy, als sie in den Bereich kommen, wo die Reifen liegen sollten.

»Sind sie nicht mehr oder noch nicht auf Lager?«

»Ist nicht zu erkennen.«

»Wir werden zum Schluss beim Kundenservice nachfragen – der ist am anderen Ende des Ladens. Also, ich hoffe zwar, dass du niemals für einen Todesfall einkaufen musst, aber eine interessante Tatsache: Wenn man den Sarg im Voraus kauft, kostet er 969 Dollar. Wenn man ihn aber über Nacht braucht – und ich kann verstehen, dass es manchen Leuten so geht –, dann springt der Preis gleich auf 4550 Dollar für genau die gleiche Ware. Mit Trauer lässt sich einfach zu viel Profit machen.«

Jane und Tilda biegen um eine Ecke. »Das hat Daddy zwar nicht auf die Liste geschrieben, aber wir müssen auch noch die Sachen kaufen, die wir an Thanksgiving mit zu Tante Francie nehmen.«

»Warum fahren wir dahin?«

»Weil sie nicht rauskann.«

»Warum nicht?«

»Ach, Schatz, das ist eine schreckliche Geschichte. Ihr

Mann hat sie geschlagen, und dann wurde sie ganz depressiv und hat sich so dick gegessen, dass sie nicht mehr durch die Tür ihres Trailers passt; darum bringen wir an Thanksgiving alles zu ihr. Wobei mir einfällt, das muss alles kalorienreduziert sein.«

»Das, was Daddy immer ›geschmacksreduziert‹ nennt?«

»Wir nehmen für ihn scharfe Soße mit. Wir müssen ihr abnehmen helfen, damit sie ausgehen und jemand Neues kennenlernen kann, der nicht so gewalttätig ist. Daddy meint, wir sollten sie überreden, ihren Trailer näher an unser Haus schleppen zu lassen – es wäre besser für sie, wenn die Familie in der Nähe ist.«

»Okay, Mama, was steht als Nächstes auf der Liste?«

»Ziplock-Beutel – in den Größen Snack, Sandwich, ein Liter und vier Liter.«

»Mama, schau mal den Menschen da an!«

»Tildy, nicht mit dem Finger zeigen.«

»Ist das ein Erwachsener oder ein Kind?«

»Irgendwas dazwischen.«

»Sieht aus wie aus Schneewittchen und die sieben Zwerge. Kann ich ihn anfassen?«

»Fremde sollte man nicht anfassen.« Janes Handy klingelt, und sie schaut darauf. »Das ist Daddy mit dem Halbzeitbericht.«

»Willst du nicht rangehen?«

»Nein, er will bloß hämisch herumprahlen. Wir warten und hören uns dann an, was er auf die Mailbox gesprochen hat. Zurückrufen können wir ihn immer noch.«

Sie wartet eine Minute und hört dann die Mailbox ab: »Hallo, Schatz, wir sind's. Ich werte das als gutes Zeichen, dass ihr nicht rangeht – vielleicht habt ihr ja den Code geknackt und seid bei den Wischmopps, wo der Empfang schlecht ist, denn dann seid ihr voll im Plan. Jimmy Cricket und ich sind schneller als geplant – Winterreifen sind noch nicht vorrätig, Monozellen gab es nur bis gestern im Sonderangebot, und zwei Einkäufe müssen wir verschieben: Motoröl und deine Strumpfhose. Bis gleich.«

Jane ruft ihn zurück. »Auf meiner Liste stehen keine Wischmopps.«

»Doch, Süße. Steht in dem Doppelpunkt-Kästchen ganz unten, in Geheimcode.«

»Ich hasse dieses Spiel, Tom. Ich hasse es einfach.«

»Besorg den Wischmopp, und wir treffen uns in der Elektronik-Abteilung.«

»Gut. Tildy? Wo ist Tildy hin?« Jane versucht ihre Panik zu unterdrücken und legt auf.

»Tildy? Wo bist du? Hörst du mich?« Sie drückt den Panikknopf an ihrem Schlüsselbund, der den Teddybär an Tildas Schuhen brummen lässt. Sie hört es in der Ferne, ein schwach grollendes Signal, mal lauter, mal leiser. Rasch läuft Jane die Gänge auf und ab. »Tildy! Tildy!«, ruft sie. »Komm raus, zeig dich. Eins, zwei, drei, alle frei!«

»Mama, wo bist du? Hast du dich bewegt, Mama? Mama?«

»Tildy, du bringst unseren Zeitplan durcheinander.« Sie reden laut, obwohl sie nur einen Gang voneinander entfernt sind.

»Aber Mama, ich habe das gefunden, was ich mir immer gewünscht habe.« Tilda taucht am Ende einer Regalreihe auf und hat eine Babypuppe in der Hand, die in weiße Decken gewickelt ist.

»Ach, Tildy, du hast so viele Puppen.«

»Das ist keine Puppe, Mama. Es ist ein richtiges Baby.«

Tilda hat recht. Jane nimmt ihrem Kind rasch das Baby weg. Tilda fängt an zu weinen. »Mama, wieso hast du es mir weggerissen?«

»Das ist ein echtes Baby. Ich möchte nicht, dass du es fallen lässt.«

»Ich habe es quer durch den ganzen Laden getragen, ohne dass was passiert ist. Können wir es kaufen, Mama? Können wir es mit nach Hause nehmen?«

»Wo hast du es gefunden?«

»Oben auf den Handtüchern. Ich war auf dem Weg zu den Wischmopps, und da habe ich es gesehen. Bitte, kann ich es haben, bitte, bitte? Es könnte mein Geburtstags- *und* Weihnachtsgeschenk sein.«

»Tilda, wir haben keine Zeit mehr. Wir müssen uns beeilen. Komm, wir wollen Daddy und Jimmy finden. Hast du den Wischmopp?«

Sie schüttelt den Kopf.

»Dann holen wir uns den auf dem Weg. Los jetzt, Beeilung.« Tilda schiebt den Wagen schnell, Jane hält das Baby im Arm, zusammen rennen sie durch das Kaufhaus.

»Ihr seid zu spät«, sagt Tom, als sie bei ihm ankommen.

»Es gab eine Verzögerung.«

»Pinkelpause?«

»Wir haben ein Baby gebärt«, sagt Tilda.

»Wo?«

»Oben auf den Handtüchern. Kann ich es haben? Kann ich, bitte? Es kann doch mein Geschenk zum Geburtstag und zu Weihnachten und zu allem sein.«

Tom nimmt Jane das Baby ab und dreht es vorsichtig um, schaut es von oben bis unten an. »Hat keinen Barcode. Ich glaube nicht, dass es zu verkaufen ist. Babys gehören normalerweise irgendjemandem.«

»Ihren Eltern zum Beispiel«, sagt Jimmy.

»Ja, aber das hier hat keine Eltern. Es war verwaisigt. Es hat da bloß auf mich gewartet.«

»Kannst du uns zeigen, wo?«, fragt Tom. »Lag es in einer Karre oder einem Tragekorb?«

»Es lag im Regal«, sagt Tilda und führt die Familie an die Stelle.

Auf den Handtüchern ist eine Delle, wo das Baby gelegen hat.

»Da muss es jemand für einen Moment abgelegt haben«, sagt Tom.

»Es hätte herunterrutschen und abstürzen können«, sagt Jane. »Es hätte auch unbemerkt bleiben und verhungern können. Es hätte –«

»Ist es aber nicht«, sagt Tom.

»Das ist ein schwacher Trost.«

»Die Mama von dem Baby sucht bestimmt danach«, sagt Jimmy.

»Oder auch nicht«, sagt Tom. Er wickelt das Baby aus den Decken. »Schaut euch mal den Nabel an. Das ist ein sehr grober Schnitt, als hätte jemand selbst Hand angelegt.«

»Definitiv nach außen gestülpt«, sagt Jane.

»Vielleicht hat jemand das Baby absichtlich hierhergebracht«, vermutet Tom.

»Vielleicht gehört es auch jemandem, der oder die hier beschäftigt ist?«, fragt Jane.

»Lasst uns fragen«, sagt Tilda. »Und wenn es keiner haben will, können wir es behalten.«

»Wie wollen wir das anstellen, wollen wir die Leute fragen, ob sie irgendwas vermissen? Ob sie ihr Herz verloren haben?«

»Man könnte es auch über Lautsprecher ausrufen lassen: ›Könnte die Person, die das Baby auf den Handtüchern liegen lassen hat, bitte in Gang neun kommen?‹«, sagt Jimmy.

»Was tun wir jetzt – es ausrufen lassen? Und wenn irgendein Perverser im Laden ist? Wenn nun irgendein Perverser das Baby als seins ausgibt? Wie würdet ihr euch dann fühlen?«, fragt Tom.

»Man kriegt eine Menge Ärger, wenn man ein Kind klaut.«

»Wir klauen es nicht – jemand hat es dort abgelegt im Wissen, dass nette Menschen in diesem Kaufhaus einkaufen, liebevolle Menschen, die dem Kind ein gutes Zuhause bieten können, mit allem, was dazugehört«, sagt Tom.

»Babys brauchen Kleidung und Windeln und Feuchttücher und Fläschchen und Säuglingsnahrung und ein Gitterbett und einen Kindersitz und einen Kinderwagen und einen Flaschenwärmer und einen Windeleimer«, sagt Jane.

»Und Spielzeug«, sagt Jimmy.

»Supi«, sagt Tildy.

»Bist du bereit für ein weiteres Kind?«, fragt Tom Jane leise.

»Wann ist man je dafür bereit?«, antwortet sie. Was die Kinder nicht wissen: Tom und Jane haben selbst versucht, noch eins zu kriegen. Sie versuchen es schon seit Jahren – letztes Jahr um diese Zeit war es fast so weit, aber dann hat es doch nicht geklappt. Jane glaubt, das Problem liegt bei ihr – sie wird alt. Tom meint, so sei das Leben eben.

Jane sagt, ›So ist das Leben‹ gelte überhaupt nicht mehr – das habe die Wissenschaft alles verändert.

»Wollen wir wirklich diesen ganzen Babykram kaufen?«, will Jimmy wissen. »Das steht nicht auf meiner Liste – welchen Einfluss hat es auf das Spiel? Und ist es ein Junge oder ein Mädchen?«

Jane wickelt das Baby wieder aus und schaut in die Windel. »Junge«, sagt sie.

»Das ist gut«, sagt Jimmy. »Immerhin ein weiterer Mitspieler für unser Team.«

»Ehe wir irgendwas unternehmen, müssen wir nachdenken«, sagt Tom, der auf Zeit spielt. Er wendet sich an die Kinder. »Besorgt mal eine Sofortbildkamera, macht ein paar Fotos von dem Baby – auf den Handtüchern, mit der Gangnummer im Hintergrund – und die hängen wir dann überall im Kaufhaus auf, mit unserer Telefonnummer hintendrauf. Wenn die Mutter dann zurückkommt, weiß sie, wie sie uns findet.«

Tilda und Jimmy laufen los, eine Kamera suchen. Tom und Jane bleiben mit dem Baby zurück.

»Was denkst du wirklich?«, fragt Tom.

»Es kommt mir zu einfach vor. Ich befürchte, dass wir uns Ärger einhandeln. Wie sieht es rechtlich aus? Was ist mit der Geburtsurkunde? Mit Gesundheitsfragen?«

Tom betrachtet das Kind, legt den Kopf auf seine Brust und lauscht.

»Er sieht vollkommen gesund aus. Vielleicht hat die Frau gar nicht bemerkt, dass sie schwanger war – du weißt ja, wie Mädchen sind.«

»Nein, das weiß ich nicht«, sagt Jane kühl.

»Ich würde sagen, wir tauschen um«, sagt Tom. »So gut wie alles, was wir für das Baby anschaffen würden, lässt sich innerhalb von neunzig Tagen umtauschen, also wird es uns abgesehen vom Geld für Windeln, Fläschchen und Säuglingsnahrung nichts kosten.«

»Und was ist mit dem Preis eines gebrochenen Herzens?«

»Die Kinder sind ganz angetan«, sagt Tom.

»Natürlich. Die sind genau wie du – Konsumenten bis ins Mark. Sie finden die Vorstellung großartig, ein Baby im Kaufhaus zu bekommen – noch mehr Sachen, die man kaufen kann. Was könnte es Schöneres geben? Und was werden sie sagen, wenn Leute fragen, wo das Baby hergekommen ist? Wir können die Kinder nicht zum Lügen auffordern.«

»Da hast du recht, und wir könnten auch nicht darauf bauen, dass Tilda nicht die Wahrheit sagt – die kleine Ehrlichkeitsfanatikerin. Wenn jemand fragt, wo das Baby herkommt, dann sagen wir einfach aus Gang neun.«

Tilda und Jimmy kommen mit einer Kamera zurück. »Ist das okay, wenn wir sie benutzen, bevor wir sie bezahlen?«, fragt Jimmy.

»Ja«, sagt Tom. »Wir behalten die Verpackung und zahlen später.«

»Fotografiert nur das Baby«, sagt Jane. »Keine Leute auf den Fotos, nichts, was irgendwer erkennen könnte.« Sie legen das Kind wieder auf die Handtücher, und Jimmy schießt die Bilder – vom Blitz muss der Kleine weinen. Tom und Jane schauen sich besorgt um, ob jemand Verdacht schöpft.

»Okay, Jimmy und ich nehmen jetzt also das Baby und

hängen die Bilder auf, und du und Tilda, ihr kauft die Baby-sachen – denkt dran, wir müssen nicht alles heute besorgen, nur das Wesentliche – und dann treffen wir uns bei der Elektronik.«

»Wie viel Zeit haben wir?«

»Das Fußballspiel ist um zwölf.«

»Aber Tom, ich muss auch noch für Francies Thanksgiving einkaufen. Von den Sachen stand überhaupt nichts auf der Liste. Dafür muss ich in einen richtigen Supermarkt – einen mit frischen Lebensmitteln.«

»Später«, sagt Tom. »Lass uns erst hier alles erledigen.«

Und dann tut Tom so, als wäre ihm noch eine Sache eingefallen, und er schickt die Kinder dafür los, aber Jane weiß, er führt etwas im Schilde.

»Was hast du vor?«, fragt sie.

»Ich wollte nur einen Augenblick mit dir allein sein – du sollst wissen, wenn wir dieses Baby am Ende behalten, dann wird sich nichts ändern. Ich werde dich immer noch begehren, sehr sogar. Und, na ja, du weißt schon …«

»Nein, weiß ich nicht.«

»Ich will auch immer noch unsere Spielchen spielen.«

»Spielst du damit auf etwas ganz Bestimmtes an?«

Er deutet mit dem Kopf auf eine alte Frau, die in einem Elektromobil vorbeirollt.

Jane lacht.

Sie hat noch niemandem davon erzählt, aber manchmal gehen Tom und sie freitagabends in ein Kaufhaus, wenn nicht in dieses, dann in ein anderes, das genauso ist. Jane humpelt mit einem Gehstock herein, Tom kommt getrennt von ihr, hält eine Hüfte höher als die andere, lässt einen Arm schlenkern und hat die Baseball-Cap tief ins Gesicht gezogen. Sie bitten beide um ein Elektromobil und rasen dann die Gänge auf und ab, erinnern sich an ihre Jugend, als sie Kart gefahren sind oder Auto-Skooter. Und dann erhöhen sie den Einsatz: Sie setzen die Ausgaben fest und wählen ein Thema – zum Beispiel etwas, was man den anderen tragen oder tun sehen möchte, für zehn Dollar. Einmal haben sie es sogar bei PetSmart gemacht, dem großen Kaufhaus für Tierbedarf – ein bisschen abartig, aber das war die Sache wert.

»Werde ich rot?«, fragt Jane. »Ich habe das Gefühl, ich werde rot.«

»Du sollst nur wissen, wie sehr ich dich liebe.« Tom zieht einen Slip mit Leopardendruck aus der Tiefe seines Einkaufswagens. »99 Cent«, sagt er und wedelt damit.

»Nicht vor den Kindern.«

Tilda und Jimmy kommen mit Halloween-Süßigkeiten zum halben Preis zurück. »Wolltest du so was?«, fragen sie.

»Ja, danke. Ich habe ein Thanksgiving-Rezept, für das man alte Bonbons braucht.« Er nimmt ihnen die Süßigkeiten ab und zwinkert Jane zu. »Und zum Angebotspreis von 64 Cent. Gut gemacht.«

»Können wir das hier kaufen?« Tilda hält ein Spielzeughandy hoch, das mit Lipgloss gefüllt ist. »Es steht ›Ausverkauf‹ drauf.«

»Es steht nicht auf der Liste«, sagt Jimmy überzeugt.

»Klar können wir«, sagt Tom zu Tilda.

Schockiert greift Jimmy nach einem Spielzeug für sich. »Wenn sie was kriegt, dann ich aber auch.«

»Könntest du dir nicht was anderes aussuchen als ein Gewehr?«, fragt Jane.

Jimmy schaut seine Waffe an. »Aber es schießt mit Marshmallows, und das ist ein umweltfreundliches und fettarmes Lebensmittel.«

»Ein Gewehr ist ein Gewehr. Hör auf deine Mutter und such dir etwas anderes aus. Heute kriegt jeder etwas. Wer mitspielt, gewinnt«, sagt Tom.

Und so gehen Tom und Jimmy und das Baby im Laden herum und kleben wahllos Babyfotos an – auch an die Bildschirme in der Elektronik-Abteilung. Das Leuchten der Fernseher lenkt sie ab, fesselt sie – einige sind größer als das Wohnzimmer des Hauses, in dem Tom aufgewachsen ist. Die Bildschirme bersten vor Farbe, hoher Auflösung, digitalen Sendern und so weiter, aber alle zeigen die gleichen drei Sendungen in beliebiger Reihenfolge – einen actiongeladenen Science-Fiction-Film, ein Footballspiel zwischen Collegeteams und eine Koch-Show.

Tilda und Jane steuern direkt die Babyabteilung an und laden den Wagen mit Feuchttüchern, Windeln, Fläschchen, Säuglingsnahrung, einem Kindersitz, einem Laufgitter, Babykleidung und Spielzeugen voll.

Vor den Fernsehern ist Tom wie gebannt, wird hineingezogen. Er wippt das Baby automatisch auf dem Arm, doch sein Blick fixiert die Bildschirme. »Ich weiß noch, wie es in Schwarz-Weiß war«, verrät er Jimmy. »Ich erinnere mich an Fernbedienungen mit riesengroßen Knöpfen, weiß wie Zähne, die beim Drücken hörbar klickten. Ich erinnere mich an Zimmerantennen und Bildrauschen. Ich erinnere mich an Walter Cronkite – er war vielleicht der letzte Mensch, dem ich vertraut habe. Ich erinnere mich an Baseballübertragungen im Radio, bei denen ich Comics gelesen und rot gefärbte Pistazien gegessen habe. Ich erinnere mich, im Auto meiner Eltern zu fahren, das nur Beckengurte hatte, die niemand anlegte. Ich erinnere mich, wie ich morgens zum Spielen rausgeschickt wurde mit der Anweisung, zum Abendessen wiederzukommen. Ich erinnere mich an Yogi Bär und Ranger Smith. Ich erinnere mich, dass ein Präsident so redete, als würde er die Menschen ansprechen. Ich erinnere mich, wie Richard Nixon sagte: ›Ich habe mich an die Spielregeln der Politik gehalten, die ich vorgefunden habe.‹ Und ich erinnere mich an Martin Luther King: ›Unser Leben geht dem Ende entgegen, sobald wir von den wichtigen Dingen schweigen.‹ Und an Robert Kennedy, obwohl ich nicht sicher bin, ob ich mich wirklich daran erinnere, wie er noch am Leben war. ›Eine Revolution wird kommen – ob wir wollen oder nicht. Wir können ihren Charakter beeinflussen; an ihrer Unvermeidlichkeit können wir nichts ändern.‹ Was ich sagen will: Ich erinnere mich an Amerika. Ich erinnere mich an die Zeit, als Politiker eine Vision hatten, einen Traum für die Menschen dieses Landes, und ihren Wahlkampf nicht bloß auf Steuernachlässe aufbauten – also im Grunde Stimmen kauften. Sind wir so leichtgläubig, dass wir dachten, George Bushs 300-Dollar-Steuergeschenk würde die Kosten decken? Überlegt mal, was diese Stimme gekostet hat, denkt an eure Rentenbeiträge, eure Krankenversicherung, euren Hypothekenkredit, eure Lebenshaltungskosten und auf der anderen Seite an eure Gehälter. Wie viel habt ihr verloren, wie viel dazubekommen?«

»Mit wem redet der Mann?«, fragt jemand.

»Er spricht zu mir«, sagt ein anderer.

»Das ist mein Amerika«, sagt Tom.

»Hey, Kumpel, da bin ich ganz bei dir«, sagt wieder ein anderer.

»Kandidieren Sie – meine Stimme haben Sie«, sagt eine Frau im Vorbeigehen.

»Meine auch.«

Immer mehr Leute kommen auf Tom zu und schütteln ihm die freie Hand. Ein Mann nimmt das Mikrofon einer Karaoke-Anlage und pustet dagegen, um zu testen, ob es angeschaltet ist. »Test, Test, eins, zwei, drei. Können Sie mich hören?« Das Publikum nickt. Während im Hintergrund »White Christmas« läuft, verkündet er: »Meine Damen und Herren, Kunden aller Arten, es ist mir ein großes Vergnügen, Ihnen den nächsten Präsidenten der Vereinigten Staaten vorzustellen. Wie heißen Sie?«, flüstert er Tom zu.

»Tom. Tom Sanford.«

»Liebe Einkaufende, kommen Sie herunter in die Elektronik-Abteilung und lernen Sie Tom Sanford kennen, den Präsidentschaftskandidaten des Volkes.«

»Ich kann nicht für die Präsidentschaft kandidieren«, sagt Tom.

»Klar können Sie, das kann jeder. Ist immer noch ein freies Land, und Sie müssen dafür sorgen, dass es so bleibt. Außerdem können Sie mit Menschen umgehen, mein Freund. Ich werde Ihr Wahlkampfleiter. S-A-N-F-O-R-D – ist das richtig geschrieben?«

Tom nickt.

»In Ihrem Wahlkampf wird es darum gehen, die Regierung dem Volk zurückzugeben. Bin gleich wieder da«, sagt der Mann und rennt weg.

»Ganz süßes Baby«, ruft jemand. »Er hat ihr Kinn.«

Tom schaut den kleinen Jungen in seinem Arm an – hat er wirklich sein Kinn?

Der selbst ernannte Wahlkampfleiter hat Tom das Karaoke-Mikrofon in die Hand gedrückt. Die Menschen starren ihn an, erwarten etwas. Tom weiß nicht, was er tun soll, und spricht einfach weiter, jetzt ins Mikro. Das Hintergrundlied ist ein anderes. »Wir kaufen in diesen Läden ein, die größer sind als Footballfelder, jeder wie eine überdachte Kleinstadt, wir verbringen unser Leben in diesen Räumen, bringen unser Geld dorthin, denn wir finden sie beruhigend und befriedigend. Ich möchte euch heute eine Geschichte erzählen. Ich kenne eine Familie, die ein Jahr lang in so einem Kaufhaus gewohnt hat, als sie obdachlos war. Das waren gute Menschen, hart arbeitende Leute, die ihr Heim verloren, als die Tilgungsraten ihrer zinsvariablen Hypothek in die Höhe schossen. Sie wollten, dass ihre Kinder weiter zur Schule gehen konnten, sie wollten die Familie zusammenhalten, und darum freundeten sie sich mit der Nachtschicht in so einem Kaufhaus an. Sie aßen die Packungen, die schon geöffnet worden waren, benutzten das Shampoo, das halb ausgelaufen war. Von außen betrachtet wirkten sie wie jede andere Familie – die Kinder gingen in die Schule, spielten Fußball, machten ihre Hausaufgaben in der Stadtbücherei, blieben dort jeden Abend so lange, bis die Bücherei schloss. Der einzige Unterschied war, dass sich die vierköpfige Familie jeden Abend um neun Uhr in diesem Supermarkt traf, wo sich alle in den Waschräumen die Zähne putzten und das Gesicht wuschen, sich dann in der Matratzenabteilung hinknieten und ihr Abendgebet sprachen. Nicht nur die Matratzen waren gut, die Familie fühlte sich auch sicher und von der Nacht-schicht beschützt. Sie fühlten sich sicher und umsorgt, als würde ihre Gemeinschaft sie unterstützen – und das Gute war, dass sie nach einer Weile wieder auf die Beine kamen, Geld sparen und in eine erschwingliche Wohnung ziehen konnten. Ich werde euch den Namen der Familie nicht nen-nen – auch nicht das Kaufhaus –, aber ich versichere euch, dass es sie wirklich gibt, und sie sind nicht die Einzigen.«

Das Publikum ist gewachsen. In drei oder vier Reihen stehen die Menschen im Halbkreis um ihn herum. Als er aufhört zu reden, warten sie. Sie wollen mehr hören. »Eins würde ich gern wissen«, sagt Tom. »Ich möchte wissen, was ihr denkt, worüber ihr euch sorgt – was eure Familie angeht, eure Arbeit, eure Gesundheit, euer Zuhause. Was braucht ihr von eurer Regierung? Ich möchte den Fokus wieder auf uns richten – wir kommen zuerst. Wir wollen unsere Kin-der nicht in Kriege in Ländern schicken, in denen wir noch nie gewesen sind, wir wollen nicht in Länder gehen, wo wir weder eingeladen noch erwünscht sind. Das heißt nicht, dass wir nicht helfen wollen – humanitäre Hilfe leisten wir immer gern, und wir versorgen auch gern andere Länder mit unseren Produkten. Aber wir wollen zuerst mal sehen, was wir hier zu Hause tun können, wie wir uns selbst und un-sere Nachbarn unterstützen können. Ich möchte Gespräche am Küchentisch führen, ich will wissen, wo die Probleme liegen, und ich möchte, dass ihr mir bei der Suche nach Lö-sungen helft. Unsere Vorfahren waren Pioniere und Erfin-der – das müssen wir auch wieder sein, in unserer Welt, in unserer Zeit. Diese Welt ist genauso aufregend wie vor hun-dert Jahren – die Grenzen von Wissenschaft und Technik verschieben sich immer weiter – wir sind Teil einer globalen, vernetzten Gesellschaft. Dieses Land wurde aus dem Nichts aufgebaut, mit harter Arbeit. Das sollten wir nicht zerstören oder vergiften. Wir wollen das Gelernte annehmen und zu unserem Nutzen anwenden. Und wenn ihr gerade erst in diesem Land angekommen seid – ihr habt es aus gutem Grund gewählt, weil es euch mehr versprochen hat, ein besseres Leben. Sorgen wir dafür, dass wir das weiterhin jedem Einzelnen von euch bieten können.«

»Glauben Sie an Gott?«, ruft jemand.

»Ja, ich glaube an Gott, und ich glaube daran, nach der Angebotsbroschüre vom Freitag einzukaufen«, sagt Tom, und alle lachen.

Jane und Tilda kehren zurück, Babysachen turmhoch im Einkaufswagen gestapelt, und die fünfköpfige Familie steht beieinander, während die Leute ihre Handys zücken, Fotos machen, Videos aufnehmen, live senden.

Jemand zeigt Tom eine Seite auf seinem Laptop – Tom mit den Fernsehern im Hintergrund. »Ich habe Ihnen eine Webseite gebaut. Ich habe Ihre Rede auf YouTube hochgeladen. Läuft großartig.«

»Danke«, sagt Tom und schüttelt dem jungen Mann die Hand.

Jane schaut auf die Uhr. »Fußball in dreißig Minuten«, sagt sie. »Jimmy, du wirst dich im Auto umziehen müssen.«

»Ich werde Ihnen zur Verfügung stehen – live im Netz, rund um die Uhr«, sagt Tom. »Ich möchte sichtbar sein, ich möchte bekannt werden.«

Als die Familie sich auf den Weg zur Kasse macht, strömt die Menge auf sie zu.

Tom hebt die Hand und winkt. Sicherheitskräfte des Kaufhauses umringen sie, bilden eine Menschenkette, eskortieren sie zu den Kassen. Das Baby schreit.

»Sieht so aus, als hätten Sie richtig zugeschlagen«, sagt die Kassiererin.

»Wie meinen Sie das?«, fragt Tom.

»Sie haben zwei sehr volle Einkaufswagen – wenn Sie ein Sofortkredit-Konto eröffnen wollen, kriegen Sie heute fünfzehn Prozent Rabatt.«

»Das haben wir schon beide getan«, sagt Jane.

»Wie alt muss man sein?«, fragt Jimmy.

»Hast du ein Bankkonto?«, fragt die Kassiererin.

Jimmy nickt.

»Na, dann versuchen wir es doch mal.« Sie gibt ihm ein Formular zum Ausfüllen.

»Wow, eine eigene Kreditkarte!«

»Nur für heute«, sagt Jane.

»Kaufen Sie Aktien«, sagt die Kassiererin zu Tom. »Das ist das Beste. Wenn Sie gern einkaufen, kaufen Sie hier im Laden Aktien.«

»Ich kaufe eine für das Baby, für den Ausbildungsfonds«, sagt Tom.

»Kaufen Sie hundert«, sagt die Kassiererin.

Während ihre Waren durch die Kasse laufen, tritt eine Frau an Jane heran und fragt: »Stillen Sie?«

»Wie bitte?«

»Ich will mich nicht aufdrängen, aber ich bin eine Beraterin der La Leche Liga. Wir treffen uns mittwochvormittags im Gemeinschaftsraum der Bücherei. Sie haben ein wundervolles Baby – geben Sie ihm Ihre ganze Mutterliebe.«

Jane antwortet nicht.

»Wir haben Soja-Säuglingsnahrung gekauft«, sagt Tilda und hält eine Flasche der Marke »*Another Love*« hoch.

Als sie mit ihren zwei vollen Einkaufswagen den Laden verlassen, sind sie umringt von Gratulanten. Die Büro-Abteilung hat auf ihren Vorführgeräten Transparente gedruckt: TOM SANFORD: DER RICHTIGE MANN ZUR RICHTIGEN ZEIT. Über ihnen schwebt ein Fernsehhubschrauber.

An jedem Auto auf dem Parkplatz kleben brandneue Aufkleber in Rot, Weiß und Blau, auf denen Tom Sanford zum Kandidaten aus dem Volk für das Volk erklärt wird. Die Cheerleader der örtlichen Highschool ziehen ihre Show in der Feuerwehrzufahrt ab. »Sanford, Sanford, unser Mann! Sanford kann, was keiner kann! Hört sich unsere Sorgen an! Immer an den Menschen dran, keine Waffe in der Hand!«

Der Wahlkampfleiter geht voran.

»Wie war ich? Nicht schlecht dafür, dass ich erst eine halbe Stunde dabei bin, oder? Ich war vor Kurzem bei meinem Unternehmen von einer ›Belegschaftsverkleinerung‹ betroffen, weil ich regelmäßig überproduziert habe – das war für meine Kollegen bedrohlich, und darum passte ich nicht in die ›Unternehmensgemeinschaft‹.«

Übertragungswagen von Nachrichtensendern fahren vor, als Tom und Jane das Auto beladen. Tom liest die Bedienungsanleitung für die neue Babyschale und müht sich, sie korrekt einzubauen. Reporter kommen näher. »Genau hier, genau jetzt: der Kandidat des Volkes, erst vor wenigen Augenblicken hier im Kaufhaus von seinen Mitkunden nominiert. Schauen wir eine Weile zu, wie er sein echtes Leben in der Welt lebt.«

»Wie fühlt es sich an?«, fragt ein Reporter Tom.

Tom rüttelt am neuen Autositz. »Sicher«, sagt er, als er das Baby festschnallt. »Ich freue mich, Sie kennenzulernen, und würde gern mit Ihnen reden, aber wir kommen schon zehn Minuten zu spät zum Fußball.« Er schiebt die Autotür zu.

Der Wahlkampfleiter bleibt in der Nähe stehen, als Tom zurücksetzt, und das Sicherheitsfahrzeug des Einkaufszentrums geleitet sie mit blinkenden Warnlichtern zur Ausfahrt.

»Heute haben wir uns gut geschlagen«, sagt Jane, als sie die Kassenbons durchgeht. »Wir sind mit zwei Kindern reingegangen und mit dreien wieder rausgekommen. Wir haben 453 Dollar ausgegeben, aber noch mal fünfzehn Prozent nachgelassen bekommen und können außerdem in den kommenden vier bis sechs Wochen mit 67 Dollar Rückerstattungen für eingesandte Coupons rechnen.«

»Und ich habe eine Kreditkarte«, sagt Jimmy.

»Und ich habe ein Baby«, sagt Tilda.

»Und ich war bloß ein ganz normaler Malocher«, sagt Tom, »und jetzt bin ich Präsidentschaftskandidat.« Er schweigt einen Moment. »Und, haben wir alles von unserer Liste?«

»Ich habe alles, was ich mir nur wünschen kann«, sagt Jane. »Außer dem Truthahn.«

Der Omegapunkt[1]

Es ist ein Tag von der Art, wie sie Farmer erträumten, als sie noch Farmer waren. Der Himmel ist strahlend blau, die Pflanzen sind von frischem Grün, die Luft ist frisch und rein wie frisch gewaschen, getrocknet und am Abend zuvor ordentlich zusammengelegt. Es ist die Art von Tag, die man nie vergisst.

»Hat keinen so schönen Tag gegeben, seit du auf die Welt gekommen bist«, sagt Mary Grace Mahon zu ihrer Enkelin.

---

1 Anmerkung der Autorin: Lue Gim Gong, der Zitruszauberer, war einer von fünfundsiebzig jungen Chinesen, die aus San Francisco nach North Adams in Massachusetts kamen, um dort im Jahr 1870 als Streikbrecher in einer Schuhfabrik zu arbeiten, und einer der wenigen, die dort blieben. Lue Gim Gong lernte Englisch und reiste mit einer in der Region bekannten und angesehenen Familie nach Florida. Der Satz »Alles, was aufsteigt, muss zusammenfinden« stammt aus dem Werk des französischen Philosophen, Anthropologen und Jesuiten Pierre Teilhard de Chardin – der auch den Begriff »Omegapunkt« prägte, womit er einen Zustand höchster Komplexität und höchsten Bewusstseins beschrieb, auf den hin das Universum sich zu entwickeln scheint. Pierre Teilhard de Chardin und Walter Granger aus Middletown Springs, Vermont, gehörten zu den zahlreichen Entdeckern der Knochen des Peking-Menschen, die im Verlauf einer Reihe von Expeditionen in den Jahren 1921 bis 1939 in der »Drachenknochenberge« genannten Gegend südwestlich von Peking ausgegraben wurden. Von 1924 bis 1936 schrieben sich de Chardin und Granger mindestens siebzehn Briefe, in denen sie sich unter anderem über die Schwierigkeiten beim Verschicken von Fundstücken und Proben zwischen China und den USA austauschten. Die Knochen des Peking-Menschen waren auf dem Weg von China in die Vereinigten Staaten, als Pearl Harbor bombardiert wurde. Sie verschwanden und wurden nie wiedergefunden.

»Du kanntest mich noch gar nicht, als ich auf die Welt kam«, sagt Ruby.

»Oh doch«, sagt Mary Grace und steckt eine ihrer Haarnadeln tiefer ins Haar, das seidenweiß und wie ein Hefezopf geflochten ist.

»Unmöglich«, sagt das Mädchen und zwirbelt ihr eigenes, seidenschwarzes Haar zu einem großmütterlichen Hefezopf.

»Tief im Herzen wusste ich, dass du bald hier sein würdest«, sagt Mary Grace.

»Ich bin in China geboren, Oma. Nicht mal die Leute in China haben gewusst, wann ich geboren wurde, und als ich geboren wurde, wusste Mama noch nicht, dass sie ein Kind adoptieren würde.«

»Ich wusste es«, sagt Mary Grace. »Ich wusste es die ganze Zeit. Noch bevor deine Mutter geboren war, wusste ich schon, dass du zu uns kommen würdest.«

»Wieso putzt du die Wachsfrüchte?«, wechselt Ruby das Thema.

»Die werden staubig und dann klebrig, und dann sehen sie schimmlig aus.«

»Wieso habt ihr überhaupt Wachsfrüchte?«, fragt Ruby.

»Der äußere Eindruck ist wichtig«, sagt Mary Grace. »Ich möchte, dass die Schüssel voll aussieht.«

»Ich war schon alt, als meine Mutter mich ins Waisenhaus gegeben hat«, sagt Ruby.

»Wie alt?«, fragt Mary Grace.

»Zwischen neun und zehn«, sagt das Mädchen.

»Aber du bist doch jetzt erst sieben«, sagt Mary Grace.

Ruby zuckt die Achseln, als spiele das keine Rolle. »Ich bin in einer Kiste aus China gekommen. Ich habe den ganzen Heimweg geweint. Das war nicht sehr schön«, sagt sie.

»Du bist auf dem Schoß deiner Mutter aus China hergekommen«, sagt Mary Grace. »Ich war dabei. Ich bin mitgekommen. Du, ich und deine Mama waren dabei, drei Generationen Mahon-Frauen auf dem Flug nach Amerika, wie ein Kreis des Lebens, der sich schließt.« Sie lässt unerwähnt, dass die Leute, die sie in China getroffen hat, ihr auf eine Art in die Augen schauten wie niemand zuvor. »Interessant«, sagten sie. »Sehr«, hat sie geantwortet, und dabei beließen sie es.

»Hier ist Ihre Tochter«, sagten sie und reichten ihrer Tochter Eliza das Kind.

»Wieso hat meine Mama mich in eine Kiste gelegt?«, fragt Ruby.

»Mehr als diese Kiste hatte sie nicht. Sie sollte dich beschützen.« Mary Grace geht in die Küche und kommt mit einer kleinen Holzkiste wieder, in der Orangen geliefert wurden. »Wenn man hier Zeitungen oder Decken hineinlegt, ist es ein sicherer Ort für ein Baby.«

Ruby nimmt Mary Grace die Kiste aus der Hand, polstert sie mit Servietten vom Esstisch aus und drapiert die Wachsfrüchte darin.

Sie stellt die Kiste in die Mitte des Esstischs.

»Sieht das bequem aus?«, fragt sie.

»Redest du mit den Früchten?«, fragt Mary Grace.

Ruby antwortet nicht.

»Ich habe eine Frage an dich. Was bedeutet es, dass heute Fortbildungstag in der Schule ist?«

»Das heißt, dass die Lehrer was lernen«, sagt Ruby.

»Haben sie das nicht schon?«

Ruby verdreht die Augen. »Da machen sie besondere Sachen wie die Speisekarte der Schulmensa für das restliche Schuljahr, und sie machen so Übungen für den Zusammenhalt.«

»Wie, sie kleben sich aneinander?«, fragt Mary Grace.

Ruby schaut sich die Bilder auf dem Kaminsims im Esszimmer an. »Warum stehen hier keine Bilder von deinem Vater?«

»Er ist gestorben, bevor ich geboren war«, sagt Mary Grace.

»Das ist nicht wahr«, sagt Ruby.

»Wie meinst du das?«

»Du hast mir mal einen Brief gezeigt, den er geschrieben hat«, sagt Ruby.

»Bevor ich geboren wurde«, sagt Mary Grace.

»Darin stand: ›Vielen Dank für das Foto von unserer Tochter Mary Grace‹«, sagt Ruby.

»Du hast ein sehr gutes Gedächtnis«, sagt Mary Grace und führt Ruby zum hinteren Fenster. »Sieh dir mal die Vögel an.« Sie zeigt auf das Futterhäuschen. »Die Vögel werden immer größer, ist dir das schon aufgefallen?«

Das Kind betrachtet sie konzentriert. »Ich kann sie wachsen sehen«, sagt sie.

»Schau«, sagt Mary Grace. Während die Vögel das Futter aufpicken, merken sie, dass sie beobachtet werden, und sie halten inne, drehen sich um, legen die Köpfe schräg, breiten die Flügel aus – sie posieren. Dann wenden sie sich zum Fensterglas, und ihre schwarzen Knopfaugen blicken in die von Mary Grace und Ruby, eins zu eins.

»Was sehen sie wohl, wenn sie uns anschauen?«, fragt Mary Grace.

»Monster«, sagt Ruby.

Ein Mann, nicht mehr jung, aber auch nicht direkt alt, einen schwarzen Hut auf dem Kopf mit Schmucksteinen rund um die Krempe, der ihn irgendwo zwischen Cowboy und Prediger ansiedelt, marschiert in Pauls Tankstelle mit Shop, und seine Schuhe riechen nach Benzin. »Ich kann mich nie entscheiden, ob ich Benzingeruch liebe oder hasse«, sagt der Mann.

»Man gewöhnt sich mit der Zeit daran«, sagt Paul.

»Es wird wärmer«, sagt der Mann.

»Wird es immer.«

»Es wird noch mal kalt werden«, sagt der Mann.

»So ist es eben«, sagt Paul.

»Bevor es dann heiß wird.«

»Wie jedes Jahr«, sagt Paul.

»Führt in die Irre.« Der Mann schaut sich um. »Es kommt mir irgendwie anders vor hier. Einerseits verlassen wir uns darauf, dass alles gleich bleibt, andererseits ist es unvermeidlich, dass es sich ändert.«

»Ich habe Sachen umgestellt«, sagt Paul.

»Wieso verkaufen Sie keine Chips mehr?«

»War nicht so sehr das Verkaufen. Eher mein Problem: Ich habe sie ständig gegessen, hatte mich nicht unter Kontrolle – *Pringles, Cheetos, Doritos,* erst eine Tüte, dann zwei. Als ich sie endlich rausgeschmissen habe, war ich bei vier oder fünf Tüten am Tag und hatte ständig Durst. Jetzt verkaufe ich stattdessen Trockenfrüchte.«

»Kauft die jemand?«

»Nein, aber immerhin esse ich sie nicht. Sie kommen mir bekannt vor«, sagt Paul und gibt die Tankfüllung in die Kasse ein.

Der Mann legt keck den Kopf schräg. »Die Leute sagen, es gebe eine frappierende Ähnlichkeit mit Voltaire, sowohl vom Aussehen als auch von der philosophischen Haltung her, was wenig überrascht, denn er ist entfernt mit mir verwandt.«

Paul schüttelt den Kopf. »Der Name sagt mir nichts.«

Der Mann streckt die Hand aus. »Peter«, stellt er sich vor.

»Paul«, sagt Paul und schüttelt dem Mann die Hand, die zugleich groß und zierlich ist.

Peter entdeckt etwas auf dem Tresen. »Ist das die Einheit?«

»Nicht direkt.«

»Geben Sie mir einen Tipp?«

»Wenn ich es genau wüsste, würde ich es Ihnen sagen«, sagt Paul. »Habe ich im Keller meiner Mutter gefunden. Da unten liegt alles mögliche Zeug herum. Kommt mir vor wie ein Artefakt aus einer archäologischen Ausgrabungsstätte. Ich denke, es könnte das Amateurfunkgerät meines Vaters sein.«

»Und Sie haben es in ihrem Keller gefunden?«

»Ja. Sie können sich nicht vorstellen, was da alles drin ist«, sagt Paul.

»Ich glaube schon«, sagt Peter lächelnd, als wüsste er eine Menge über Keller.

»Ich überlege, ob ich es wieder zum Laufen bringen soll. Da draußen laufen Leute herum, ohne Ziel, die wollen bloß reden. Ich dachte, ich könnte so eine kleine Funkstation aufbauen, wo früher die Chips standen.« Paul nimmt den Mann genauer unter die Lupe. »Hat Ihr Vater in der Fabrik gearbeitet?«

»Nein«, sagt der Mann.

»Ich dachte nur, weil Sie die Einheit erwähnt haben.«

»Nein«, wiederholt Peter. »Ich habe die Einheit nie gesehen. Ist bloß so eine Sache, von der man als Kind reden hört und von der man nie weiß, ob es sie wirklich gibt oder nicht.«

»Mein Vater hat fünfundzwanzig Jahre in der Fabrik gearbeitet, dann hat er diese Tankstelle aufgemacht. Er hat am Gerät gearbeitet. So haben sie das Ding genannt, als niemand sagen wollte, was es tatsächlich war – eine Bombe. Er war stolz darauf, hat immer geredet, als würden sie was ganz Besonderes herstellen, das die Welt verändern würde, wie ein riesiges Weihnachtsgeschenk. Ich habe mir immer so was Großes, Rundes vorgestellt, in bunte Alufolie gewickelt wie Weihnachtspralinen«, sagt Paul.

»Wie der Osterhase«, sagt der Mann. »Mein Vater ist am Ostersonntag 1955 gestorben. Ich habe ihn nie gekannt, weil Priester keine Kinder haben durften.«

»Sie haben den Zünder gemacht«, sagt Paul. »Die ganze Zeit Vollgas, bis sie abgeworfen wurde, und dann hörte man nicht mehr so viel. Schweigen«, sagt Paul.

»Nicht ein Wort«, sagt Peter. Sie holen beide tief Luft.

»›Unbegrenzte Leistung‹«, sagt Paul. »Das war das Motto der Fabrik. Sie glaubten zu wissen, was das bedeutet. Mein Vater war danach nicht mehr derselbe – sagt jedenfalls meine Mutter. Ich war noch zu jung, um mich dran zu erinnern. Ich glaube, sie wussten nicht, was sie da herstellen. Sie waren keine Wissenschaftler, sie waren Bastler.«

Die beiden Männer stehen sich schweigend gegenüber. Peter schaut auf den Fernseher auf dem Tresen – das Baseballspiel läuft. »Wer führt?«

»Die anderen«, sagt Paul. »Nur das Benzin, oder wollten Sie noch was anderes?«

»Ich nehme ein paar von den Trockenfrüchten und eine Tüte Popcorn – wieso haben Sie denn noch Popcorn?«

»Ich hasse das Geräusch, wenn man es kaut, wie Styropor.« Paul reicht dem Mann eine Tüte. »Nehmen Sie nur, geht aufs Haus.«

Im Gehen greift der Mann in die Tasche und schnippt Paul eine Münze zu. »Glücksbringer.«

»Der halbe Dollar mit der Freiheitsgöttin«, sagt Paul und dreht die Silbermünze in der Hand. »So einen habe ich lange nicht mehr gesehen. Haben wir früher immer von der Zahnfee gekriegt.«

Der Fremde lächelt und zeigt golden umrandete Schneidezähne. »Zahnfee«, sagt er. »Das ist mal ein Beruf.«

»Ich schulde Ihnen noch Wechselgeld«, ruft Paul dem Mann hinterher. »Oder wenigstens mehr Popcorn.« Er zerrt mehrere Tüten aus dem Regal.

»Sie schulden mir gar nichts«, sagt Peter. Beim Hinausgehen fällt das Licht auf die Schmucksteine an seiner Krempe, und ein Regenbogen sprüht aus seinem Hut.

Gegen Ende des siebten Innings sieht Paul jemanden im mittellangen schwarzen Mantel, der an der Zapfsäule eine

Zweiliter-Colaflasche befüllen will. Er rennt nach draußen. »Sie können nicht einfach eine Colaflasche volltanken. Damit können Sie uns alle in die Luft jagen. Das kann ja nur schiefgehen!«

»Ich gehe sehr lange zu ihrer Stelle zu sagen Hallo, und das ist Ihr Begrüßen?« Der Mann ist Chinese und spricht mit sehr starkem Akzent. »Ich bin Benzin ausgegangen an Haarklammerrunde. Mein Auto hält einfach mitten auf die Straße ... von da ich gehe.«

»Haarklammerrunde?«, fragt Paul.

»Nicht lustig machen«, sagt der Chinese. »Ich habe Akzent. Sie haben auch Akzent – ich Sie nicht lustig machen. Ich habe schlimmes Leben – böse Hasenscharte, schlechte Operation. Wohin ich komme, ich muss mit Leuten wie Ihnen rumschlagen. Ihr Vater würde schämen. Ihr Vater war guter Mann, für alle offen, und Sie sind wie Menschen heute – gemein in groß und ganz.«

»Sie kannten meinen Vater?«

»Natürlich. Darum ich komme jetzt zu Ihnen. Ihr Vater repariert vor vierzig Jahren Auto von meinem Vater, und jetzt wie schlimmes Zufallen mein Auto bleibt liegen genau da, wo das von meinem Vater – wie wahrscheinlich ist das?«

»Sehr unwahrscheinlich.«

»Mein ich auch«, sagt der Mann.

Neben dem Mann auf dem Boden steht eine breite schwarze Tasche, so wie ein Probenkoffer oder der gut gefüllte Aktenkoffer eines Rechtsanwalts.

»Ihre Aktentasche steht in einer Benzinpfütze«, sagt Paul zu dem Mann.

»Ist okay«, sagt der Mann. »Aktenkoffer sieht aus wie PVC, ist aber sehr starker Stier.«

»Wie heißen Sie?«, fragt Paul.

»Walter«, sagt der Mann. »Alle nennen mich Walter.«

»Walter, ich werde Ihnen mit dem Auto helfen. Ich habe eine Nichte aus China«, sagt er und glaubt das ganz gut zu machen.

»Sie und alle anderen«, sagt Walter und trägt seinen Koffer in den Tankstellenshop.

Das Münztelefon an der Wand klingelt.

Paul hebt ab.

»Hier ist deine Schwester«, sagt seine Schwester Eliza. Eliza besitzt einen Blumenladen in der Innenstadt und hat ein Schild im Schaufenster, auf dem *Termin nur nach Verein-barung* steht. Sie mag keine Überraschungen.

»Kann ich dich zurückrufen?«, fragt Paul.

»Warum?«

»Ich habe jemanden hier.«

»Wen?«

»Einen Mann.«

»Was für einen?«

»Einen, der Probleme mit dem Auto hat.«

»Warum sagst du das nicht gleich?«

»Habe ich doch.«

Er hält den Hörer zu und flüstert laut: »Meine Schwester. Sie redet gern.«

»Ich hab's nicht eilig«, sagt der Mann. »Ich bin da, wo ich hinwill.«

»Wir müssen über deine Mutter reden«, sagt seine Schwester.

»Wieso ist sie ›meine Mutter‹, wo sie doch genauso gut deine Mutter ist?«

»Wenn was nicht in Ordnung ist, ist sie deine Mutter, das weißt du doch.«

»Was ist denn nicht in Ordnung?«

»Sie verliert den Verstand.«

»Sie ist dreiundneunzig. Da muss man damit rechnen.«

»Es ist ja nicht so, dass sie senil ist. Sie weiß eher zu viel.«

Er stellt den Fernseher auf dem Tresen ab. »Wie meinst du das?«

»Als ich heute früh Ruby bei ihr abgesetzt habe, hat sie Sachen gesagt, die einerseits überhaupt keinen Sinn ergaben und andererseits absolut logisch waren, oder sogar mehr als logisch – als wüsste sie was. Sie hat über das Wetter geredet, und dass man früher am Wetter erkennen konnte, welche Jahreszeit wir haben, und dass man heute jeden Tag das Gefühl hat, es könnte jeder beliebige Tag des Jahres sein ... Und dann redete sie über Fledermäuse und deren Weißnasenkrankheit, und über den Zusammenbruch von Bienenvölkern, und dass alles viel mehr miteinander zusammenhängt, als wir ahnen, und dass wir kaum noch dümmer werden können, nicht wahr – und dann hat sie mich angestarrt, als wäre das alles meine Schuld.«

Paul spielt mit dem halben Dollar, den Peter ihm vorhin hingeschnippt hat. »Ich weiß nicht recht, was ich sagen soll. Klingt doch ganz wie zu erwarten. Und dieser Mann hier braucht meine Hilfe. Können wir das später besprechen?«

»Komm zu mir nach Hause.«

»Ich kann nicht von der Tankstelle weg.«

»Gut, dann komme ich zu dir.«

Walter zieht gerade Kaugummi aus dem alten Automaten in der Ecke.

»Ich weiß nicht, ob ich die noch kauen würde«, sagt Paul. »Hart wie Kieselsteine.«

»Mag ich«, sagt Walter. »Gibt Kugel mit Glücksspruch drauf, wie ›Einen schönen Tag‹. Ich erinnere mich an den Automat, vor langer Zeit selber Automat hat kleine Hand salzige Erdnüsse verkauft.«

»Das stimmt. Als mein Vater noch lebte, kamen gesalzene Erdnüsse aus dem Automaten. Er mochte sehr gern Erdnüsse. Ich suche eben meine Schlüssel, dann machen wir einen Kanister Benzin voll und fahren rauf zu Ihrem Auto – wo ist es liegen geblieben, haben Sie gesagt?«

»Haarnadelrunde«, sagt Walter, und diesmal hört Paul genauer hin.

»Haarnadelkurve?«

Paul fährt den Chinesen zu seinem Auto und erzählt dabei die ganze Zeit, dass die Familie Mahon Autos repariert, seit Ransom Olds und Henry Ford sie zu bauen anfingen. »Tatsächlich haben mein Großvater und seine Brüder genau da oben an der Haarnadelkurve eimerweise Wasser verkauft, wenn die Motoren überhitzten. Sie haben die Eimer über den Mohawk-Pfad raufgetragen – ein Vierteldollar für den Eimer. Und auf dem Rückweg haben sie dann Heidelbeeren gepflückt, frische Heidelbeeren, warm von der Sonne, prallvoll mit Aroma. Was haben Sie noch gesagt, was Sie beruflich machen?«

»Ich bin kleiner Zusteller, so eine Art Vorkommando. Ich komme und gehe.«

Im Holiday Inn in der Innenstadt checken zwei Chinesen mit den gleichen mittellangen Mänteln wie Walter ein. Sie bekommen ein Zimmer mit zwei Doppelbetten. Kaum fällt die Tür hinter ihnen zu, ziehen sie die Mäntel aus und vollführen Turnübungen, springen von einem Bett zum anderen, machen Überschläge. Sie sind ehemalige Turner und Kraftsportler – als Training stemmen sie die Betten über den Kopf.

Zu Hause macht Mary Grace Mittagessen für Ruby. »Möchtest du, dass ich dir eine Geschichte erzähle?«

»Was für eine Geschichte?«, fragt Ruby.

»Eine wahre Geschichte«, sagt Mary Grace.

»Eine Sachgeschichte?«

»Ja.«

»Heißt das, dass sie wahr ist?«

»Es ist eine Geschichte, die ich noch niemandem erzählt habe.«

»Wovon handelt sie?«

»Von uns.«

»Und du hast sie noch niemandem erzählt – nicht mal meiner Mutter?«

»Nicht mal deiner Mutter.«

»Ist es ein Geheimnis?«

»War es – bis jetzt.«

»Meine Mutter hält nichts von Geheimnissen.«

»Ich auch nicht. Vielleicht gibt es auch einen Unterschied zwischen einem Geheimnis und einer Sache, die einfach noch nicht ausgesprochen wurde.«

»Ich höre zu«, sagt Ruby.

Mary Grace holt tief Luft. »Mein Vater war Chinese.«
Ruby schaut sie misstrauisch an, als sei das ein Witz.

»Er wurde im Jahr 1860 in China geboren.«

»Waren seine Eltern Chinesen?«

»Ja.«

»Weiß Mama das?«, fragt Ruby, auf einmal ein wenig nervös.

»Nein.«

»Warum nicht?«

»Ich habe es ihr nie erzählt.«

»Dann erzähl mir mehr«, sagt Ruby.

»Die Familie meines Vaters waren arme Bauern in China. Er kam mit zehn Jahren mit dem Schiff nach Kalifornien, um bei seinem Onkel zu leben. Und als die Arbeiter der Schuhfabrik hier streikten, kamen fünfundsiebzig Chinesen aus San Francisco in die Stadt, um dort zu arbeiten.«

»Dein Vater ist hierhergekommen?«

»Ja. Dann hat er sich mit einer hiesigen Familie angefreundet, und bald hat er für sie gearbeitet, und als sie in den Süden gezogen sind, nach Florida, ist er mitgegangen. Und deine Urgroßmutter, die mit einem der Mädchen aus der Familie befreundet war, ist ebenfalls mitgegangen. Und dann sind sie und mein Vater sich nähergekommen.«

»Waren sie verheiratet?«

»Nein, sie waren nie verheiratet.«

»Was mochte sie an ihm?«

»Er war sehr klug und hat ständig Sachen erfunden, und er war sehr freundlich zu Tieren. Er hatte ein Pferd, eine Stute, mit der hat er gesprochen, als wäre sie ein Mensch, und das gefiel meiner Mutter.«

»Pop-Pop hat auch Sachen erfunden«, sagt Ruby und meint ihren Großvater.

»Ja, das stimmt.«

»Ich habe Pop-Pop nicht mehr kennengelernt«, sagt Ruby traurig.

»Du hättest ihn sehr gemocht«, sagt Mary Grace. »Nach einer Weile merkte meine Mama also, dass sie ein Kind bekam. Sie kaufte sich eine Zugfahrkarte und einen goldenen Ehering und kam mit Babybauch zurück nach Hause.«

»Warum hat sie einen Ehering gekauft?«

»Damals war es unanständig für eine Frau, allein ein Kind zu bekommen. Wenn die Leute sie fragten: ›Wo ist dein Mann?‹, dann hat sie traurig geguckt und gesagt: ›Er ist im Krieg gefallen.‹«

»In welchem Krieg?«

»Im ersten großen Krieg – im Ersten Weltkrieg.«

»Warum hat sie deinen Papa nicht geheiratet und glücklich und zufrieden bis an ihr Lebensende mit ihm gelebt?«

»Weil die Menschen damals nicht so versöhnlich waren«, sagt Mary Grace und merkt, dass manche Dinge sehr schwer zu erklären sind. »So war sie also sehr schwanger und schon ganz müde vom Warten auf das Baby, darum ist sie spazieren gegangen und ging immer weiter und weiter. Sie ist den Berg hinaufgewandert, um den Berg herum und dann wieder herunter, und auf dem Weg nach unten kam das Baby.«

»Du?«, fragt Ruby.

»Ja. Und als die Leute mich sahen, fanden sie, dass mein Gesicht etwas eigenartig aussah. ›Das ist das Gesicht der

Trauer‹, sagte meine Mutter dann zu ihnen. ›Ihr Vater ist gestorben, bevor sie geboren war.‹«

Ruby schaut ihre Großmutter an. »Ich finde dein Gesicht hübsch. Alt, aber hübsch.«

»Vielen Dank«, sagt Mary Grace.

»Hast du deinen Vater je getroffen?«

»Nein. Er ist schon vor langer Zeit gestorben, aber er hat etwas hinterlassen.«

»Was denn?«

Mary Grace öffnet die Finger ihrer Hand.

»Eine Orange?«

»Mein Vater war als ›Der Zitruszauberer‹ bekannt. Er hat die Orange erfunden, so wie wir sie heute kennen.«

»Wie hat er das denn geschafft?«

»Kreuzbestäubung. Er hat die Vorzüge verschiedener Pflanzen miteinander kombiniert, was er von seinen Eltern und durch die Beobachtung von Honigbienen gelernt hatte, und hat so eine Orange gezüchtet, die in kalten Nächten nicht erfriert.«

Sie lässt die Orange in Rubys Hände fallen. »Eine gute Geschichte, oder?«

Ruby nickt.

»Sollen wir im Esszimmer essen oder draußen unterm Apfelbaum?«

»Ich habe Angst vor den Bienen«, sagt Ruby.

Mary Grace macht die Hintertür auf. »Und die Bienen haben Angst vor dir«, sagt sie, reicht Ruby einen Teller und ein Glas Milch.

Sie gehen in den Garten. Das Wetter verstört Mary Grace, weil alles aus der üblichen Ordnung ist. »Die Hortensien und Pfingstrosen gehen zu früh auf dieses Jahr«, sagt sie. »Irgendwas kommt in den Garten und ergreift Besitz vom Apfelbaum. Schau mal«, sagt sie, »man kann es sehen, da kommt etwas Dunkles von unten, breitet sich vom Boden her aus. Alles ist verwundbar.« Sie schüttelt den Kopf. »Als wir klein waren, stand dieser Zaun noch nicht hier, und wir sind immer nach nebenan geschlichen und haben Mr. Mc-Gregors Äpfel geklaut. Das Kunststück war, so viele wie möglich zu nehmen, ehe er es merkte.«

»Hast du schon in diesem Haus gelebt, als du so alt warst wie ich jetzt?«

»Ja, habe ich, und als ich heiratete, bin ich ausgezogen, und als es Mutter schlechter ging, bin ich wieder zurückgezogen.«

»Wie viele Äpfel habt ihr genommen?«

»So viele wir tragen konnten.«

»Habt ihr Ärger gekriegt?«

»Nein. Ich glaube, es hat ihn nicht gestört, solange wir sie gegessen haben – aber Mr. McGregor hat uns immer gern erschreckt.«

»Wie macht ein Apfelbaum Äpfel?«

»Man braucht zwei verschiedene Apfelbäume nebeneinander, um Früchte zu bekommen. Und Bienen, die die Pollen von einem Baum zum anderen tragen; ein Baum für sich allein ist unfruchtbar.«

»Also«, sagt Ruby, »wenn dein Vater Chinese war, heißt das dann, dass meine Mutter und Onkel Paul auch Chinesen sind?«

Mary Grace nickt.

»Wissen sie das?«

»Nein.«

»Wir sollten es ihnen erzählen.«

»Das sollten wir«, sagt Mary Grace.

»Heute Abend«, sagt Ruby. »Wie alt bist du?«, will sie wissen.

»Warum fragst du das?«

»Ich habe mich bloß gefragt, wie viele Erdnussbutter-Sandwiches du wohl in deinem ganzen Leben gegessen hast.«

»Komisch«, sagt Mary Grace. »Erdnussbutter esse ich nur mit dir.«

»Wie spät ist es in China?«

»Genau jetzt?«

Ruby nickt.

»In China ist heute schon morgen.«

Am Nachmittag schlägt der Wind um, wird heiß, drängend, kreiselnd, hebt auf, was er greifen kann, wirbelt herum, was er mit sich trägt, um die Häuser, um die Bäume, die Stadt, den Berg hinauf, in einer Art rhythmischem, zielstrebigem, kreiselndem Drehtanz, als wollte er etwas abschütteln, sich erleichtern.

Eliza stürmt in den Tankstellenshop, in der Hand eine Vase voller Blumen.

»Für mich?«, fragt Paul.

»Für Parker, aber ich wollte sie nicht im heißen Auto lassen.«

»Parker, der Kerl vom Friedhof? Der Jesus auf den Rücken tätowiert hat?«

»Genau der. Kurz bevor Mr. Houghton gestorben ist, hat er Parker genug Geld gegeben, dass er in alle Ewigkeit jede Woche frische Blumen auf Mr. Houghtons Grab stellen kann.«

»Also, was ist mit deiner Mutter, was dich so quält?«, fragt Paul.

»Weiß ich nicht genau. Sie hat irgendwas in der Hinterhand, dieser selbstgefällige, ›wissende‹ Gesichtsausdruck – die Lippen gekräuselt, als ob sie schon so lange lebt, dass Gott selbst sie als persönlichen Ratgeber angestellt hat.«

Paul sagt nichts.

»Und sie ist so gut organisiert, als ob sie ...«

»Eine Reise plant?«, fragt Paul.

»So was in der Art«, antwortet Eliza.

»Was soll sie denn machen, durchbrennen? Das ist bloß deine Ängstlichkeit. Jedes Mal, wenn Mom und Dad aus der Stadt wollten, und wenn es bloß nach Pittsfield war, hast du praktisch einen Nervenzusammenbruch gekriegt. Fünfundvierzig Jahre lang konnte niemand in dieser Familie mehr als drei, vier Kilometer von zu Hause weg.«

»Wir haben alle unsere Beschränkungen«, sagt sie.

»Ich weiß gar nicht, wie du es bis China und wieder zurück geschafft hast«, sagt er.

»Valium«, sagt sie. »Ich habe Valium und Mom mitgenommen. Was ist das für ein Ding?« Sie zeigt auf die alte Metallkiste auf dem Tresen.

»Das ist die Frage des Tages. Was es auch ist, es funktioniert noch.« Paul schaltet es an; das rote Lämpchen läuft warm und leuchtet dann wie eine Maraschino-Kirsche in einem Glas Ingwerbier. »Dad hat es gebaut. Das habe ich im Keller gefunden.«

»Es ist nicht die Einheit, oder?«

Er schüttelt den Kopf. »Das glaube ich nicht«, sagt er. »Du hast auch nie gewusst, was die Einheit wirklich war, oder?«

»Nein, nicht richtig«, sagt sie. »Immer wenn er davon gesprochen hat, hat Mom ihn zum Schweigen gebracht. Ich dachte immer, es hat irgendwas mit Geschlechtsteilen zu tun.«

»Er hat es die Einheit genannt, oder manchmal auch den Friedensstifter«, sagt Paul.

»Was es auch war, es steht wahrscheinlich noch im Keller«, sagt Eliza und bindet ihr schwarzes, ergrauendes Haar zu einem Pferdeschwanz.

»Das hier ist eine Art Empfänger, so was wie ein Amateurfunkgerät. Ich würde es gern wieder zum Laufen bringen und sehen, wen ich ›im Netz‹ treffe, so wie es früher war.« Er schaltet das Gerät aus und wieder ein – die rote Lampe glüht ein wenig heller.

»Ist es klug, Sachen anzuschalten, wenn du gar nicht genau weißt, was sie machen?«

»Was denn? Meinst du, wenn ich das Ding anschalte, wird in China das Licht schwächer?«

»Man kann nie wissen.«

»Vielleicht wird mich jemand rufen, eine Stimme aus der Vergangenheit«, sagt Paul.

»Womöglich sendest du auch ein Signal aus«, sagt Eliza.

»Und vielleicht kommt auch eins zurück.« Paul schaltet den Apparat immer wieder aus und wieder an. »Weißt du noch, dass Dad und ich ständig Sachen mit der Lötpistole gebastelt haben?«

»Wie könnte ich den Gestank von brennendem Plastik

und geschmolzenem Wasweißich vergessen, die giftigen Dämpfe, die nach oben zogen? Ich glaube, davon haben meine Kopfschmerzen angefangen. Was ist mit den Chips passiert?« Sie schaut sich um.

»Habe ich gegessen«, sagt Paul.

»Alle?«

»So ungefähr.«

»Ich hatte gehofft, dass du Chips hast«, sagt sie. »Darauf habe ich mich schon gefreut.«

»Trockenfrüchte?« Er bietet ihr welche an.

»Nein danke.«

Paul schnippt seinen halben Dollar in die Luft. Eliza fängt ihn und schaut drauf. »Hat dich die Zahnfee besucht?«

»Vielleicht«, sagt Paul.

Sie hält sich die Hand vor die Augen. »Es ist alles zu hell, zu klar, als wäre das Tageslicht heller als üblich und so eine Art Explosion in Kodacolor geworden.«

»Siehst du Regenbogen?«, fragt Paul und denkt an den Mann mit dem Hut von vorhin.

»Ich kriege einen meiner Kopfschmerzanfälle. Darf ich dein Telefon benutzen?« Eliza geht zum alten Münztelefon und ruft Mary Grace an.

»Wo bist du?«, ruft Mary Grace. »Ich kann dich kaum hören!«

»Am Münztelefon in der Tankstelle. Es ist dasselbe verdammte Telefon, das seit dreißig Jahren hier hängt. Ich bin erstaunt, dass es noch funktioniert. Ich wollte nachfragen, ob es in Ordnung ist, wenn Ruby den Nachmittag bei dir bleibt. Ich kriege eine meiner Kopfschmerzattacken.«

»Wir kommen klar!«, ruft Mary Grace. »Fahr nach Hause

und leg dich hin. Fahr vorsichtig, ich glaube, es wird Sturm geben.«

Mary Grace legt auf und wendet sich Ruby zu. »Deine Mutter kriegt schon seit ihrer Kindheit sehr oft Kopfschmerzen. Ich glaube, das liegt an Dingen, die sie weiß, aber nicht wissen möchte, und die rauswollen. Deine Mutter ist sehr klug.«

»So wie ich«, sagt Ruby.

»Genau wie du.«

Auf dem Heimweg hält Eliza am Friedhof an. In der Ferne heben zwei Männer ein Grab aus. In der Nähe schneidet Parker mit freiem Oberkörper und einer kleinen Gartenschere das Gras um einen Grabstein, so als wollte er es frisieren oder rasieren. Der glänzende Schweiß auf seinem Rücken überzieht die große Tätowierung eines byzantinischen Jesus, und die Nachmittagssonne fällt in einem solchen Winkel darauf, dass Eliza glaubt, Jesus' Gesicht schaue sie an und frage etwas.

»Wer ist gestorben?«, fragt sie und deutet mit dem Kopf zu den Totengräbern.

»Weiß ich noch nicht«, sagt Parker.

»Ich habe Ihre Blumen.« Sie hält ihm die Vase hin.

»Weiß ich zu schätzen.« Parker dreht sich um und sucht in der Hosentasche nach Geld. Auch seine Brust und seine Arme sind von Tätowierungen bedeckt, Geschichten, die darauf warten, erzählt zu werden.

»Komisches Wetter«, sagt sie, um etwas zu sagen.

»Ja«, antwortet er, »es liegt etwas in der Luft, beinahe wie unsichtbare kleine Flocken, Lichtsplitter – die einfach so auf die Dinge fallen.«

Als der Wind auffrischt, kommt ein Summen über die Hügel, unterschwellig und musikalisch, eher wie eine Litanei. Es fängt ganz leise an, wird stärker und hört dann auf, als müsste es Atem holen, und fängt von Neuem an – ein Summen wie der Wind, wie ein buddhistischer Gesang.

Die Witwe von gegenüber klopft an Mary Grace' Tür. »Jetzt kommt es dick«, sagt die Witwe.

»Zu spät für Schnee und zu früh für Mehltau«, sagt Mary Grace und setzt Wasser zum Kochen auf. Ruby spielt auf dem Küchenfußboden und lauscht auf jedes Wort.

»Wenn die Plagen über uns kommen«, sagt die Witwe, »ist die Erlösung nicht mehr weit.«

Mary Grace sagt nichts. Was soll sie auch sagen? Die Witwe fährt fort. »Welche Jahreszeit haben wir – Erntezeit?«

»Frühling«, antwortet Mary Grace.

»Wirklich wahr?« Die Witwe schaut auf den Kalender, der an Mary Grace' Küchenwand hängt. »Habe ich Weihnachten verpasst?« Sie schüttelt den Kopf. »Wenn man lange genug lebt, kriegt man alles zu sehen – den großen Schneesturm, den endlosen Regen, den großen Brand, das Erdbeben vor Morgengrauen, den See, der über die Ufer tritt, das Verschwinden der Bäume, das weiße Rauschen. Es gab immer welche, die es wussten, und andere, die es nicht wissen wollten.« Sie schnalzt tadelnd mit der Zunge.

Die Frauen haben beide sehr lange gelebt und sprechen in einer Art Code. Mary Grace holt eine Teedose hervor.

»Und jene, die es so haben wollten, wie es früher war«, sagt die Witwe.

»Und immer einige, die es nicht wissen wollten, die alle Warnungen ignorierten«, sagt Mary Grace.

»War es das Ende?«, fragt die Witwe. »War da nicht noch mehr? Wussten sie nicht, dass es eines Tages zurückkehren würde?«

»Du und ich, wir haben lange Zeit gelebt. Wir haben alles durchgemacht«, sagt Mary Grace. »Wie es kommt, so geht es.«

»Wovon redet ihr?«, will Ruby wissen.

»Wir reden über das Leben auf dieser guten Erde«, sagt die Witwe.

»Bleibst du zum Tee?«, fragt Mary Grace.

»Ich gehe nach unten«, sagt die Witwe und wendet sich zum Gehen.

»Vergiss nicht, eine Taschenlampe mitzunehmen«, erinnert Mary Grace sie.

»Ihr dürft mich gerne begleiten«, sagt die Witwe voller Hoffnung – niemand möchte im Dunkeln allein sein.

»Wir bleiben hier«, sagt Mary Grace.

»Wenn irgendwas Interessantes passiert, kommt mich holen«, sagt die Witwe im Hinausgehen.

»Wo geht sie hin?«, fragt Ruby.

»Vor vielen Jahren haben die Leute Schutzräume unter der Erde gebaut, falls Unwetter kommen oder ein Krieg, und sie mit einem Vorrat an Lebensmitteln und Wasser ausgestattet. Dein Großvater und ich hatten für so etwas nie viel übrig. Wir sind optimistischer als manche anderen. Weißt du, was ich immer gern gemacht habe, wenn ein Sturm oder Gewitter kam?«

»Was denn?«

»Ich bin gern mit dem Fahrrad nach oben auf den Mount Greylock gefahren.«

»Das klingt aber gefährlich«, sagt Ruby. Sie ist von Natur aus vorsichtig.

»Ja, kann wohl sein, aber es war auch sehr aufregend. Ich habe alles Mögliche gesehen. Wenn man weit genug oben war, hat man sich manchmal gefühlt wie Zeus auf dem Olymp über dem Unwetter, oder man konnte es von einer Bergflanke zur anderen ziehen sehen – man war manchmal richtig mittendrin. Möchtest du das mal irgendwann mit mir machen?«

Ruby schüttelt den Kopf. »Ich bin eher so ein Drinnen-Typ«, sagt sie und wendet sich wieder ihrem Spiel zu.

»Schau dir die Vögel an«, sagt Mary Grace, als sie die Vögel draußen bemerkt, die plötzliche und hektische Vorbereitungen treffen, als hätten sie einen Plan B, eine Notfallübung, die sie ausprobieren und trainieren. Der Wind wird stärker, auch wenn der Himmel bis auf ein paar hohe weiße Wolken klar bleibt.

»Erzähl mir mehr«, sagt Ruby, um sich selbst abzulenken. »Ist das der Ring, den deine Mutter getragen hat?« Sie zeigt auf einen Ring an Mary Grace' Finger.

»Ja, das ist er.«

»Der goldene Ring?«

Mary Grace nickt.

Und das Unwetter ist über ihnen. Dicke Regentropfen klatschen an die Fenster, Donner kracht, die Scheiben zittern. Die Windböen drehen sich, kreisen in immer engeren Strudeln, konzentrieren sich irgendwann anscheinend ganz auf den Apfelbaum, wirbeln ihn umher, überziehen Stamm und Äste mit einem uralten schwarzen Sand – Onyx, Obsidian, Drusen. So schnell das Unwetter über sie kam, ist es auch wieder vorbei.

Kurz darauf trifft Paul ein. »Was für ein Sturm«, sagt er. »Die Straßen liegen voller Äste, Leitungen sind unterbrochen.«

»Allerdings«, sagt Mary Grace unkonzentriert. Sie sucht wieder bei den Vögeln nach Hinweisen. Sie scheinen ums Haus zu fliegen, zu kreisen.

»Wollte bloß sichergehen, dass es euch beiden gut geht. Wir haben keinen Strom mehr an der Tankstelle, darum habe ich für heute zugemacht. Wie kommt es, dass bei euch die Lichter noch brennen?«

»Weiß ich nicht«, sagt Mary Grace, geht wieder in die Küche und beschäftigt sich mit dem Abendessen.

»Heute habe ich einen ganz komischen Kerl kennengelernt. Ein Chinese ist in die Stadt gekommen, hat gesagt, er sei schon mal hier gewesen, und dass er Pop kennt.«

»Hmmm«, macht Mary Grace und zwinkert Ruby zu.

Und dann fällt ihr die Witwe von gegenüber ein. »Könnt ihr beide an ihre Bunkertür klopfen, ihr mitteilen, dass das Unwetter fürs Erste vorbei ist, und fragen, ob sie mit uns zu Abend essen möchte?«

Ruby und Paul gehen pflichtschuldig über die Straße und klopfen an die Tür des Schutzraums.

Die Witwe will nicht herauskommen. »Es heißt, da kommt bald noch mehr«, sagt sie. »Die Dinge geschehen nicht bloß einmal.«

»Sollen wir Ihnen einen Teller Abendessen bringen?«, fragt Paul.

»Oh«, sagt sie, »vielen Dank, das wäre nett.«

Im Holiday Inn in der Innenstadt fragen die beiden Chinesen nach Abendessen. »Wir freuen uns auf etwas ganz Besonderes. Wir haben Heißhunger nach dem McDonald's. Ist einer in der Nähe? Gibt es dort ein Happy Meal? Dazu gibt es so einen Preis wie einen Glückskeks? Haben Sie schon mal eines gegessen?«

Ruby ruft ihre Mutter vom Telefon in Mary Grace' Küche an.

»Hi, Mum«, sagt sie.

»Hi, Ruby«, sagt ihre Mutter.

»Oma möchte, dass ich dich zum Abendessen einlade.«

»Das klingt ja nett, aber ich habe immer noch Kopfschmerzen. Geht es dir gut?«

»Bestens«, sagt Ruby. »Oma hat mir was Interessantes erzählt.«

»Was denn?«

»Wir sind Chinesen.«

»Du bist Chinesin«, sagt ihre Mutter.

»Du aber auch«, sagt Ruby.

»Bitte, Ruby, fang nicht mit so was an.«

»Was denn, Mama? Ich sage nur, was Oma mir erzählt hat.«

»Kannst du sie mir mal geben?«

Ruby schaut Mary Grace an, die direkt neben ihr steht und zuhört. Mary Grace schüttelt den Kopf.

»Die kann jetzt gerade nicht ans Telefon kommen«, sagt Ruby. »Sie ist sehr beschäftigt.«

Zehn Minuten später kommt Rubys Mutter, die ihren Kühlhelm trägt und wie ein wütender Football-Verteidiger aussieht.

»Ich weiß nicht, was du vorhast, aber es gefällt mir nicht«, sagt sie zu ihrer Mutter. »Du bringst Ruby durcheinander.«

»Ruby ist nicht durcheinander«, sagt ihre Mutter.

»Dann muss ich es wohl sein.«

»Kann schon sein, aber es ist nicht deine Schuld«, sagt ihre Mutter, geht in die Küche und holt Teller. »Kannst du mit Ruby den Tisch decken?«

»Ich habe keinen Hunger«, sagt Eliza. »Mir ist übel. Wieso steht diese Orangenkiste auf dem Tisch?«

»In der Kiste bin ich hergekommen«, sagt Ruby.

»Nein, bist du nicht«, sagt Eliza.

Eine alte Babypuppe liegt wie das Jesuskind in der Mandarinenkiste auf dem Esstisch.

»Na, dann bin ich eben in *so einer* Kiste hergekommen«, sagt Ruby. »Wir spielen *Die Reise von China*.«

»Wieso kann ich nicht einfach mal Kopfschmerzen kriegen und mich hinlegen, ohne dass die Welt außer Kontrolle gerät?«, fragt Eliza.

»Vielleicht willst du mehr Kontrolle, als möglich ist?«, fragt Paul.

»Ich muss euch etwas sagen«, sagt Mary Grace, als alle auf ihren Plätzen sitzen.

»Glaubst du, es geht bald zu Ende?«, fragt Eliza besorgt.

»Das ist unvermeidlich«, sagt Paul.

»Ruby, geh ins Nebenzimmer und sieh fern«, sagt Rubys Mutter.

Ruby rührt sich nicht.

»Ich habe Informationen«, sagt Mary Grace.

»Was für Informationen? Streng geheime? Wird gleich jemand von der Regierung an die Tür klopfen?«, fragt Paul.

»Ich bin außerehelich geboren«, sagt sie. »Mein Vater war Chinese.«

»Dein Vater ist im Krieg gefallen«, korrigiert Eliza.

»Das war gelogen«, sagt Mary Grace.

»Warum hast du uns das nicht schon früher erzählt?«, fragt Paul.

»Ich erzähle es euch doch jetzt«, sagt sie.

»Wenn du es früher erzählt hättest, könnten wir dich besser kennen«, sagt Eliza.

»Ihr kennt mich gut genug.«

»Wusste Dad davon?«, fragt Paul.

»Weiß ich nicht mehr«, sagt Mary Grace ehrlich. »Er wusste etwas, ich weiß nur nicht mehr genau, was. Ich wollte ihm immer mehr erzählen, aber nach dem Gerät hatte er so viel Angst vor allem, und da schien es mir am besten, nicht zu viel zu sagen.«

»Habe ich das richtig in Erinnerung, dass es manchmal an der Tür klingelte und Fremde davorstanden, die Kisten und Kästen anschleppten?«, fragt Paul.

»Ja.«

»Die kamen einfach so, ohne Vorankündigung?«

»Das ist richtig.«

»Und du hast die Sachen angenommen, die sie gebracht haben?«

»Ja, das fing Ende der Vierzigerjahre an, als das hier noch das Haus meiner Mutter war. Und als sie gestorben war, nahmen wir weiter an, was gebracht wurde – so war es eben.«

»Sie kamen einfach?«

»Ja.«

»Männer kamen, und niemand fragte, wieso?«

»Es ging nicht um die Männer, sondern um das, was sie brachten – große Kisten, kleine Kästen, Koffer.«

»Hast du je hineingeschaut?«, fragt Paul.

»Nein«, sagt sie entschieden. »Meine Mutter sagte immer: ›Eines Tages wird jemand kommen und sie holen‹, und ich nahm an, dass sie wusste, wovon sie redete. Wir sollten die Kisten nur verwahren, nicht öffnen.«

»Wir haben die Kisten immer noch«, sagt Paul.

»Stimmt«, sagt Mary Grace.

»Und was ist mit der Einheit? Wie hängt das alles mit der Einheit zusammen?«

»Jetzt schmeißt du die Einheit mit den Sendungen aus China zusammen«, sagt Eliza.

»Wirklich? Sie haben in der Fabrik doch am Zünder gearbeitet. Sie haben den Zünder für die erste Atombombe gebaut – das Gerät.«

»Die Einheit und das Gerät sind zwei völlig verschiedene Dinge«, erklärt Mary Grace. »Die Einheit kam nach dem Gerät. Das war ein ziviles Vorhaben ohne militärische Einmischung. Die Regierung weiß wahrscheinlich gar nicht, dass diese Dinger überhaupt gebaut wurden – für sie ist das Legende, so wie Besucher aus dem All.« Sie hält einen Augenblick inne. »Wenn die Männer mit den Kisten kamen, redeten sie mit eurem Vater. Manchmal nahm euer Vater sie mit in den Keller und zeigte ihnen, woran er arbeitete. Sie sprachen über Verbindungen zwischen Ländern, über Gemeinsamkeiten – nicht alle wollten uns in die Luft jagen.«

»Die Bombe wurde auf Japan abgeworfen, nicht auf China«, sagt Eliza. »China hatte gar nichts damit zu tun.«

»China und Japan sind direkte Nachbarn«, sagt Paul, als würde das irgendwas erklären.

»Ich glaube, die Einheit ist noch im Keller«, sagt Mary Grace. »Frauen und Männer überall auf der Welt haben sie gebaut. Sie sollte wie ein Magnet funktionieren und Dinge anziehen, einsammeln.«

Ruby fragt: »Wann ist deine Mutter gestorben?«

Mary Grace wendet sich an das kleine Mädchen. »Im August 1974. Am Tag nach Nixons Rücktritt hatte sie einen Schlaganfall. Sie hat ihren Glauben verloren.«

»Und erinnere ich mich richtig, dass wir außerdem jeden Monat eine Kiste Obst bekamen? Orangen, Grapefruits, Zitronen?«, fragt Paul.

»Das stimmt«, sagt Mary Grace. »Die hat unser ganz normaler Postbote gebracht, jeden Monat eine Kiste Früchte.«

»Wer hat sie geschickt?«, fragt Eliza.

»Jemand aus Florida. Im Dezember 1974 kam die letzte Kiste«, sagt Mary Grace, auf einmal müde.

Paul legt sich mehr Lammbraten auf den Teller. »Ich möchte noch mal nachfragen, um sicherzugehen. Du sagst, du hast chinesisches Blut?«

»Ja, und ihr auch«, sagt Mary Grace. Auf einmal ist sie erregt, flatterhaft, kann nichts mehr essen. Es ist viel schwieriger zu erklären, als sie dachte.

»Feuerwerk kaufen, Litschis essen?«, sagt Paul.

»Es bedeutet genau das, was du möchtest«, sagt Mary Grace.

»Ich finde, wir sollten die Kisten öffnen«, sagt Paul.

Es klingelt an der Tür.

»Ich habe Angst«, sagt Ruby.

»Dafür gibt es keinen Grund«, sagt Mary Grace, dankbar für die Unterbrechung. Sie öffnet die Haustür, und vor ihr steht ein Chinese mit einem großen Früchtekorb.

»Ich erwidere die Güter«, sagt er.

Paul taucht hinter seiner Mutter auf. »Die Güte«, übersetzt er Walters Ausdrucksweise. »Kommen Sie, kommen Sie herein. Das ist Walter, der Mann, der vorhin Probleme mit dem Auto hatte.«

Walter deutet eine Verbeugung an, und Mary Grace nimmt ihm den Früchtekorb ab.

»In China bin ich Yao Walter, aber hier bin ich Walter Granger, so im Ganzen wie der Name *Campbell's Soup*. Mein Großvater war Gräber in der Knochenhöhle mit Walter Granger aus Middletown Springs, Vermont. Er hatte selbst keine Kinder, darum sie nennen mich nach ihm. Niemand in meinem Dorf war je Walter genannt. Ich hoffe, ich bin nicht zu spät«, sagt Walter.

»Ganz und gar nicht«, sagt Mary Grace. »Wir essen gerade zu Abend.« Eliza holt noch einen Teller.

Ruby klopft auf den leeren Platz neben ihr. »Setz dich hierher«, sagt sie. Und das tut er.

Paul reicht ihm das Lammfleisch.

»Ich bin Vegetarier«, sagt er und gibt es weiter an Eliza.

»Ich auch«, sagt Ruby, die zwar nicht weiß, was ein Vegetarier ist, aber weiß, dass sie und Walter etwas gemeinsam haben. »Wir haben selbst gemachtes Pfefferminzgelee«, sagt Ruby und bietet es ihm an.

Walter tut sich etwas Gelee auf den Teller. »Haben Sie Erdnussbutter?«

Aufgeregt rennt Ruby in die Küche und kehrt mit Erdnussbutter und Brot zurück.

Beim Essen berichtet Walter von seinen Abenteuern als Lieferant, der Sachen zwischen China und Amerika transportiert, hin und her, kreuz und quer, um die Welt, das ist nicht schwer.

Nach dem Essen bittet Walter darum, das Haus gezeigt zu bekommen. Er verrät ihnen, wie aufregend er es findet, hier zu sein, und dass er »unter alles« gucken möchte.

Während Paul ihn herumführt, bringen Ruby und Eliza der Witwe einen Teller Abendessen. Sie weigert sich immer noch, aus dem Schutzraum zu kommen. »Wollen erst mal sehen, was der Morgen bringt«, sagt sie, schließt die Klappe und verriegelt sie von innen.

»Gute Nacht!«, rufen Ruby und Eliza im Garten. »Schlafen Sie gut!«

Im Keller zeigt Paul Walter all die Dinge, die sein Vater gebaut hat. »Mein Vater hatte immer den Lötkolben in der Hand. Wir haben Radios und Funkgeräte gebaut, Toaster und Lampen repariert, immer an irgendwas gearbeitet. Aber die hier, von diesen Dingern hat er immer gesagt, die hätten richtig Potenzial. Er hat gehofft, sie würden irgendwann perfektioniert.«

»Das alles, was er gesagt?«, fragt Walter. »Er hat irgendwelche Anweisungen hinterlassen?«

Paul schüttelt den Kopf. »Um ganz ehrlich zu sein, Walter, mein Vater hat über alles Mögliche geredet, und ich wusste nie genau, worauf er hinauswollte. Die Bombe hat ihm schwer zugesetzt. Er hat in der Fabrik gekündigt und so Sachen gesagt wie ›Wir haben keine Regierung aus dem Volk für das Volk mehr, sondern einen Kerl mit dem Finger am Abzug‹ und so weiter.«

Walter nickt, als wüsste er das alles nur zu gut. »Wir haben es ähnlich bei mir zu Haus«, sagt Walter. »Mein Vater hat eine Maschine für uns gebaut. Er nennt es Wunschmaschine.«

»Sie meinen Waschmaschine?«

»Wunschmaschine.« Walter spricht langsam und sehr deutlich.

»Mein Vater hat es die Einheit genannt«, sagt Paul. »Wissen Sie, was dieses Ding tun soll?«

»Es ist ein Magnet«, sagt Walter. »Wenn alle angestellt sind, zieht es uns näher zusammen.«

Paul und Walter schalten die Einheiten an – an jeder glimmt ein rotes Licht, wie eine Streichholzflamme, wie ein Leuchtsignal. Nichts geschieht.

»Vielleicht sie nicht mehr gut«, sagt Walter. »Vielleicht wie Zauberlampe, das Wünschen lässt nach?«

»Weiß ich nicht«, sagt Paul. »Vielleicht dauert es auch eine Weile, vielleicht braucht es auch eine ganze Menge Einheiten, die zusammenwirken, ehe etwas passiert. Ich bringe sie nach oben, und morgen versuchen wir es noch mal.«

»Ah«, Walter schlägt sich demonstrativ an die Stirn. »Ich vergesse immer, heute hier ist gestern in China.«

Mary Grace lädt Walter ein, über Nacht zu bleiben, und weil der Tag so seltsam war, beschließt Paul, ebenfalls zu bleiben, und weil Ruby die Übernachtungsparty nicht verpassen will, besteht sie darauf, dass auch sie und Eliza die Nacht hier verbringen.

»Ist lange her, dass ich das Haus voll hatte«, sagt Mary Grace fröhlich.

Nachdem alle ins Bett gegangen sind, zieht Mary Grace sich in die Küche zurück. Dort findet Walter sie beim Teekochen. »Ich kann nicht schlafen«, sagt sie.

»Weder ich«, sagt Walter. »Ist aufregende Zeit.« Er zieht etwas aus der Jackentasche. »Ich wollte warten, bis wir unter uns sind. Ich habe Post für Sie – eigentlich für Ihre Mutter, aber zu gewisser Zeit, wenn die Mutter nicht mehr ist, Sie werden Ihre Mutter. Tut mir leid, dass ich so spät bin – ist bei der Überfahrt verloren gegangen.« Er reicht ihr einen auf Chinesisch geschriebenen Brief.

»Lesen Sie ihn mir vor«, sagt Mary Grace und schenkt zwei Tassen Tee ein.

»Ist kompliziert«, sagt Walter. »Mein Lesen auf Chinesisch ist nicht so gut. Haben Menschen auch auf Englisch Lernschwäche? In China ist Leseschwäche großes Problem, zu viele Zeichen. Jedenfalls Ihr Vater schreibt, in Amerika ist er wie ein vergessener Geist – kein Chinese mehr. Er ist nach Hause gefahren, nach China, aber als er hinkam, war er auch kein Chinese mehr in China. Seine Mutter will, dass er dableibt, sie findet eine Frau für ihn, aber am Abend vor der Hochzeit er rennt weg. Er rennt, er geht, er schwimmt zurück nach Amerika. Er kommt an als Handelsreisender – verkauft Nippereien von Tor zu Tor. Er kann nie wieder nach Hause. Er lernt Ihre Mutter in Florida kennen. Er liebte sie sehr. Er möchte sie gern heiraten. In dem Brief erwähnt er die Güte – darum komme ich heute, um die Güte zu erwidern und die Post zu bringen.«

Walter entschuldigt sich, steht vom Tisch auf und öffnet die Haustür. Ein lauter, heißer Wind weht durchs Haus, nimmt Mary Grace den Brief aus der Hand. Sie schnappt ihn sich aus der Luft und steckt ihn in die Schürzentasche. Walter kommt mit einem Kasten in der Hand zurück, in sehr altes Papier gewickelt und mit Bindfaden verschnürt, der so alt ist, dass er schon zerfällt.

»Diese Kiste wollte er schicken an Ihre Mutter.«

»Ich bin bereit für etwas Neues«, sagt Mary Grace und öffnet den Kasten. Darin liegt ein Hochzeitskleid, fast hundert Jahre alt, aus langer roter Seide und in makellosem Zustand. »Es wird Zeit für eine frische Haut«, sagt Mary Grace und drückt sich das Kleid ans Herz.

»Zeit fürs Bett«, sagt Walter und hebt die Teetasse. »Morgen wird mehr kommen.«

Am nächsten Morgen hält Peter, der Cowboy vom Vortag mit dem halben Dollar, um neun Uhr morgens vor dem Haus und bringt einen Riesenkarton gefüllte Donuts mit – »Stärkung«.

Walter steht im Vorgarten und macht seine Tai-Chi-Übungen. »Ich will nicht stören, aber ich muss Ihnen die Hand schütteln«, sagt Peter zu Walter. »Sie haben in meinem Bewusstsein eine große Rolle gespielt. Ich bin nicht zufällig hier. Ich bin der schöne junge Mann, der illegitime Sohn von Pierre Teilhard de Chardin, Nachfahre Voltaires. Meine Mutter kannte Mr. Roger Giroux; sie kannte auch Mr. und Mrs. Stanley Hyman aus Bennington, Vermont. Sie kannte jeden, der jemand war. Ich habe sogar einen Teil von Shirley Jacksons Asche hinten im Auto – ein Geschenk Chuck Palahniuks, der sie von einer Jackson-Hyman-Tochter bekommen hat. Ich bin an der Park Avenue und in Poughkeepsie aufgewachsen und habe mein ganzes Leben auf diesen Augenblick gewartet. Ich habe das Gefühl, ich kenne Sie alle schon ewig. Es ist so weit!«, ruft er. »Dies ist der Omegapunkt!« Er küsst Walter mitten auf den Mund. »Alles, was aufsteigt, muss zusammenfinden!«, ruft er aus.

Ruby schaut aus dem Fenster und verkündet: »Ich habe gerade gesehen, wie sich zwei Männer küssen.«

»Ich setze eine Kanne Kaffee auf«, sagt Mary Grace.

Paul öffnet die Haustür und holt Peter und Walter ins Haus. »Wir müssen aufpassen«, sagt er. »Die Leute sollen ja nicht auf falsche Gedanken kommen.«

»Möchten Sie einen Donut?«, fragt Peter.

»Welche Füllung?«, fragt Paul.

»Verschiedene«, sagt Peter und klappt den Karton auf.

Paul nimmt sich einen mit Schokoladenglasur.

Walter entscheidet sich für einen mit Gelee gefüllten und ist überrascht, als er hineinbeißt. »Spaßig«, sagt er. »Das werden die Jungen draußen mögen.« Er macht die Haustür wieder auf und ruft Yin und Yang, die beiden Turner, die im Morgengrauen aufgetaucht sind und sich im Vorgarten mit Flickflacks und Radschlagen aufgewärmt haben.

»Spaßiges Essen, fangt«, sagt Walter und wirft Yin und Yang Berliner zu, die sie mit dem Mund auffangen. »Yin und Yang sind siamesische Zwillinge, die gleich nach der Geburt getrennt wurden«, sagt Walter stolz. »Jetzt kommen sie gut zurecht, sie können beide die Gedanken des anderen lesen.«

»Kannten Sie die beiden schon von früher?«, fragt Mary

Grace. Sie hat sie schon gesehen, als sie im Bademantel aus der Haustür trat, um die Morgenzeitung zu holen.

»Mutter, darf ich?«, fragten sie.

»Ja, ihr dürft«, antwortete sie.

Darauf führten sie einen rituellen Tanz im Vorgarten auf und sangen dabei eine chinesische Version von »*Singin' in the Rain*«.

»Natürlich kenne ich sie«, sagt Walter. »Sie gehören zu meinem Job, sie sind die Muskeln.«

»Dann bitten Sie sie herein«, sagt Mary Grace.

Wieder öffnet Walter die Tür, und als Yin und Yang Rad schlagend hereingekommen sind, ziehen alle drei ihre schwarzen Mäntel aus und wenden sie von innen nach außen, und durch das weiße Futter wirken sie wie Laborkittel. Sie ziehen alte Zettel aus den Taschen, die wie Teile eines Puzzles oder einer Landkarte aussehen, und legen sie auf den Küchentisch, wo Walter sie mit einer Rolle Klebeband zusammenfügt. Es entsteht eine Liste von Kisten, deren Inhalt in chinesischem Code vermerkt ist – den zu entziffern Walter eine Weile braucht. Immer wieder zerreißt er frustriert seine Aufzeichnungen und wirft die Fetzen auf den Boden, trampelt darauf herum. Ruby setzt sich neben ihn und fragt ganz ruhig: »Kann ich mit dir zusammenarbeiten?« Zusammen lösen sie das Problem.

»Walter, Kumpel«, sagt Paul. »Ich will dich nicht bei der Arbeit unterbrechen, aber was wird das alles hier – die Einheiten, die Wunschmaschinen, die Kisten?«

Walter streckt Paul die Hand entgegen, bittet ihn zu warten.

Sobald der Code geknackt ist, passen alle Puzzleteile zusammen, und Walter teilt Yin und Yang die Resultate mit.

Die beiden chinesischen Muskelmänner eilen sofort durchs Haus, tragen alle Kisten, Koffer und Truhen zusammen, die im Lauf der Jahre eingetroffen sind, und machen Anstalten, sie auszupacken.

Ruby bringt inzwischen eine Packung Frühstücksflocken über die Straße zum Versteck der Witwe. »Eins, zwei, drei, alle frei«, sagt sie und klopft an die Tür. »Kommt alle raus aus euren Verstecken. Jetzt ist die richtige Zeit. Der richtige Moment.«

»Okay, ich schenke reinen Wein«, sagt Walter und bedeutet Paul, Eliza und Mary Grace, sich an den Küchentisch zu setzen. »Ich biete Ihnen eine kurze Gesichtsstunde.«

»Ich glaube, Sie meinen Geschichtsstunde«, sagt Paul.

Walter fährt fort. »In den 1920ern und 1930ern wurden die Knochen des *Sinanthropus pekinensis,* des *Homo erectus pekinensis,* von einer Gruppe Anthropologen am Drachen-knochenberg entdeckt«, sagt er, und die Aussprache macht ihm sichtlich Mühe. »Unter den Wissenschaftlern waren Mr. Walter Granger aus Vermont und Mr. Pierre Teilhard de Chardin, Paläontologe und Jesuitenpriester aus Frankreich. Können Sie folgen?«

»Ich höre Sie«, sagt Paul, »aber ich weiß nicht, ob ich folgen kann.«

»Vor langer Zeit wurden in China die Knochen eines primitiven Urmenschen entdeckt«, übersetzt Mary Grace für ihre Kinder.

Ruby ist zurückgekehrt und sitzt auf dem Schoß ihrer Mutter. »Hast du sie entdeckt, Oma?«, fragt sie.

»Nein«, sagt Mary Grace. »Ich bin erst nach deiner Geburt nach China gereist.«

Walter korrigiert. »Gut geraten. Die Familie deines Großvaters hatte damit zu tun, und in China Familie ist sehr
wichtig.«

Alle nicken.

»1937 ist Japan in China einmarschiert«, fährt Walter fort.

»Ich habe doch gesagt, da gibt es eine Verbindung«, sagt
Paul zu Eliza.

»Man machte sich Sorgen, was mit den Knochen passieren könnte, darum wurden sie eingepackt und sollten gerade
nach Amerika verschifft werden, als die Japaner Pearl Harbor angriffen. In der folgenden Aufregung sind die Knochen
verschwunden. Manche sagen, sie sind mit einem Schiff gesunken, manche sagen, sie sind mit dem Zug weggeschafft,
aber kein Mensch wusste, was passiert ist, und niemand
hat sie seither gesehen. Aber nach und nach, wie bei einer
Geheimoperation, haben die Knochen es nach Amerika geschafft – nach North Adams, Massachusetts, an den sichers-
ten Ort der Welt.«

»Warum unser Haus?«, will Paul wissen.

»Es geht nicht um Ihr Haus, sondern darum, dass Sie
Chinesen sind, Nachfahren des Zitruszauberers Lue Gim
Gong«, sagt Walter, als läge das auf der Hand. »Sie waren
Chinesen, aber niemand wusste es, und darum konnte niemand Verdacht nehmen. Niemand wäre darauf gekommen,
hier zu suchen. Die Kisten kamen über langen Zeitraum, um
diskret zu bleiben, aber jetzt wird es Zeit, sie zu enthüllen.
Dies sind die Knochen des Peking-Menschen. Wir, das chinesische Volk, danken Ihnen, dass Sie unsere Geschichte
gewahrt haben.«

»Und was ist mit ihm?« Paul zeigt auf Peter, der gerade

seine Rede fertig geschrieben hat und jetzt hektisch zugleich Mary Grace' Festnetzanschluss und sein Handy bearbeitet.

»Der ist unser PR-Macher, der uneheliche Sohn von Pierre Teilhard de Chardin, dem Anthropologenpriester. Mit dem Ausdruck ›Omegapunkt‹ hat sein Vater den Ort maximaler Komplexität und höchsten Bewusstseins bezeichnet, auf den wir alle zurasen.«

Bei diesen Worten knallt Peter den Hörer auf die Gabel und verkündet: »Ich habe NBC, CNN, CBS, das Lokalfernsehen, und bald kommen noch mehr.«

»Das ist es«, sagt Walter. »Dies ist unser Moment.«

Yin und Yang bedecken den Esstisch mit herrlichen roten Tüchern, die sie auf magische Weise aus ihren Hosenbeinen ziehen, und Walter breitet die Exponate aus – den Früchtekorb, den er gestern mitgebracht hat, lässt er in der Mitte stehen. Die Knochen gehören nicht zu einem vollständigen Skelett, es sind verstreute Teile, Bruchstücke von Männern und Frauen, die vor drei- bis fünfhunderttausend Jahren gelebt haben. Schädeldecken, Hirnschalen, Zähne, Kieferknochen, Steinwerkzeuge. Zu jedem Stück gehört ein Zettel, der vor langer Zeit auf Chinesisch geschrieben wurde und die Informationen enthält, wann und wo das Teil gefunden wurde.

Peter späht aus dem Fenster. »Neuigkeiten verbreiten sich schnell«, sagt er, als Übertragungswagen vor dem Haus halten. Die Witwe kommt aus ihrem Schutzkeller, geht über die Straße und fragt sich, was das Gewese soll – sie glaubt, alles dreht sich um sie.

»Hat kein Mensch mehr ein Recht auf Privatleben?«, fragt sie Ruby.

Peter bemannt den Eingang wie ein Türsteher, wie ein Marktschreier, wie ein Führer im Frühmenschenmuseum. »Kommen Sie her, kommen Sie ran, treten Sie näher und schauen Sie, was es zu sehen gibt. Hier wird Geschichte gemacht, was fehlte, kommt wieder, das Geheimnis wird enthüllt, die Geschichte der menschlichen Evolution vervollständigt.«

Als um zwölf die Sirenen der Fabriken und der freiwilligen Feuerwehr und die öffentlichen Uhren der Stadt Signal geben und die Mitte des Tages verkünden, werden alle Einheiten, Wunschmaschinen, Friedensstifter, alle Dingsdas angeschaltet. Riesige Regenbogen zucken im Zickzack über den Himmel, eine Show aus Licht, Klang und Magnetismus. In diesem und jenem Haus, in allen Dörfern und Städten spüren Haushaltsgeräte, Autos, iPhones und Blackberrys den Zug. Sie gleiten von der Wand und rutschen ein wenig nach vorn, sie kommen zusammen, beugen sich vor, wollen mehr.

Mary Grace zieht sich oben um. Sie schlüpft in das Hochzeitskleid ihrer Mutter und verwandelt sich von einer Matriarchin aus Neuengland, einer wie von Norman Rockwell gemalten Großmutter, in eine weise chinesische Schönheit. Sie nimmt den hellroten Lippenstift, den sie unter den Habseligkeiten ihrer Mutter gefunden hat, und malt sich einen geschwungenen Herzmund. Ruby tanzt mit einem langen roten Band voraus und führt ihre Großmutter die Treppe hinunter, eine sehr moderne Ehrendame. Mary Grace steigt schweigend herab und geht zu ihrem Apfelbaum. Dort zieht sie den goldenen Ring ab und reicht ihn Ruby, die ihn sich an einer Blumenkette um den Hals hängt. Mary Grace steht unter dem Baum, breitet die Arme aus und wartet, bis das Licht sie trifft. Sie steigt auf.

Paul und Eliza spüren, dass etwas passiert, und fragen: »Wo ist sie?« Sie werden durch die Hintertür in den Garten geführt, als Mary Grace in die Luft gehoben wird.

»Wie ist sie dahin gekommen?«, fragt die Witwe von gegenüber, als sie ihre Freundin einen Meter über dem Boden schweben sieht.

»Geklettert ist sie sicher nicht«, sagt Eliza. »Sie kann nicht mal auf eine Trittleiter steigen.«

»Das hat mit dem Wetter zu tun«, sagt die Witwe, »mit den Naturgewalten, vom Wind getragen.«

»Sie wurde erhoben«, sagt jemand.

»Seltsam«, sagt jemand anderes.

»Eigentlich nicht«, sagt die Witwe. »Damit war schon lange zu rechnen.«

»Mama, geht es dir gut?«, ruft Eliza.

»Bestens«, sagt Mary Grace. Schließlich ist sie eine Frau von festem Glauben. Für sie fühlt es sich an wie eine Dehnung, eine Streckung. Es ist unangenehm, sich dagegenzustemmen, und sie fragt sich, warum sie sich wehrt, warum sie am Boden bleiben möchte.

»Nein, Mama!«, ruft Eliza.

»Keine Sorge«, tröstet Ruby ihre Mutter. »Du bist nicht allein. Du hast mich.«

Als Mary Grace aufsteigt, fängt es an zu schneien. Dicke, schwere Flocken, eher wie Späne oder die Trümmer einer Explosion in weiter Ferne, sinken zu Boden. Die Flocken schmelzen auf allem, was sie berühren, und überziehen es mit einer Art Wachs, fixieren es in Zeit und Raum.

Ohne ein Wort steigt Mary Grace immer noch weiter, gibt sich hin, erhebt sich, bis sie außer Sicht ist – weg.

Davongemacht

Als ihre Schwester Abigail sie an der Uni anrief und sagte: »Du musst nach Hause kommen«, fragte Cheryl: »Meinst du das ernst?«

»Ja«, sagte Abigail.

»Kann ich Mom sprechen?«

»Nein.«

»Ist was mit Mom?«

»Weiß ich nicht«, sagte Abigail.

»Was soll das heißen, das weißt du nicht? Klingt eher so, als wolltest du es nicht sagen.«

»Ich weiß es wirklich nicht«, sagte Abigail. »Du kennst doch Mom, sie muss immer im Mittelpunkt stehen.« Abigail schwieg kurz. »Und bring ordentliche Sachen mit.«

»Du machst mir Angst«, sagte Cheryl. »Sollte ich Angst haben? Niemand in L. A. trägt ordentliche Sachen, es sei denn …«

Abigail hatte so etwas schon mal gemacht. Als Cheryl dreizehn war, hatte Abigail sie im Sommer aus dem Feriencamp nach Hause kommen lassen. Ihre Eltern waren nach Europa geflogen; Abigail war allein zu Hause geblieben. Sie war damals siebzehn und sollte einen Ferienkurs machen.

Es war sechs Monate nach dem Tod ihres Bruders Billy, der gestorben war, als sie ihre Großeltern in Arizona besuchten. Billy hatte den Großeltern erzählt, dass ihn eine Giftschlange gebissen hatte. »Leg einen kalten Waschlappen drauf«, hatten sie gesagt, und dann war er tot.

»Du sollst nach Hause kommen«, hatte Abigail gesagt.

»Ist das Flugzeug abgestürzt?«, fragte Cheryl.

»Welches Flugzeug?«

»In dem Mom und Dad gesessen haben?«

»Nein«, sagte sie.

»Ich dachte, das wäre vielleicht passiert, weil du dem Camp-Team erzählt hast, es sei ein Notfall. Der Camp-Leiter hat mich aus dem See geholt.«

»Tut mir leid«, sagte sie. »Ich dachte, ich hätte ihnen gesagt, du könntest mich zurückrufen.«

»Du hast gesagt, du würdest dranbleiben und warten.« Cheryl stand im tropfnassen Badeanzug auf der Veranda des Camp-Büros. Sie hatte ein Telefon mit einem langen gelben Spiralkabel in der Hand, das man ihr durchs offene Fenster gereicht hatte. Mit den Tropfen von ihrem nassen Badeanzug schrieb sie ihre Initialen auf die Bohlen der Veranda.

»Wo bist du?«, fragte Cheryl.

»Ich weiß nicht«, sagte Abigail. »Verirrt.«

»Was siehst du um dich herum?«

»Lidschatten«, sagte sie.

»Bist du in deinem Zimmer?«, fragte Cheryl.

»Komm nach Hause«, sagte Abigail.

»Ich mache hier im Camp beim Theaterstück und bei der Talentshow mit«, sagte Cheryl. »Diese Woche ist Grillparty von unserer Hütte, Nachtwanderung, und ich bin dran, beim

Backen mitzuhelfen. Außerdem bin ich in der Blaskapelle – ich spiele den Weckruf.«

»Zwing mich nicht zu betteln«, sagte Abigail.

Als sie klein waren, war Abigail eine Fee. Sie trug immer und überall weiße Flügel auf dem Rücken. Sie wollte keine Fragen beantworten, ließ sich nicht gern festnageln.

Ihre Mutter scherzte, sie habe zu viel Kaffee getrunken, als sie mit Abigail schwanger war. »Das lag nicht am Kaffee. Sondern an den Tabletten, an diesen Diätpillen«, sagte ihr Vater.

»Die hat mir der Arzt verschrieben«, sagte ihre Mutter.

»Was für ein Arzt verschreibt denn einer Schwangeren was zum Abnehmen?«, fragte ihr Vater.

»Einer aus Beverly Hills.«

Cheryl packte ihre Reisetasche und verabschiedete sich von ihren Hüttengenossinnen.

Als sie nach Hause kam, hing ein riesiges weißes Laken, mit rotem Lippenstift beschriftet, zwischen den Telefonmasten: WILLKOMMEN DAHEIM, KLEINE SCHWESTER.

Und Abigail war sehr dünn.

»Hast du aufgehört zu essen?« Das hätte sie vielleicht nicht als Allererstes fragen sollen, tat sie aber.

»Ich habe in diesem und jenem herumgestochert. Es war nicht mehr viel da.«

Sie gingen nach draußen und schauten den »Gemüsegarten« an, wo früher die Schaukel gestanden hatte – den hatten ihre Eltern gepflanzt, um Abigail zu ermutigen, sich aktiv mit ihrer Ernährung zu beschäftigen. Die meisten Pflanzen waren tot.

»Du musst ihn gießen«, sagte Cheryl.

Abigail zuckte die Achseln. »Ich habe ein Problem mit so bedürftigen Dingen.«

Sie setzten sich in Billys Zimmer und sprachen darüber, wie seltsam es war, dass niemand über irgendwas redete. Abigail war die Hüterin der Gefühle; sie klammerte sich an alles. Ihre Mutter pflegte zu sagen: »Du trägst deine Emotionen wie Schmuck.«

Als sie klein waren, hatte Abigail Angst davor, wegzufliegen. Sie machte sich solche Sorgen, einfach zu entschweben, dass sie tatsächlich an einem anderen Menschen festgebunden werden wollte.

Zuerst benutzten sie ein altes Stück Wäscheleine, dann Kletterseil und Karabiner, bis sie schließlich die kleinen Gewichte entdeckten, mit denen man Heliumballons am Wegfliegen hindert. Abigail trug sie daraufhin in ihren Taschen – eine große Hilfe.

Und dann ging es ihr eine Weile besser; sie heiratete – Burton Wills, ihren Schönheitschirurgen –, aber sie behielt immer noch ihr Zimmer zu Hause, nicht als Büro, sondern genauso, wie sie es als Kind gehabt hatte. Burton schien das nichts auszumachen.

Die Heimkehr, diesmal von der Universität in Minneapolis, fällt Cheryl noch schwerer. Auf der Fahrt vom Flughafen zum Haus kommt sie irgendwo im Niemandsland an einem Feld voller Ölpumpen vorbei, die langsam die Erde melken, welche schon ausgezehrt wirkt, kaum noch das Unterholz und hier und da einen Salbeistrauch ernähren kann. Das alles fühlt sich vollkommen anders, fremdartig an.

»Wie bist du auf Minneapolis gekommen?«, haben Cheryls Highschool-Freunde sie gefragt. »Davon hatten wir noch nie gehört.«

»Ich wollte an den normalsten Ort ziehen, den ich finden konnte. Da ist Charles M. Schulz aufgewachsen.«

Als Cheryl zum Haus kommt, geht sie gleich einmal hindurch. Sie durchquert das Wohnzimmer und geht nach draußen; der Pool ist ein tintenschwarzer Wunschbrunnen – kein Spielzeug darin, nur ein schwimmender Sensor. Die Aussicht ist grenzenlos, ganz Los Angeles liegt unten ausgebreitet. Sie zieht die Schuhe aus und taucht die Zehen ein – warm. Die Wärme ist wie ein Hustenbonbon für den Körper, ein Beruhigungsmittel. Es gibt keine Ränder – sie hat keinen Körper, die Grenzen sind aufgelöst; sie, das Wasser und die Luft sind eins.

Früher ist sie nachts hier draußen geblieben, im Dunkeln verharrend. Ihr Vater kam dann heraus und holte sie aus dem Wasser. »Ein Wunder, dass du nicht völlig verschrumpelst«, sagte er. Im Pool fühlte sie sich sicher, dort konnte sie sich verstecken – unsichtbar. Sie zieht die Füße aus dem Wasser und geht wieder ins Haus. Ihre nassen Fußabdrücke verdunsten hinter ihr, verschwinden noch beim Gehen.

Sie schreibt ihrer Schwester eine Nachricht. »Wo bist du?«
»Stecke im Verkehr«, antwortet Abigail.

Der Steuerberater, der nebenan wohnt, kommt auf seine Terrasse. Seine Haare sind länger, und er hat jetzt Brüste. Er winkt. Sie winkt zurück.

»Wo ist Esmeralda?«
»Sie fährt.«

Zwanzig Minuten später hört sie das Auto vorfahren. Der Motor geht aus, und plötzlich hat sie Angst: ein Gefühl, dass dies das Vorher ist – das Ende des Vertrauten. Sie hört die Haustür auf- und wieder zugehen. Sie bleibt, wo sie ist, oder eher: sie kann sich nicht bewegen; sie liegt reglos auf dem Liegestuhl am Pool.

Abigail kommt auf die Terrasse, so dünn, dass sie tatsächlich flach aussieht. Ihre Arme und Beine wirken so weiß wie Kopierpapier. Das einzig Normale an ihr sind die Füße, die in den Sandalen nach vorn ragen, deren roter Nagellack das Licht zurückwirft wie Reflektoren.

»Sollen wir reingehen?«, fragt Abigail.

»Hier ist es gut«, sagt Cheryl, immer noch gelähmt.

»Wir müssen reden.«

Esmeralda bringt zwei Gläser Wasser mit Zitrone und einen Teller mit geschnittenen Möhren und Staudensellerie heraus.

»Ist es so schlimm?«, fragt Cheryl und schaut Esmeralda Bestätigung heischend an.

Esmeralda verzieht das Gesicht; sie will nicht diejenige sein, die es ausspricht, aber ja.

Esmeralda war schon bei ihnen, bevor Billy geboren wurde. Sie war die Säuglingsschwester, dann Kindermädchen, dann Haushälterin, und jetzt macht Esmeralda alles für sie, weil sie es anscheinend nicht mehr selbst können, oder vielleicht dauert es bloß schon so lange, dass sie vergessen haben, wie es geht.

Abigail trinkt. Cheryl isst. Angesichts der ganzen Überempfindlichkeit beim Essen, des drohenden Verhungerns isst sie zu viel, nimmt nicht bloß einen oder zwei Sticks, sondern leert den ganzen Teller.

»Geht es um Dad?«

»Es geht um Mom und Dad«, sagt Abigail.

»Lassen sie sich scheiden?«

»Nein.«

»Ich verstehe es nicht.«

»Erst war es Dad, und dann auch Mom.«

»Kannst du mir nicht einfach erzählen, was passiert ist?«

»Dad war bei der Arbeit. Er hatte einen Vorfall.«

»Also ein Ereignis?«

»Eine Episode.«

»Also eine Folge? Wie eine Krimiserie?«

»Wie ein Problem«, sagt Abigail.

»Wann ist das passiert?«

»Letzten Mittwoch?«

»Und warum hat mich niemand angerufen?«

»Wir wollten sehen, wie es sich entwickelt. Wir hatten gehofft, es gibt eine Wende. Du hättest ohnehin nichts machen können.«

Esmeralda nimmt sie in den Arm. »Es tut mir leid.«

»Ich hätte beten können«, sagt Cheryl leise zu sich selbst. Sie betet jeden Tag, was sie noch nie jemandem erzählt hat. »Und wo ist Mom?«

»Sie ist auch im Krankenhaus. Im Cedars-Sinai.«

»Hast du ihr erzählt, dass ich nach Hause komme?«

»Habe ich«, sagt Abigail. Ihre Stimme klingt eigenartig.

»Was?«

»Mom war im Schönheitssalon. Sie hatte Gurken auf den Augen und aß Mandeln – du kennst das ja ...«

»Fünfzehn Mandeln am Tag.«

»Und du weißt auch, wie viel Hyaluronsäure und Botox und alles Mögliche andere sie im Gesicht hat.«

Cheryl nickt. »Ja. Dabei mag sie es gar nicht, wie sie damit aussieht. Sie macht das bloß, weil alle Leute hier es machen.«

Abigail, die ebenfalls Hyaluronsäure und Botox und alles Mögliche hat machen lassen, nickt auch. Sie lächelt nicht und runzelt nicht die Stirn, denn das kann sie nicht. »Irgendwie ist jedenfalls eine Erdnuss dazwischengeraten. Sie ist angeschwollen, aber niemand hat es bemerkt, weil ihre Lippen schon so aufgeblasen sind. Sie sind nicht nach außen größer geworden, sondern nach innen.«

»Und?«

»Sie ist nicht bloß im Krankenhaus, sie liegt da.«

»Im selben Zimmer wie Dad?«

Sie schüttelt den Kopf. »Sie haben beide starke Beruhigungsmittel bekommen und werden beatmet.«

»Werden sie wieder aufwachen?«

»Das weiß niemand. Sie hatte vorübergehend schweren Sauerstoffmangel.«

»Das ist ja ein Albtraum.«

»Darum habe ich dich angerufen.«

»Wie der Albtraum, wo ich allen zu erzählen versuche, dass irgendwas nicht stimmt, aber keiner mich hören kann. Das ist wie die Zombie-Apokalypse«, sagt Cheryl. Abigail umarmt sie. Ihre Arme sind so dünn und sehnig, dass es sich anfühlt, als würde man von Weingummischlangen eingewickelt.

»Ich habe Walter angerufen«, sagt Abigail.

»Meinen Walter?«

Walter ist ihr bester Freund aus Kindertagen und noch früher – aus Säuglingszeiten. »Ich dachte, er könnte vielleicht helfen. Er hat gesagt, er kommt nachher vorbei. Sollen wir ins Krankenhaus fahren?«, fragt Abigail.

»Sollen wir ihr eine Pflanze mitbringen?«, fragt Cheryl. »Mom mochte doch immer Usambaraveilchen.«

Cheryl marschiert ins Haus, nimmt das Usambaraveilchen von der Küchenfensterbank und umklammert es fest, um Trost zu finden.

Ihr Vater liegt auf der neurologischen Intensivstation, und in seinem Kopf steckt etwas, das aussieht wie ein Bratenthermometer.

»Ist das so ein Pop-up-Garthermometer?«, fragt Cheryl.

»Damit können wir den Hirndruck messen«, sagt die Krankenschwester.

»Ist das dauerhaft?«

»Da müssen Sie mit dem Arzt sprechen«, sagt die Schwester und verlässt das Zimmer.

»Er sieht furchtbar aus«, sagt Cheryl. »Niemals würde er ein Hemd von der Farbe anziehen.«

»Meinst du das Operationshemd?«

»Können wir ihm seine normale Kleidung anziehen?«, fragt Cheryl. »Müssen wir dafür um Erlaubnis fragen?«

»Als könnten wir seinen Zustand überhaupt verschlechtern«, sagt Abigail. Sie zupft vorn am Hemd des Vaters herum, versucht es ihm auszuziehen. »Er ist schwer.«

»Wir könnten versuchen, ihn anzuheben«, sagt Cheryl. »Oder wie wäre es, wenn wir ihm einfach ein Hemd darüberziehen?«

Die Kleidung, die er bei der Einlieferung getragen hat, steckt in einer großen Plastiktüte im Schrank. Abigail legt das Hemd auf ihn und zieht die Bettdecke hoch, steckt sie fest. Cheryl geht mit seinen Schuhen ans Bettende und hängt sie ihm auf die Füße, sodass sie von den Zehen baumeln.

»Besser?«, fragt Abigail.

»Er sieht schlimm aus.«

»Vielleicht liegt es an den Medikamenten«, sagt Abigail.

»Vielleicht ist nichts weiter von ihm übrig, vielleicht ist das alles, was noch da ist. Das ist nicht gut«, sagt Cheryl und schüttelt immer weiter den Kopf, nein, nein, nein, als könnte die andauernde Bewegung etwas lösen. »Überhaupt nicht gut. Können wir Mom besuchen? Ich muss Mom sehen.«

Sie fahren mit dem Fahrstuhl in den neunten Stock.

»Ich bin's«, sagt Cheryl und drückt die Hand ihrer Mutter. »Bist du dadrinnen, Mom?«

»Schwer zu sagen«, sagt die Pflegehelferin.

»Burton findet, Mom sieht gut aus, sehr entspannt.«

»Sie ist bewusstlos.«

Esmeralda reibt der Mutter die Füße. »Sie mochte immer, wenn ich ihr die Füße reibe.«

Cheryl küsst ihrer Mutter die Stirn. Die Haut ist straff, glatt, faltenfrei. »Ich liebe dich, Mom. Frohen Verwaltungsangestellten-Tag!«

»Ist heute wirklich der Tag der Verwaltungsangestellten?«, fragt Abigail.

»Stand in meinem Kalender.«

»Mom liebt besondere Tage.«

Cheryl stellt das Usambaraveilchen auf die Fensterbank, in die Sonne.

»Ich weiß, du findest das widerlich, aber ich muss was essen«, sagt Cheryl zu Abigail, während sie darauf warten, dass der Parkdienst ihnen das Auto bringt.

»Wie wäre es mit einem Smoothie – die riechen fast nicht.«

Sie fahren zu einer Saftbar. Abigail bestellt einen Smoothie nur aus Grünkohl, Petersilie und Gurke. Esmeralda nimmt gemischte Beeren und Açaikirschen. Cheryl bestellt den »Kitchen Sink« mit so gut wie allem, und beim Warten isst sie ein paar vegane Rohkostkekse. »Haben Sie Suppe?«, fragt sie.

»Cheryl, draußen sind 39 Grad. Es gibt keine Suppe«, blafft Abigail.

Sobald sie wieder zu Hause ankommen, ist Cheryl vom Alleinsein durchtränkt, vom Duft der Leere, vom Geruch des Nichts. Mitten am Nachmittag lässt sie sich Pizza bringen – sie trifft den Lieferanten draußen, isst das ganze Ding vor dem Zaun und wirft den Karton dann in die Altpapiertonne des Nachbarn.

Später findet sie Abigail in ihrem Zimmer, wo sie mit einem Lineal in der einen und einer Schere in der anderen Hand auf dem Boden sitzt und die Fasern ihres grünen Flauschteppichs schneidet, als wären es Grashalme – jede Faser einzeln. »Sie sollten nur vier Zentimeter lang sein – aber die hier sind fünf.« Sie schüttelt den Kopf. Cheryl setzt sich zu ihrer Schwester auf den Boden. »Ich werde nicht damit leben können, wenn sie sterben. Das war immer schon das Problem – wie allein ich mich fühle. Ich habe Burton geheiratet, weil er sich nicht in meine Einsamkeit einmischt, ich aber gleichzeitig niemals wirklich allein bin.«

»Ich weiß«, sagt Cheryl.

»Ich versuche die große Schwester zu sein, die Verantwortung übernimmt, aber das fällt mir nicht so einfach zu.«

»Du machst das großartig. Was ist für später geplant?«

»Wann später?«, fragt Abigail.

»Heute Abend, morgen, an allen Tagen danach?«, fragt sie.

»Burton hätte nichts dagegen, wenn ich einfach hier bliebe«, sagt Abigail und schneidet den Teppichflor noch etwas rascher.

Cheryl erkennt, wenn Abigail hier bleibt, selbst nur für eine Nacht, erschafft das ein ganz neues Problem: Abigail wird wieder nach Hause ziehen, und Cheryl wird nichts übrig bleiben, als hier mit ihr zu leben – für immer.

»Ist schon in Ordnung«, sagt Cheryl. »Ich komme gut allein zurecht. Mir wird nichts geschehen. Das Schlimme ist alles schon passiert.«

»Kommt Walter rüber? Hat er dir eine Nachricht geschickt?«, fragt Abigail.

»Ja.«

»Und?«

»Er hat gefragt: ›Wie schlimm ist es?‹ ›Schlimm‹, habe ich geantwortet. ›Fett schlimm?‹ ›Megaschlimm‹, habe ich geschrieben.«

Esmeralda ist so weit, dass sie gehen kann. »Ich muss Abendessen für meine Familie machen. Es tut mir leid. Ich bringe euch morgen die Reste mit, Empanadas.« Cheryl schickt Abigail mit, umarmt sie und wünscht sich dann, sie hätte es gelassen. Abigail ist wie ein menschlicher Aufkleber; sie hat keine Substanz, keine Ausdehnung.

Als die beiden gehen, schließt Cheryl sich im Bad ein – sie braucht einen sicheren Raum. Sie muss gehalten, getröstet werden, und in Abwesenheit von Menschen muss eben die Lücke zwischen Badewanne und Handtuchhalter reichen.

Sie sitzt auf dem Boden, weint nicht, atmet vielleicht auch gar nicht. Sie sitzt auf dem Boden und sagt sich selbst, sie solle sich von den Fliesen tragen und vom Fugenzement zusammenhalten lassen. Sie gräbt die Fingernägel in die gummiweiche Silikondichtung am Rand der Wanne, holt tief Luft, und statt des Ausatmens kommt ein lautes, würgendes Heulen. Sie schluchzt hysterisch, bis ihr Handy ein lautes *Ping* hören lässt. Das Ping wirkt wie ein Ausschalter; die Flut verebbt so plötzlich, wie sie angefangen hat. Abrupt hört sie auf zu weinen und zieht das Telefon aus der Tasche. Eine Nachricht von Burton: »Abigail ist nach Hause gekommen – weißt du zufällig, ob sie heute irgendwas gegessen hat?«

»Sie hat einen Smoothie getrunken«, tippt sie und wischt sich Rotz aus dem Gesicht.

»Wo bist du?«, schreibt Walter kurze Zeit später.

»Versteckt«, antwortet Cheryl.

»Wo?«

Und weil sie nicht »Zwischen Badewanne und Handtuchhalter« schreiben will, steht sie auf, zieht sich einen Badeanzug und einen Wickelrock an, entriegelt die gläserne Schiebetür, geht raus zum Pool und setzt sich.

»Im Garten«, schreibt sie.

Walter kommt durch die Pool-Pforte herein.

»Du wusstest den Code noch«, sagt sie.

»Eins-zwei-drei-vier. Manches ändert sich nie.«

»Bis es sich doch ändert«, sagt sie. Eine Pause. »Du siehst gut aus – muskulös.«

»Ich esse wieder Fleisch.«

»Es ist wirklich schön, dich zu sehen.«

Sie sind zusammen aufgewachsen – sind einander Zeugen und Vertraute gewesen.

Sie gehen ins Haus. »Soll ich versuchen, dich abzulenken?«, fragt Walter und wühlt im Spieleschrank herum. Er holt das Spiel Operation hervor. Mit der unter Strom stehenden Pinzette entnimmt sie das Gabelbein, ihr Lieblingskörperteil.

»Hilft das?«, fragt Walter.

»Jedenfalls passt es zu meiner seltsamen Stimmung«, sagt sie.

Als sie fertig gespielt haben, geht sie ins Schlafzimmer ihrer Eltern, geht von einem Gegenstand zum anderen, berührt die Sachen ihrer Mutter – Feuchtigkeitslotion, speziell für sie vom Hautarzt angerührte Sonnencremes, Bräunungsspray.

Walter kommt im Bademantel ihres Vaters aus dem Bad, Unmengen Pillenfläschchen im Arm. »Wusstest du, dass dein Vater das alles genommen hat?«

»Ich glaube nicht, dass er die alle ständig genommen hat«, sagt sie.

Sie spielen Verkleiden, dann Fangen, sie hüpfen auf dem Bett, sie denken sich ein Ereignis aus und stürzen sich dann in den Elternkleiderschrank, um sich dafür anzuziehen.

»Lunch im Klub!«, ruft Walter.

»Preisverleihung!«, verkündet Cheryl.

»Sylvia!«, sagt Walter im Smoking des Vaters.

»Ben!«, antwortet sie im Abendkleid der Mutter. »Was haben wir falsch gemacht?«, fragt sie.

»Wir haben gekriegt, was wir wollten«, sagt er.

»Das ist wie ein perverses Psychodrama«, sagt sie.

»In welcher Zeit sind wir gerade – vorher oder nachher?«, fragt er.

»Fangen wir mit vorher an«, sagt sie.

Sie spielen, bis ihnen die Kostümierungen ausgehen, bis ihnen nur noch Anlässe einfallen, die zu schmerzhaft sind, sie laut auszusprechen, und dann legen sie sich, zum Golfen gekleidet, nebeneinander auf das elterliche Bett. Walter nimmt Cheryls Hand – sie schlafen ein.

Cheryl wacht um drei Uhr morgens auf und geht nach draußen, um den Mond anzuschauen. Selbst wenn tagsüber 39 Grad sind, wird es in der Stadt nachts kalt; es ist wie in einer Weinkühlung – irgendwo zwischen 10 und 13 Grad. Das Dunkel ist von pulvrigem Schwarz; die Stadt unten sieht kleiner aus, dichter als tagsüber. Die ganze Nacht sieht sie im Haus des Nachbarn eine Lavalampe glimmen. Sie holt sich eine Decke und findet in ihrem Zimmer ein Buch, das sie als Kind toll fand, trägt es zusammen mit der Decke und einer Taschenlampe nach draußen, setzt sich wieder an den Pool und liest, tut so, als sei sie in einer anderen Zeit.

Sie erinnert sich, Geschichten von Kindern gelesen zu haben, die nachts draußen spielten und Glühwürmchen in Mayonnaise-Gläsern fingen. Das fand sie tröstlich – bis ihr klar wurde, dass es in ihrem Haus keine Mayonnaise-Gläser und in Los Angeles keine Glühwürmchen gab.

Auf der anderen Seite der Hügelkuppe steigt eine schmale weiße Rauchfahne empor – zuerst bildet sie eine Art Dampfwolke, doch dann wächst sie und erfüllt den Nachthimmel wie ein riesiger Ballon an einer langen, dünnen Schnur, sie erblüht wie ein Atompilz. Sind das Rauchsignale oder Spezialeffekte?

Besucher kommen ins Krankenhaus.

Carlton, ehemals der beste Freund des Vaters, ist der erste. »Ihr wisst ja, dass ich eurem Vater auf die Sprünge geholfen habe«, sagt er.

»Ich weiß«, sagt Cheryl; das sagt Carlton immer.

»Ich war es, der ihn zum Jurastudium ermutigt hat. Er wollte Schauspieler werden, aber ich habe ihm gesagt: ›Vergiss es. Du siehst gut aus, aber du hast kein Talent.‹ Ich habe alles in die Wege geleitet. Ich habe ihm Klienten verschafft, als er noch keine hatte. Wenn ihr mich fragt, habe ich euch das Studium bezahlt, eurer Mutter die Facelifts, und seht ihr diesen Beutel da, wo sein Pipi reingeht? Den habe ich wahrscheinlich auch bezahlt. Und was tut er für mich? Nichts.«

»Carlton«, sagt Cheryl, »können wir irgendwas tun, damit du dich besser fühlst? Können wir dir irgendwie zeigen, wie viel unserem Vater eure Freundschaft wert war?«

»Siehst du den Ring, den er am Finger hat, der so ein bisschen protzig ist, den mit dem Smaragd? Ich finde zwar, Männer sollten keinen Schmuck tragen, aber den Ring habe ich immer bewundert.«

»Er gehört dir«, sagt Cheryl.

»Soll ich ihn gleich mitnehmen?«

»Klar«, sagt Cheryl. Sie hat keine Ahnung, warum sie diesem Idioten den Ring gibt, aber jetzt wird sie keinen Rückzieher mehr machen. Carlton greift nach der Hand ihres Vaters. »Sei vorsichtig mit der Infusion«, sagt sie.

»Sie ist geschwollen«, sagt Carlton, der die Hand ihres Vaters in seiner hält.

»Wassereinlagerung.«

Carlton versucht den Ring abzuziehen, ihn vom Finger zu drehen. Der Ring rührt sich nicht. Er versucht es noch einmal, reißt so heftig an der Hand des Vaters, dass ein Alarm schrillt und das Tauziehen unterbrochen werden muss, bis ein Pfleger hereinkommt und die Apparate neu einstellt. Der Pfleger gibt Carlton ein Gleitmittel; er schmiert den Finger mit einer grotesken Melkbewegung ein, bei der Cheryl wegschauen muss.

»Hab ihn«, verkündet Carlton schließlich und verlässt mit seiner glitzernden Beute das Zimmer.

»Ich würde Ihnen gern bessere Nachrichten verkünden«, sagt Abigail, als der erregte Filmstar mit seiner Assistentin kommt.

»Ich glaube das keine Sekunde«, sagt der Filmstar, als sie sich im Flur unterhalten. »Manche Menschen schrecken vor nichts zurück, nur um mir nicht ins Gesicht sagen zu müssen, dass es vorbei ist. Wenn er mich nicht mehr vertreten will, soll er das einfach sagen.« Er spricht laut, seine Stimme ist wiedererkennbar – Leute starren her. »Ich benehme mich vielleicht wie ein Riesenbaby, aber das kann ich schon vertragen.«

»Kommen Sie herein«, sagt Cheryl und führt ihn in das Krankenzimmer ihres Vaters – und außer Sicht anderer Menschen.

»Ach du Scheiße«, sagt der Filmstar, als er ihren Vater sieht. Er zieht seinen Füllfederhalter aus der Tasche, mit dem er sonst Autogramme schreibt, und sticht den Vater damit in die Fußsohle. Die Feder bleibt in der Haut stecken, als er den Füller wieder herauszieht, doch darüber hinaus passiert nichts, außer dass Tinte auf den Fußboden tropft. Der Vater verzieht keine Miene, das Bein zuckt nicht.

Cheryl drückt auf den Rufknopf an der Wand. »Schwester, können wir ein paar Wischtücher zum Saubermachen haben?«

»Ich glaube, ich brauchte bloß einen klaren Abschluss«, sagt der Filmstar, zieht die Feder wie einen Dorn aus der Fußsohle und geht.

Zu Hause ruft immer wieder Dr. Felt an, der Psychiater der Mutter. Er ruft an, legt auf und ruft dann wieder an, wie ein Stalker. Er spricht eine Reihe von immer dringlicher werdenden Nachrichten auf den Anrufbeantworter. »Bist du im Urlaub?« »Ich kann mir nicht helfen, ich nehme das persönlich. Hast du mir irgendwas mitzuteilen vergessen?« »Hast du keine Achtung vor unserem Arbeitsprozess?« Und schließlich: »Wenn du mich nicht anrufst, werde ich deinen Termin freigeben müssen – weißt du, wie viele Leute montags, mittwochs und freitags um zehn Uhr kommen wollen? Das ist Primetime, Baby.« Es folgt eine lange Pause, dann: »Und weißt du was? Du bist echt egoistisch. Nur ein egoistischer Mensch benimmt sich so. Du bist eine Zicke, eine richtig selbstsüchtige Zicke.«

»Soll ich ihn zurückrufen?«, fragt Walter, als Cheryl ihm die Nachrichten vorspielt.

Sie erinnert sich daran, wie sie einmal zu Dr. Felt gegangen ist, den sie immer verdächtigte, eine Affäre mit ihrer Mutter zu haben. »Möchtest du einen Freund?«, hatte Dr. Felt sie gefragt. »Ja«, hatte sie geantwortet. »Dann musst du zehn Pfund abnehmen«, hatte er gesagt.

»Ich will es ihm selbst erzählen«, sagt sie zu Walter und wählt schon. »Hallo, Dr. Felt, hier ist Cheryl.« Schweigen; er hat keine Ahnung, wer sie ist. »Sylvias Tochter.«

»Oh.« Dr. Felt ist zweifellos überrascht.

Sie berichtet ihm, was ihrem Vater und ihrer Mutter zugestoßen ist, und als sie fertig ist, sagt Dr. Felt nur: »Dafür brauche ich irgendeine offizielle Bestätigung.«

Sie ist fassungslos. »Was bitte?«

»Ein Krankenhausbericht würde schon genügen. Sie erzählen mir da eine ziemlich erstaunliche Geschichte. Um die glauben zu können, brauche ich was Schriftliches.«

Sie schnaubt verächtlich – und versehentlich.

»Ich werde jetzt auflegen ... Cheryl.« Dr. Felt macht eine Pause vor ihrem Namen, als läge der ihm bitter auf der Zunge.

Das Krankenhaus ruft sie zum Familiengespräch. Der Arzt, dessen Name auf seinen langen weißen Kittel gestickt ist, hebt an: »Es ist ein Problem der modernen Medizin, dass wir Menschen am Leben erhalten können, die in jedem anderen Land innerhalb von Stunden verstorben wären. Manchmal haben wir Glück, aber häufiger stehen wir am Ende hier.« Er macht eine Pause. »Im Reich der schwierigen Entscheidungen.«

»Ich habe ein neurologisches Stimulationsprogramm durchgeführt«, sagt Abigail. »Zweimal täglich erzähle ich meinem Vater fünfzehn Minuten lang Witze, lese ihm Pressemeldungen aus dem Weißen Haus vor, und meiner Mutter schwenke ich ihre Lieblingskaffeebohnen unter der Nase hin und her ...«

»Ihre Eltern schlafen nicht«, sagt der Arzt.

»Was ist denn das Best-Case-Szenario?«, kommt Cheryl direkt zum Punkt.

»Hängt davon ab, was Sie wollen«, sagt der Arzt. »Manche Familien hoffen, dass der Patient noch sehr lange lebt, wenn auch nur wie eine Topfpflanze. Andere hoffen, das Ende möge rasch und friedlich eintreten.«

»Wenn es um Ihre Eltern ginge, was würden Sie sich wünschen?«, fragt Cheryl.

»Ich würde mir wünschen, keine Entscheidung treffen zu müssen«, sagt der Arzt.

Abigail ist wütend. »Ich glaube, sie lügen«, sagt sie. »Das sagen sie bloß, um die Leute hierzuhalten. Sie wollen, dass man sie anfleht, die Angehörigen dazubehalten. Es geht nur ums Geschäft.«

»Das Gefühl hatte ich nicht«, sagt Cheryl mit brechender Stimme.

»Ihr solltet sie hier rausholen«, sagt Walter.

»Wo sollen wir denn mit ihnen hin – Urlaub machen?«, fragt Cheryl. Sie ist – gar nicht so insgeheim – sauer, dass Walter morgen in den Familienurlaub nach Kroatien aufbricht.

»Nach Hause«, sagt Walter.

Darauf war sie noch gar nicht gekommen.

»Ihr müsst sie rausholen, bevor noch Schlimmeres passiert«, sagt er.

»Schlimmeres? Inwiefern?«

»Fleischfressende Bakterien, MRSA, Gangrän. Bevor man anfängt, Teile von ihnen abzuschneiden.«

»Walter hat recht«, sagt Abigail. »Sie müssen nach Hause.«

Bevor er an diesem Abend geht, zieht Walter seine Brieftasche hervor.

»Ich brauche kein Geld von dir«, sagt Cheryl.

Er gibt ihr ein Foto von ihrem Bruder Billy. »Das ist sein Schulfoto aus der zweiten Klasse«, sagt Walter. »Er hat es mir gegeben, und ich trage es wie einen Talisman mit mir herum, als Mahnung, mir selbst zu vertrauen und meine Erfahrungen nicht von anderen negieren zu lassen.«

»Ich liebe dich, du Arsch«, sagt sie, drückt das Foto an ihr Herz und umarmt ihn.

»Wir sehen uns bald wieder«, sagt Walter.

Sie müssen lange verhandeln – Rechtsanwälte, Genehmigungen, Haftungsausschlüsse –, um Sylvia und Ben aus dem Krankenhaus herauszukriegen.

»Und keinen Rückzieher«, sagt ein Vertreter der Krankenhausverwaltung. »Wenn Sie die beiden mit nach Hause nehmen, übernehmen Sie die volle Verantwortung. Wenn etwas schiefgeht, können Sie Ihre Eltern nicht wieder zu uns bringen.«

»Das verstehen wir«, sagt Cheryl.

Die Möbel werden an den Rand des Wohnzimmers geschoben, die Teppiche aufgerollt. Mit blauem Malerkrepp kleben Cheryl und Abigail zwei große Rechtecke auf den Boden, in denen die Krankenbetten stehen sollen. Sie rollen eine Sicherheitstrittmatte in Neonorange aus. »Die ist antimikrobiell«, sagt der Mann vom Medizintechnik-Händler.

Die Betten werden geliefert; in der Nacht, bevor ihre Eltern nach Hause kommen, schlafen Cheryl und Abigail darin und tun so, als seien sie in einem ganz besonderen Wellness-

Resort. Am Morgen bringt ein Team die schwereren Apparate, Beatmungsgeräte, Infusionspumpen, stapelweise Bettzeug, Windeln, ein enormes Warenlager. »Mom wäre sehr angetan«, sagt Abigail. »Sie liebt Qualitätsware.«

Vater und Mutter kommen in einem Konvoi spezieller Intensivkrankentransporter nach Hause. Die Krankenschwester kommt mit und übernimmt das Auspacken, die Feineinstellung.

Es ist, als hätte man ein Kind bekommen oder ein neues Haustier; jede Menge Stress und Anspannung, weil die Mädchen es unbedingt richtig machen wollen. Cheryl schiebt den Fernsehsessel ihres Vaters ins Wohnzimmer und platziert ihn zwischen den Krankenbetten, damit die Krankenschwester mal die Füße hochlegen kann.

Der Geruch des Essens, das sich eine der Krankenschwester mitgebracht hat, verstört Abigail, die zuerst blass wird und dann zu schäumen anfängt, kleine Speichelblasen bilden sich an ihren Lippen. Sie würgt. »Kannst du bitte irgendwas sagen?«, fleht sie Cheryl an.

Cheryl geht in die Küche. »Entschuldigen Sie ...« Die Schwester schaut von ihrer Schüssel auf, und ihr Blick sagt: Wenn Ihre Bitte mein Mittagessen unterbricht, haben wir ein Problem.

»Wäre es okay für Sie, draußen zu essen?«

»Wie bitte? Gibt es einen medizinischen Grund dafür, dass ich draußen essen soll? In unserem Arbeitsvertrag steht, dass wir unser eigenes Essen mitbringen dürfen und dass uns Geräte zum Aufwärmen beziehungsweise Einfrieren zur Verfügung gestellt werden müssen. Gibt es einen medizinischen Grund – also, haben Sie Allergien oder so?«

»Meine Schwester reagiert empfindlich auf Essensgerüche.«

»Das ist kein medizinischer Grund«, sagt die Schwester und nimmt einen weiteren Bissen von dem Zeug in ihrer Schüssel.

»Es ist sehr schwierig für sie, sich in der Nähe von Essen aufzuhalten«, sagt Cheryl.

»Und?«

»Psychische Erkrankungen sind auch Krankheiten«, sagt Cheryl.

»Gut, dann sagen Sie ihr, sie soll sich ein Attest besorgen und meinen Vorgesetzten vorlegen.«

Erschöpft widersetzt sich Abigail später dem Vorschlag, nach Hause zu fahren.

»Ich verspreche dir«, sagt Cheryl, »in deiner Abwesenheit wird nichts passieren.«

»Du wirst sie nicht allein lassen, oder?«

»Ich bleibe genau hier.«

Früh am nächsten Morgen taucht Burton auf; er findet Cheryl draußen am Pool.

»Wo ist Abigail?«

»Sie ist zu Hause.« Eine lange Pause. »Sie ist heute Morgen nicht aufgewacht.«

»Kommt sie später her?«, fragt Cheryl.

»Ihr Körper hat versagt. Ihr Herz ist stehen geblieben.«

»Was soll das heißen?«

»Das heißt, sie ist nicht mehr. Abigail ist gestorben.«

Ein höchst seltsames Gefühl überkommt Cheryl: Sie steigt

auf, schwebt, eine Art Befreiung, die ihr vollkommen unbekannt vorkommt. Sie versteht es nicht. Warum diese Reaktion? Hat sie sich solche Sorgen gemacht, was Abigail zustoßen könnte, dass das Fehlen dieser Furcht, dieser Last sie jetzt davontreiben lässt? Und ist es genau dieses Wegfliegen, vor dem Abigail solche Angst hatte? Oder war das etwas anderes?

Sie schaut sich um – nichts ist am falschen Platz. Abigail ist tot, und doch hat die Maschine automatisch Kaffee gekocht, sind Zeitungen ausgetragen worden, ist die Krankenschwester der Morgenschicht gekommen und hat ihre Eltern gefüttert, gewaschen, umgezogen. Sie hat sich davongemacht, denkt sie.

»Was glaubst du, was hat sie umgebracht?«, fragt Cheryl.

»Unterernährung und ein geschwächtes Herz«, sagt Burton. »Die letzten Wochen waren besonders schwierig.«

»Sie hatte schreckliche Angst davor, alleingelassen zu werden«, sagt Cheryl. Es folgt langes Schweigen.

»Was hätte sie wohl gewollt?«, fragt Burton.

»Ich glaube nicht, dass sie gern in einem Sarg gelegen hätte«, sagt Cheryl. »Sie würde glauben, dass sie im Sarg dick aussieht. Sie würde sicher gern so klein wie nur möglich gemacht werden, sodass sie in ein Tablettenfläschchen passt.« Sie wendet sich an Burton. »Wird es eine Beerdigung geben? Und was ist danach? Wir können die Trauerfeier doch kaum hier im Haus machen, vor meinen Eltern?«

Die Feier wird ganz klein. Abigail wird neben ihrem Bruder beigesetzt, wo ihre Eltern eine ganze Reihe Grabstellen erworben haben, als Billy starb. »Sie haben mehr gekauft als nötig – in der Hoffnung, dass die Familie wachsen würde«, erklärt der Leiter des Bestattungsinstituts Cheryl und Burton.

Sie stehen in ihrer schwarzen Kleidung und mit Sonnenbrillen vor dem ausgebleichten Himmel, im Hintergrund die Kulisse der Stadt. Burton, Cheryl und Esmeralda. Zum ersten Mal haben sie die Eltern allein zu Hause gelassen, nur mit einer Krankenschwester als Betreuung.

Auf dem Heimweg machen sie an dem einzigen Restaurant halt, das Abigail mochte – *Tu Es Moi* –, und feiern ihr Leben mit Schäumen. Sie lassen sich einen ganzen Schwarm Schäume bringen – fünfzehn insgesamt, alle unter zehn Kalorien, alles von »Thanksgiving-Dinner« bis »Pastrami Salzkaramell«.

Als sie wieder nach Hause kommen, öffnet Cheryl den Safe ihres Vaters, zählt sechs Monatsgehälter ab und gibt sie Esmeralda. »Du brauchst Urlaub«, sagt sie. »Sag mir, wohin du möchtest, und ich übertrage dir die Bonusmeilen aus seinem Vielfliegerkonto.«

»Das ist zu viel, sich von allen auf einmal zu verabschieden«, sagt Esmeralda und fängt an zu weinen.

»Ich weiß.« Cheryl tröstet sie. »Aber es ist ja kein Abschied, nur eine Gelegenheit für uns, uns zu sammeln und alles zu begreifen. Ich muss nämlich auch eine Weile allein sein.«

Esmeralda nickt unter Tränen. »Du bist ganz erwachsen geworden.«

Auf die Trauerfeier folgt eine Schiv'a auf Facebook – Cheryl postet eine Nachricht von Abigails Tod, dann fügt der Rabbi, der Abigail und Burton getraut hat, einen Post hinzu, und Cheryl und Burton lassen jeden Abend bei Sonnenuntergang einen Erinnerungspost folgen. Alte Freunde fügen ihre Gedanken und Erinnerungen hinzu. Und nach sieben

Tagen schreiben Cheryl und Burton allen eine Danksagung und posten weitere Fotos.

Jetzt, da Cheryl mit ihren Eltern allein ist, redet sie häufiger mit den Krankenschwestern; sie lernt ihre Eltern im Detail kennen, ihre Haut, ihren Geruch, ihre Gewohnheiten. Sie können zwar nicht mehr kommunizieren, aber der Körper freut sich an manchen Dingen. Der Nachtpfleger verrät ihr, dass ihr Vater es gernhat, wenn man ihm ein bisschen Marihuana-Rauch ins Gesicht bläst. »Dann geht sein Blutdruck runter, und seine Verdauung wird besser.« Cheryl nickt. Der Pfleger bläst ihr ein wenig Rauch ins Gesicht, und sie atmet tief ein. Er bläst erneut. »Ich habe auch welches zum Essen, wenn Sie wollen«, sagt er.

Als der Vormittagspfleger am Donnerstag um drei Uhr nachmittags gehen muss, um seine Schicht in der Notaufnahme anzutreten, und die Schwester für die Schicht von drei bis Mitternacht auf der Anfahrt von Orange County im Verkehr feststeckt, bleibt Cheryl unbesorgt. »Kein Problem«, sagt sie. »Alles gut. Ich kann eine Stunde mit meinen Eltern allein bleiben. Fahren Sie.«

Der Vormittagspfleger fährt dankbar weg. Cheryl setzt sich ein wenig nervös zwischen ihre Eltern und geht dann nach ein paar Minuten nach draußen. Sie liegt draußen am Pool, als der Strom ausfällt. Sie braucht ein paar Sekunden, um zu merken, was passiert ist: die eigenartige Abwesenheit von Geräuschen. Stille liegt in der Luft. Die Poolpumpe läuft nicht mehr, der Kompressor der Klimaanlage schweigt. Cheryl eilt ins Haus; die Uhr an der Mikrowelle ist erloschen, der Fernsehschirm ein flaches Schwarz. Im Wohnzimmer piepen laut Alarmsignale, ein Quieken wie von Heliumballons. Ihr erster Impuls ist, Abigail anzurufen, doch dann fällt ihr ein, dass es keine Abigail mehr gibt. Sie schaltet die Warnsignale aus, wendet sich an ihre Eltern und sagt: »Ich weiß nicht, ob ihr es bemerkt habt, aber der Strom ist ausgefallen. Wir hatten eine heftige Hitzewelle, es ist also wahrscheinlich eine Netzabschaltung. Wir haben Reservebatterien. Eure Ladung steht im Augenblick bei 95 Prozent. Alles ist gut. Ich werde mal kurz nach draußen schauen und sehen, ob ich mehr in Erfahrung bringen kann.«

Cheryl geht vorn aus dem Haus, weil sie sichergehen möchte, dass der Stromausfall nicht nur sie betrifft. Ein Mann im weißen Schutzanzug läuft mitten auf der Straße entlang, schwenkt so etwas Ähnliches wie ein Weihrauchfass vor sich hin und her, wie ein Priester im Weihnachtsgottesdienst. »Hat jemand meine Königin gesehen?«, ruft er. »Meine Königin ist weggeflogen!« Sie erkennt ihren Nachbarn. »Bleiben Sie im Haus!«, ruft er. »Der Schwarm ist ausgeschwärmt!« Sie hört das Summen in der Luft und schließt rasch die Tür.

Sie schickt Burton eine Textnachricht, doch die kann nicht zugestellt werden. Sie ruft mit dem Handy die Krankenschwester an, die im Stau steckt, doch sie kommt nicht durch. Sie läuft von einem Zimmer zum anderen, auf der Suche nach einem Festnetzanschluss. In Abigails Wandschrank findet sie ein taubenblaues Tastentelefon. Es kommt ihr leichter vor, als ein Telefon ihrer Erinnerung nach sein müsste. Sie dreht es um – der Boden ist mit Gaffer-Tape überklebt. Sie reißt das Klebeband ab; das Innenleben des Telefons ist entfernt worden. Vier lose Verbindungsstücke fallen heraus. Sie kann Walter nicht erreichen.

Im Haus wird es wärmer und riecht allmählich nach Urin und Scheiße. Cheryl öffnet die Glastür. Draußen sind Vögel, man hört Hunde bellen, Kinder planschen in einem Pool, in der Ferne redet eine Frau.

Währenddessen blinken die roten und grünen Lämpchen, die Apparate atmen weiter für ihren Vater und ihre Mutter. Die Infusionsflasche tröpfelt weiter. Und ihre Eltern, Sylvia und Ben, bleiben unverändert, ihre Blasen entleeren sich in die Plastikbehälter am Ende der Betten. Cheryl denkt die ganze Zeit, sie sollte irgendetwas tun, aber es gibt nichts zu tun.

Eine Stunde später, als die Notbatterien allmählich leer gehen, holt Cheryl ihr Lieblingskinderbuch, setzt sich in den Fernsehsessel zwischen ihre Eltern und fängt an, laut vorzulesen. Als sie das Buch durchhat, nimmt sie die rechte Hand ihres Vaters und die Linke ihrer Mutter, hält sie fest, drückt sie an ihre Brust, an ihr Herz, betet, wartet.

Danksagungen

Erzählungssammlungen entstehen über längere Zeit – in diesem Fall über einen sehr langen Zeitraum, darum gilt es vielen Menschen zu danken.

Den KünstlerInnen und jenen, die Inspiration für diese Geschichten waren – in der Reihenfolge ihres Auftretens: Eric Fischl, Sarah Jones, Halimah Marcus, Electric Literature, Gretta Johnson, Ghada Amer, Larry Gagosian, Koen van den Broek, Dan Miller, Exhibit-E, Bill Owens, Petah Coyne, Mass Moca, Hannah Tinti, One Story.

Andrea Schulz, Paul Slovak und Emily Neuberger im Viking Verlag; Sigrid Rausing und Bella Lacey bei Granta; Andrew Wylie, Sarah Chalfant, Charles Buchan und Jin Auh von der Wylie Agency.

Den Menschen und Orten, die Schreiben ermöglichen: Jeanette Winterson, Sandi und Debbi Toksvig, Helena Kennedy – weil sie dafür sorgen, dass es fertig wurde. Andre Balazs, Phil Pavel, Priscilla Washam, dem Chateau Marmont und dem Mercer Hotel und noch einmal Sigrid Rausing, weil sie mir ein Zuhause bot, als ich buchstäblich keines hatte.

Elaina Richardson, Candace Wait und der Corporation of Yaddo. Dem Lewis Center for the Arts an der Princeton University. Meinen sehr geduldigen und weisen Ratgebern Faith Gay, Mark H. Glick und Stephen Breimer.

Marie Sanford, Juliet Homes, Jon Homes und meiner geliebten Mutter Phyllis Homes, weil sie immer da sind.

Und den sehr guten Freunden, die mich im Herzen unterstützt haben: Steven Harris und Lucien Rees-Roberts, Ann Tenenbaum, Rosanne Cash, Deborah Berke, Laurie Anderson, Anne Carson, Robert Currie, Jim Cass, Lynne Tillman, Leon Falk, Ali Tenenbaum, Phyllis Housen, Matthew Weiner, Hyatt Bass, Jane Fine, Phil Klay, RL Goldberg, Amy Hempel, Jill Ciment, Amy Gross und Claudia Slacik. Und wenn man merkt, wie tief die Stränge dieser Geschichten reichen: Amy Godine, den Rabbis Linda Motzkin und Jonathan Rubenstein von der Sinai-Synagoge in Saratoga Springs, Margot Tenenbaum, Rabbi Andy Bachman, Amy Zimmerman und Rabbi Angela Warnick Buchdahl in New York City – denn manchmal muss man sich einfach bei einer Autorität absichern.

Verlag Kiepenheuer & Witsch, FSC-N001512

1. Auflage 2020

Die Originalausgabe erschien 2018 unter dem Titel
»Days of Awe« bei Viking, Penguin Random House, New York
© 2018 by A. M. Homes
All rights reserved
Aus dem Englischen von Ingo Herzke
© 2020, Verlag Kiepenheuer & Witsch, Köln
Alle Rechte vorbehalten.
Covergestaltung Barbara Thoben, Köln, nach dem Originalumschlag von Jamie Keenan für Granta Publications
Covermotiv © Photograph by Garry Winogrand, Garry Winogrand Archive, Center for Creative Photography
Gesetzt aus der Freight
Satz Wilhelm Vornehm, München
Druck & Bindung CPI books GmbH, Leck
ISBN 978-3-462-05249-7

A.M. Homes

Dieses Buch wird Ihr Leben retten

Roman

KiWi

Ein vermeintlicher Herzinfarkt wirft den ehemaligen Aktien-
händler Richard Novak aus der Bahn und lässt ihn sein Leben
noch einmal völlig umkrempeln. Eine hinreißende schwarze
Komödie, scharfsinnig, zeitdiagnostisch, zu Herzen gehend.

»Dieses Buch ist ein sanftes, unterhaltsames Gegengift gegen
die Überspanntheiten des modernen Lebens.« *The Observer*

»Ein uneingeschränkt lesens- und liebenswertes Buch«
Christine Westermann

Leseproben und mehr unter www.kiwi-verlag.de

A.M. Homes erzählt in »Die Tochter der Geliebten« ihre eigene
Geschichte: Als Adoptivkind erfährt sie erst mit 31 Jahren, wer
ihre leiblichen Eltern sind. Eine emotionale Detektivgeschichte,
bewegend, authentisch, brillant.

»Die amerikanische Schriftstellerin A.M. Homes hat ein radikal
persönliches Buch geschrieben. Ein Buch über die universelle
Frage, der niemand sich entziehen kann: Wer bin ich?« *FAS*

»Eine großartige Geschichte. Spannend und aufwühlend wie
ein guter Thriller.« *New York Post*

Kiepenheuer
& Witsch

A. M. Homes' preisgekrönter Roman über das spannungsgeladene Verhältnis zweier Brüder führt an einen Abgrund, an dessen Rand so etwas wie eine Familie entsteht. Ein scharfsinniger, anrührender Roman über unsere Zeit, bitterböse und irre lustig.

Kiepenheuer
&Witsch

A. M. HOMES

DAS ENDE VON ALICE

ROMAN

Kiepenheuer
&Witsch

Als A.M. Homes' Roman »Das Ende von Alice« 1996 in den USA erschien, sorgte er für heftigste Diskussionen, die selbst bis nach Deutschland überschwappten. Kein Verlag traute sich damals, das Buch auf Deutsch herauszubringen. Heute gehört A.M. Homes zu den anerkanntesten Schriftstellerinnen der Gegenwart, und es wird Zeit, diesen verstörenden, aus der Sicht eines pädophilen Kindermörders erzählten Text auch hierzulande zu entdecken.

**Kiepenheuer
&Witsch**

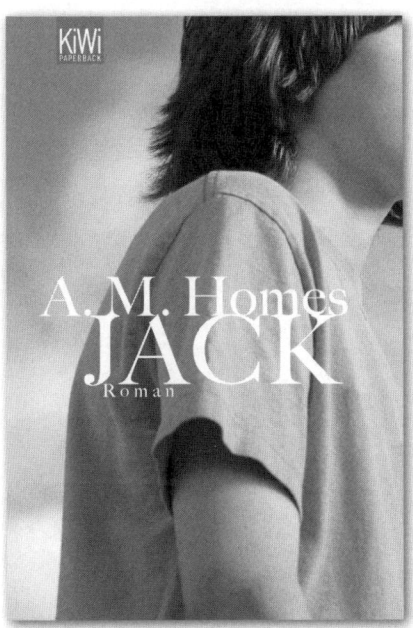

A.M. Homes
JACK
Roman

Jack ist ein 15-jähriger Teenager, der wie die meisten Teenager einfach nur normal sein möchte. Als Jacks Vater ihm dann während einer Ruderpartie eröffnet, dass er schwul ist, ist für Jack nichts mehr normal ... Ein preisgekrönter Roman über das Drama des Erwachsenwerdens. Ein moderner Klassiker wie »Der Fänger im Roggen«.

»Ein bewegender Roman, und dazu ein sehr erfrischender. Jack ist so ein einnehmender, liebenswerter Mensch, dass man ihm mit Vergnügen zuhört.« *David Foster Wallace*

»Eines der witzigsten Bücher, die ich je gelesen habe.« *Time Out*

Leseproben und mehr unter www.kiwi-verlag.de